KÖLN KRIMI CLASSIC

Edgar Noske, Jahrgang 1957, wohnt abwechselnd im Rheinland und in der Eifel. Im Emons Verlag erschienen von ihm bisher die Kriminalromane »Nacht über Nippes«, »Über die Wupper«, »Bitte ein Mord«, »Tote Rosen«, »Rittermord«, »Der Bastard von Berg«, »Der Fall Hildegard von Bingen«, »Lohengrins Grabgesang« und »Mitten ins Herz«.

Edgar Noske

Kölsches Roulette

Emons Verlag

Umschlaggestaltung: Atelier Schaller, Köln
Umschlagzeichnung: Heribert Stragholz
Umschlaglithografie: Media Cologne GmbH, Köln
Druck und Bindung: Clausen & Bosse GmbH, Leck
Printed in Germany 2002
ISBN 3-89705-244-X

www.emons-verlag.de

Mal wieder
für Martina

Russisches Roulette:

Glücksspiel; auch Mutprobe oder Austragungsart eines Duells, bei der man einen nur mit einer Patrone geladenen Trommelrevolver auf sich selbst abdrückt, ohne vorher zu wissen, in welcher Patronenkammer sich die Patrone befindet; Verlierer ist, wer zuerst stirbt.

Kölsches Roulette:

Rheinische Variante des Russischen Roulettes, wobei der Revolver durch einen Kölschkranz auf einem Drehteller ersetzt wird; die Funktion der leeren Kammern übernehmen mit Kölsch gefüllte Stangen, die der geladenen eine mit Doppelkorn gefüllte Stange; zu trinken ist auf ex; Verlierer ist, wer als erster unter dem Tisch liegt.

»Die Frau fragt nach allem … und
in allem vergleicht sie mit England.
Dabei hat die Frau vier Kinder. …
Ich habe gesagt: Sie haben ja nicht
nur vier, sondern fünf Kinder.
Da war nämlich der Philip mit bei.«

(Heinrich Lübke, im Rückblick
auf den Besuch der englischen Königin)

Montag, 17. Mai 1965

Ruhetag.

Die Wohnzimmerfenster standen sperrangelweit auf. Eine sanfte Brise spielte mit den Vorhängen und weckte Erinnerungen an laue Abende in Portofino. Von einer der Scheiben gespiegelt erschien die Abendsonne als goldenes Trapez auf der Tapete. Der WDR übertrug die Aufzeichnung eines Konzerts des Gunter Hampel Quintetts aus dem Vorjahr. Dank der neuen Gemeinschaftsantenne war der Empfang knisterfrei.

Ich lag ausgestreckt auf dem Sofa, eine Flasche Frascati im Weinkühler und das Ebenholzkästchen mit den filterlosen Zigaretten in Reichweite. Langsam verebbten die Nachwirkungen des Kölschen Roulette, das ich am Vorabend mit den Jungs vom Stammtisch gespielt hatte. Keine Frage, das Leben war schön.

Die Tür flog auf, und Christina, die Tochter meiner Lebensgefährtin Charlotte, kam herein. Ohne zu fragen schaltete sie das Radio aus, schob meine Beine zur Seite und setzte sich.

»Ich lese dir jetzt einen Text vor, und du mußt darauf achten, daß ich alles richtig ausspreche«, sagte sie.

»Englisch?« stammelte ich, fassungslos ob des unverfrorenen Auftritts.

Sie nickte.

»Warum fragst du nicht Charlie? Ihr Englisch ist besser als meins.«

»Weil sie telefoniert.«

»Noch immer?«

»Sie muß sich mit sämtlichen Lokalredaktionen abstimmen. Morgen mittag landet doch Queen Elisabeth in Wahn.«

Als ob ich das nicht gewußt hätte. Seit Ende Januar, seit Charlotte, die von uns nur Charlie genannt wurde, zur Sonderkorrespondentin des Stadt-Anzeigers für den Besuch der englischen Königin ernannt worden war, war bei uns von nichts anderem mehr die Rede. Mal abgesehen von dem bevorstehenden Boxkampf zwischen Cassius Clay und Sonny Liston sowie der unheimlichen Mordserie, der in diesem Frühjahr in Köln bereits acht junge Männer zum Opfer gefallen waren. Aber beides waren keine Themen für dreizehnjährige Mädchen mit Zahnspangen.

»Was ist denn das für ein Text?«

»Old Man at the Bridge. Eine Kurzgeschichte von Hemingway. Eineinhalb Seiten lang.«

»Dann ist das amerikanisches Englisch. Da bin ich erst recht nicht kompetent.«

»Ich dachte, du hättest das in der Gefangenschaft gelernt.«

»Bei den Tommys, nicht bei den Amis.«

»Wenn ich das morgen nicht picobello vortragen kann, kriege ich eine Fünf. Möchtest du dafür die Verantwortung übernehmen?«

Der Sonnenfleck verlosch, und der Wind trug auf einmal Gerüche einer Mahlzeit herein, die ich nicht durch den Hals bekäme.

»Ich wäre besser Friseur geworden«, sagte ich.

»Du und Friseur«, lachte Charlie, die unerwartet im Türrahmen stand. »Eher lernt Müllers Aap singen.«

In dem dunkelblauen Kostüm, mit doppelreihiger Perlenkette und der dazu passenden Kragenbrosche sah sie aus wie eine Bankiersgattin. Eine bildschöne Bankiersgattin. Nach wie vor die einzige Schwarzhaarige mit blauen Augen, die ich kannte. Neben ihr würde die Queen zur grauen Maus werden.

»Dann hätte ich heute Ruhetag«, sagte ich.

»Du hast doch Ruhetag.«

»Unter Ruhe stelle ich mir etwas anderes vor.«

Wie zur Bestätigung klingelte schon wieder das Telefon. Charlie verschwand, war aber umgehend wieder da.

»Diesmal ist es für dich«, sagte sie. »Dr. Hackländer.«

Ich scheuchte Christina vom Sofa, um aufstehen zu können, und schlurfte in den Flur. Dr. jur. Franz-Josef Hackländer war Anwalt und Notar und gleichzeitig ein Freund, der am Stadtwaldgürtel eine renommierte Kanzlei betrieb.

»Effjott?«

»Leo, na endlich«, meldete sich seine sonore Stimme. »Ich versuche seit Stunden, dich zu erreichen, aber bei euch ist ja ständig besetzt. Und in der Gaststätte hebt niemand ab.«

»Heute ist Ruhetag«, sagte ich und kam mir dabei blöd vor. »Die Kneipe ist geschlossen. Was gibt's denn?«

Er räusperte sich. »Ich brauche deine Hilfe. In einer Stunde erwarte ich eine Klientin, die einen privaten Ermittler benötigt. Ich habe dich vorgeschlagen.«

Seinem feierlichen Tonfall nach zu schließen, kam das einer Nominierung für den Nobelpreis gleich. Ich wurde auf der Stelle mißtrauisch. »Worum handelt es sich denn? Diebstahl? Erpressung? Oder soll ich den Ehemann aus fremden Betten holen und an den Ohren nach Hause schleifen? Mensch, Effjott, du weißt doch, daß ich solche Aufträge nicht mehr übernehme.«

»Selbstverständlich weiß ich das, Leo. Aber dieses eine Mal mußt du mir noch helfen.« Das klang fast flehentlich. »Die Dame und ihr Gatte sind langjährige Klienten. Mehr noch, ich darf sagen, wir sind Freunde. Vornehmlich berate ich sie in Vermögensfragen. Diesmal jedoch ...«

»Diesmal jedoch was?«

FJ druckste herum. »Es handelt sich um eine Angelegenheit, über die ich unmöglich am Telefon sprechen kann. Ich schlage vor, daß du einfach zu dem Termin dazustößt.«

»Ich denke überhaupt nicht daran«, erwiderte ich pampiger, als ich es wollte. »Wenn ich heute abend noch einmal aus dem Haus soll, will ich wissen, warum. Oder glaubst du, ich habe Lust, nach einem entlaufenen Schoßhund zu fahnden?«

»Es geht doch nicht um einen Hund, Leo.«

»Sondern?«

Seine Backenzähne mahlten vernehmlich. Dann schnaufte er. »Es handelt sich um ein Kapitalverbrechen«, sagte er leise. »Mehr kann ich dir momentan wirklich nicht sagen.«

»Welche Art von Kapitalverbrechen?«

»Verflixt und zugenäht, Leo! Kannst du mir nicht einmal vertrauen?«

»Ein Stichwort genügt mir.«

Es dauerte eine kleine Ewigkeit, aber dann gab er klein bei. »Nun gut, ein Wort«, bot er an. »Aber danach keine weiteren Fragen, einverstanden?«

»Einverstanden.«

FJs Flüstern war kaum zu verstehen. »Mord.«

Ich war schlagartig hellwach. »Mord?«

»Ja, Mord«, betonte er. »Ich erwarte meine Klientin um zwanzig Uhr. Bitte sei pünktlich. Und zieh dir etwas Anständiges an.«

Bevor ich nachhaken konnte, hatte er aufgelegt.

Ich ging zurück ins Wohnzimmer, steckte mir eine Zigarette zwischen die Lippen und gab mir Feuer. Sorgfältig rauchend starrte ich aus dem Fenster. Die Rezitation in meinem Rücken wurde unterbrochen.

»Was hast du?« fragte Charlie. »Ist etwas passiert?«

»Nein, nein«, sagte ich. »Ich muß nur noch mal weg.«

Während Christina mit der Kurzgeschichte fortfuhr, erinnerte ich mich an das letzte Mal, als ich in einem Mordfall ermittelt hatte. Das war gut und gern zwei Jahre her. Damals hatte das Ganze mit einer Katastrophe geendet, die mich beinahe das Leben gekostet hätte. Böse Vorahnungen versuchten sich in meinem Kopf breitzumachen. Ich schickte sie zum Teufel, drückte die Zigarette aus und ging ins Schlafzimmer. Ein weißes Hemd, eine dezent gestreifte Krawatte und der graue Flanellanzug machten mich salonfähig. Für alle Fälle steckte ich mir die Sonnenbrille ein. Vielleicht hatte FJs Klientin ja ein Faible für stilechte Auftritte.

Keine zehn Minuten später saß ich in meinem P2 und fuhr in Richtung Stadtwald.

Die Kanzlei nahm die gesamte erste Etage einer altehrwürdigen Villa in Höhe der Straßenbahnhaltestelle Wüllnerstraße ein. Das war von Vorteil, falls man einen über den Durst getrunken und kein Geld fürs Taxi hatte. Zwei Dinge, die FJ nie widerfahren würden.

Im Erdgeschoß residierte ein gewisser Dr. med. Emanuel Platte, ein siebzigjähriger, stadtbekannter Gynäkologe und Frauenheld. Die Partys, die der Doc regelmäßig veranstaltete, waren berühmt-berüchtigt. FJs Privatgemächer lagen im zweiten Stock, hinter dem kleinen Balkon. Hundert Quadratmeter vom Feinsten. Einzig ein Anstrich hätte dem alten Kasten gutgetan.

Die Sonne verabschiedete sich gerade, als ich den Opel zwischen einem elfenbeinfarbenen 230 SL und einem Maserati einparkte, der die gleiche Farbe hatte wie die Schläfen seines Besitzers. Daß er die Lackierung deshalb gewählt hatte, gab FJ sogar zu. Einmaliges Läuten genügte, dann summte der Türöffner. Der dicke Läufer, der sich die Treppe hinaufzog, schluckte jedes Geräusch.

FJ wartete bereits an der Eingangstür der Kanzlei, streckte mir die Hand entgegen und strahlte, als sei ich der Hauptgewinner der diesjährigen Tombola. Seine Ähnlichkeit mit Cary Grant wurde immer frappanter. Sein zweiter Blick war kritischer.

»Du siehst verschlafen aus, Leo. Willst du dich kurz frisch machen?«

Ich zog die Sonnenbrille aus dem Sakko und schob sie mir auf die Nase. »Besser so?«

»Bloß nicht. Wir wollen Frau Dettmers ja nicht erschrecken. Wenigstens bist du pünktlich.«

Ich setzte die Brille wieder ab. »Was soll das denn heißen?«

»Psst! Sie wartet bereits. Geh durch. Wir sind in meinem Büro.«

Er trat zur Seite, und ich ging über die knöcheltiefe Auslegware den Flur entlang. Die Tür zum Büro war nur angelehnt. Links stand der Schreibtisch aus dunklem Tropenholz, an dem die großen Plädoyers entworfen wurden. Die Schnitzereien des Möbels korrespondierten mit denen der Wandvertäfelung. Rechts befand sich eine lederne Sitzgruppe, die zu Besprechungen im kleinen Kreis diente. Zwei stoffbespannte Stehlampen sorgten für die Beleuchtung.

Die Dame, die auf dem Sofa saß, war mager, mit harten Zügen, schmalen Lippen und tiefliegenden Augen, die einen unermeßlichen Kummer ausdrückten. Ihre Größe war schwer zu schätzen, da sie sitzenblieb, aber sie war höchstens einen halben Kopf kleiner als ich. Sie trug ein schlichtes schwarzes Kostüm. Der dazu passende Hut und ein Paar Handschuhe lagen neben ihr auf dem Zweisitzer. Ich schätzte sie auf Ende vierzig. Während FJ uns bekannt machte, hielt sie mir eine dürre Hand hin, die ich artig nahm. Die Hand war kalt wie eine tote Makrele. Ich fröstelte.

*

Wir setzten uns, und mir wurde ungefragt ein vorschriftsmäßig gefüllter Cognacschwenker hingestellt. Frau Dettmers und FJ tranken Sherry. Der Advokat eröffnete die Partie.

»Liebe Franziska, vielleicht ist es am einfachsten, wenn ich Herrn

Saalbach zunächst grob in Szene setze. Sobald wir dann in die Details gehen, würde ich dich bitten, auszuführen.«

Frau Dettmers nickte kaum merklich. FJ stützte die Ellbogen auf die Sessellehnen und legte die Fingerspitzen zusammen. Seine typische Haltung, wenn er referierte.

»Michael Dettmers, Franziskas Sohn, ist am 14. April diesen Jahres ermordet worden.«

Dann kam eine längere Pause, die peinlich war, weil ich nicht wußte, ob ich mein Beileid aussprechen sollte. Bevor ich mich entscheiden konnte, fuhr FJ jedoch fort.

»Michael war dreiundzwanzig Jahre alt, studierte Medizin und sollte später die Praxis seines Vaters, Dr. Carl-Alexander Dettmers, übernehmen. Dr. Dettmers ist einer der angesehensten Urologen der Stadt, mußt du wissen. Tragischerweise wurde Michael nun das Opfer eines Gewaltverbrechens, und bedauerlicherweise hat die Polizei bisher keine heiße Spur, geschweige denn, daß sie in der Lage gewesen wäre, dieses Verbrechen aufzuklären. Franziska – Frau Dettmers – hat sich daher entschlossen, einen privaten Ermittler hinzuzuziehen. Aufgrund meiner Empfehlung ist ihre Wahl auf dich gefallen.«

Anscheinend war das erst einmal alles, denn FJ sah mich nur an und sagte nichts mehr.

»Wo und wie wurde er ermordet?« fragte ich.

FJ schloß die Augen und verbarg seinen Mund hinter den Fingern. Es sah aus, als bete er. »Er wurde erschossen«, flüsterte er.

»Hier in Köln?«

Frau Dettmers ergriff das Wort. »Mein Sohn ist offenbar das Opfer eines Geisteskranken geworden«, sagte sie. »Dieser Irre hat in den letzten neun Wochen in Köln acht junge Männer ermordet. Alle auf die gleiche perfide Art und Weise. Sie haben doch sicher von dieser grauenhaften Mordserie gehört?«

Und ob ich davon gehört hatte. Die Zeitungen quollen schier über vor Berichten über das Verbrechen des Jahrhunderts oder den Ripper von Köln. Ich verdrehte die Augen. Am liebsten hätte ich FJ ein paar auf die Nase gehauen. Statt dessen riß ich mich zusammen.

»Es tut mir leid, Frau Dettmers«, sagte ich. »Aber diesen Fall kann ich nicht übernehmen. Das ist unmöglich.«

»Wieso nicht?« fragte sie.

Ich beugte mich vor. »Dagegen sprechen tausend Gründe. Der wichtigste ist jedoch, daß ich von vornherein weiß, daß ich erfolglos sein würde. Die Kripo hat wegen dieser Mordserie eine Sonderkommission gebildet, der meines Wissens zwanzig hochkarätige Beamte angehören. Diese Männer verfügen über einen äußerst effizienten Apparat, mit allem, was dazu gehört. Wenn sie trotzdem nichts herausgefunden haben, ist es ausgeschlossen, daß ich etwas finden werde. Mich zu engagieren wäre pure Geldverschwendung.«

»Geld spielt keine Rolle«, versetzte sie.

»Das glaube ich Ihnen gern. Aber es gehört zu meinen Prinzipien, Aufträge abzulehnen, bei denen ich a priori weiß, daß ich keine vernünftigen Resultate liefern kann. Außerdem habe ich mich letztes Jahr aus diesem Metier zurückgezogen und betreibe eine Gastwirtschaft. Ich bin sozusagen eingerostet. Es tut mir leid, Frau Dettmers, aber ich kann Ihnen nicht helfen.«

Ihr Gesichtsausdruck wurde nahezu feindselig, dann wanderten ihre Augen zu FJ. Da ich nichts weiter zu sagen hatte, leerte ich den Schwenker und schenkte mir nach.

FJ mußte ihren Blick gespürt haben. Er stand auf. »Leo, auf ein Wort. Franziska, bitte entschuldige uns.«

Mein Glas begleitete mich ins Vorzimmer, in dem normalerweise Inge, FJs Sekretärin, das Zepter schwang. FJ besetzte ihren Stuhl, ich durfte den der Kanzleigehilfin benutzen.

»Ich habe so etwas erwartet und Frau Dettmers vorgewarnt«, begann er. »Vielleicht hätten wir vorher unter vier Augen sprechen sollen. Wie dem auch sei, ich bitte dich in aller Freundschaft, den Auftrag anzunehmen. Und sei es nur mir zuliebe.«

»Spinnst du? Soll ich der Frau das Geld aus der Tasche ziehen?«

»Du siehst das falsch, Leo. Wie Frau Dettmers schon sagte, Geld spielt überhaupt keine Rolle. Hier geht es um etwas anderes.«

»Ach ja?«

»Allerdings«, bestätigte er und nahm seine dunkle Hornbrille in die Hand. »Frau Dettmers ist mit den Nerven am Ende, auch wenn sie sehr beherrscht wirkt. Ich kenne sie seit Jahren, daher kann ich das beurteilen. Michael war ihr ein und alles. Sie plagt sich mit unsinnigen Vorwürfen, sein Tod sei ihre Schuld, weil sie ihn vernachlässigt habe und ähnliches.«

Ich nippte an dem Cognac. Mir schmeckte das überhaupt nicht. Ich sollte, aus der Übung, wie ich war, in einen Fall einsteigen, an dem sich die Polizei seit Wochen die Zähne ausbiß. Das konnte großen Ärger mit sich bringen.

Andererseits hatte ich FJ viel zu verdanken, wahrscheinlich mehr, als ich je würde gutmachen können. Als ich vor fünf Jahren mein Hotel und meinen Porsche verloren hatte, weil ich mir faule Aktien hatte andrehen lassen, hatte er mich erstklassig, und vor allem honorarfrei, vertreten. Von ihm stammte auch die Idee, daß ich es mit privaten Ermittlungen versuchen sollte, um wieder auf die Beine zu kommen. Während Charlie – zunächst als freie Mitarbeiterin – beim Stadt-Anzeiger angeheuert hatte, hatte ich, zumeist in FJs Auftrag, gerichtsverwertbare Beweise aller Art gesammelt. So war es uns gelungen, unsere Schulden abzutragen. Vor einem Jahr hatte ich dann genug zusammen gehabt, um das Haus Weißenburg im Agnesviertel pachten und die plattgelaufenen Schuhe an den Nagel hängen zu können. Das Dilemma war perfekt. FJ sah, wie ich mich quälte, schwieg aber. Schließlich kam es, wie es kommen mußte. Ich kapitulierte. Ein gewaltiger Seufzer besiegelte meine Niederlage.

FJ strahlte. »Ich wußte, daß ich mich auf dich verlassen kann, Leo.« Dann klopfte er mir auf die Schulter und unternahm gleichzeitig einen höchst untauglichen Versuch, mir Mut zu machen. »Denk positiv, Leo«, sagte er munter. »Das hilft.«

Einer meiner gefürchteten Killerblicke ließ ihn verstummen. Wir gingen zurück in sein Büro. Frau Dettmers stand am Fenster und drehte sich um, als sie uns hörte. Ihr Anblick ließ mir das Blut in den Adern gefrieren. Im Halbdunkel, vor dem Hintergrund des weißen Stores, sah sie für einen Augenblick wie ein Sendbote des Todes aus.

Nachdem wir erneut Platz genommen hatten und FJ die frohe Botschaft verkündet hatte, gingen wir ans Eingemachte. Ich stellte meine Fragen, und Frau Dettmers antwortete ruhig und sachdienlich. FJ saß die ganze Zeit schweigend daneben und half seiner Klientin nur einmal mit einer Formulierung aus.

Ich bekam eine Kurzfassung von Michael Dettmers' Lebenslauf, der sich kaum von Werdegängen anderer junger Männer seines Alters und seiner Herkunft unterschied. Volksschule, Gymnasium, 1960 Abitur, anschließend zur Bundeswehr, Medizinstudium ab Herbst '62.

Danach sprachen wir über seinen Umgang und seine Gewohnheiten. Seine Freizeit schien er hauptsächlich auf dem Tennisplatz in Gesellschaft seiner Verlobten – die Verlobung hatte Weihnachten vergangenen Jahres stattgefunden – verbracht zu haben. Namen und eventuelle Anschriften von Freunden hatte Frau Dettmers nicht parat, aber wir vereinbarten, daß FJ und ich sie nach Hause begleiten würden, wo sie mir die notwendigen Informationen heraussuchen würde. Schließlich schilderte sie noch den Ablauf von Michaels letztem Tag, soweit er ihr bekannt war, wobei sie endlich einmal die Fassung verlor und in Tränen ausbrach.

Zum Stand der polizeilichen Ermittlungen konnte sie so gut wie nichts mitteilen. Entweder gab es wirklich null Ergebnis, oder aber die Kripo hielt sich bedeckt. Der finanzielle Part war schnell geregelt. Frau Dettmers akzeptierte meinen Tagessatz ohne Wenn und Aber. Mit der Auszahlung eines Vorschusses und der Kontrolle meiner Abrechnungen beauftragte sie unseren gemeinsamen Freund. Ferner wurde vereinbart, daß ich meine Berichte an die Kanzlei Hackländer richten sollte. FJ würde Frau Dettmers auf dem laufenden halten. Den Standardvertrag durften wir mit seinem goldenen Füllfederhalter unterzeichnen.

Wir waren schon im Begriff aufzustehen, als Frau Dettmers noch etwas einfiel.

»Ehe ich es vergesse, Herr Saalbach. Ich muß Sie um äußerste Diskretion bitten. Mein Mann ist über meinen Schritt, einen privaten Ermittler zu engagieren, nicht informiert und würde diesen auch nicht billigen. Daher verlange ich, daß Sie sich absoluter Zurückhaltung befleißigen. Sie dürfen weder zur Polizei – auch nicht zu untergeordneten Dienststellen – noch zur Verlobten meines Sohnes Kontakt aufnehmen.«

Ich war irritiert. »Das geht nicht. Ich bin darauf angewiesen, zunächst mit meinem Informanten bei der Kripo zu sprechen. Ich brauche den Stand der Ermittlungen, um darauf aufbauen zu können.«

»Das ist ausgeschlossen!«

»Dann können Sie das Ganze vergessen.«

FJ schaltete sich ein. »Leo, du mußt die besondere Lage verstehen, in der Frau Dettmers sich befindet. Es ist ja nicht zuletzt auch in deinem Interesse, daß die Tatsache deines Engagements keine Kreise zieht.«

Nun verstand ich überhaupt nichts mehr. »Kannst du mir verraten, wie ich ermitteln soll, wenn ich mit den wichtigsten Ansprechpartnern keinen Kontakt aufnehmen darf? Das ist absurd.« Ich änderte die Blickrichtung. »Und überhaupt, warum soll ich nicht mit der Verlobten Ihres Sohnes sprechen? Arbeitet sie etwa bei der Polizei?«

Frau Dettmers preßte die Lippen zusammen, und ihr Rechtsbeistand mußte erneut in die Bresche springen.

»Dein Einverständnis vorausgesetzt, Franziska, werde ich Herrn Saalbach die Zusammenhänge darlegen.« FJ verrenkte seinen Oberkörper in meine Richtung. »Die Verlobte von Michael ist Judith Meynhardt, die Tochter des Polizeipräsidenten, und der Präsident ist darüber hinaus ein Freund der Familie Dettmers. Verstehst du nun?«

Das tat ich. Offenbar guckte ich jedoch nicht überzeugt genug aus der Wäsche, denn Frau Dettmers setzte noch einen drauf.

»Ich will unter allen Umständen vermeiden, daß es zu einem Vertrauensbruch zwischen dem Präsidenten und unserer Familie kommt. Ich kann das nur damit vergleichen, wie getroffen Carl-Alexander wäre, würde ein Patient außer seiner Diagnose noch die eines Kollegen einholen.«

Rücksichtnahme auf Eitelkeiten, das hatte mir gerade noch gefehlt. Ich versuchte es trotzdem noch einmal. »Solche Einschränkungen machen jedwede Erfolgsaussicht zunichte. Ganz zu Anfang habe ich bereits erklärt, daß meine Chancen in diesem Fall ohnehin sehr gering sind. Wenn ich nun –«

FJ fuhr mir energisch in die Parade. »Woraufhin ich dir die Hintergründe auseinandergelegt habe. Ich dachte, wir hätten uns verstanden.«

FJ war ein Idiot, und dafür haßte ich ihn. Unter diesen Bedingungen konnte ich, anstatt meinen Job zu tun, genausogut im Keller sitzen und mir abwechselnd die Finger in die Nase stecken. Es gab einen kurzen, heftigen Kampf der Blicke. Ich verlor, wie gehabt. Der Rechtsverdreher erhob sich.

»Dann sind wir uns wohl einig. Können wir gehen, Franziska?«

Wir konnten.

*

Als wir vor dem Haus der Dettmers in der Leyboldstraße in Marienburg ausstiegen, erfuhr ich, daß Dr. Dettmers für einige Tage an einem Symposium in Frankfurt teilnahm, was uns die Gelegenheit gab, Michaels Zimmer zu inspizieren.

Das Haus war ein Walmdachkasten mit weißgestrichenen Klinkern, dunklen Fensterläden und zwei Garagen, einer an jeder Seite. Interessant, was man so zusammenraffen konnte, wenn man sich mit Blase & Co. beschäftigte. Michaels Zimmer lag in der ersten Etage. Es handelte sich um ein typisches Burschenzimmer, bestückt mit buchenfurniertem Mobiliar und vielleicht etwas zu jungenhaft ausgestattet für einen Mann von dreiundzwanzig Jahren. An den Wänden hingen Poster der Beatles und der Lords und eins von Sean Connery als James Bond auf der Jagd nach Dr. No. Ursula Andress im Bikini fehlte, vielleicht hatte Michael sie aus Rücksicht auf seine Mutter abgeschnitten. Dann waren da noch ein Dartboard mit sechs Pfeilen, ein Siebdruck, der nichts Erkennbares darstellte und den Michael offensichtlich selbst signiert hatte, ein Wimpel vom KTHC Rot-Weiß und eine Pinnwand mit Fotos. Sie zeigten Michael auf dem Tennisplatz, beim Skifahren, am Steuer eines Karmann Ghia Cabriolets und mit einem Papierhut auf dem Kopf bei einem fröhlichen Gelage in einer Gaststätte.

Er war blond und gutaussehend gewesen, mit kurzem Haar und offensichtlich gesunden Zähnen, die er auf allen Bildern zur Schau stellte. Die Aufnahme einer hübschen blonden Frau im gestreiften Badeanzug erwies sich als eine von Judith Meynhardt. Der Rest war uninteressant. Bücher gab es nur wenige. Die Schallplatten boten den üblichen Querschnitt, allerdings fehlte ein Plattenspieler. Ich öffnete den Kleiderschrank und fand so gut wie keine Garderobe.

Meine Nachfrage ergab, daß Michael seit zwei Jahren zusätzlich ein Zimmer zur Untermiete im Belgischen Viertel bewohnt hatte, das ihm seine Eltern finanzierten. Um ihm ein selbständiges Leben zu ermöglichen, wie Frau Dettmers betonte. Dann verließ sie uns, um die Adressen von Michaels Freunden aufzuschreiben und dem Familienalbum eine Fotografie zu entnehmen. Ich stöberte noch ein bißchen, aber das Zimmer gab nichts weiter her, und so gingen FJ und ich keine fünf Minuten später nach unten. Frau Dettmers erwartete uns in einem langweilig, aber kostspielig eingerichteten Wohnzimmer. Die Liste der Freunde wies sage und schreibe drei Namen auf, einer davon war zudem noch Michaels Mentor an der Universität. Erschreckend wenig für einen jungen Mann, aber ich hatte keine Lust, darauf herumzureiten. Die Aufnahme zeigte Michael in einem blauen Blazer hinter einem Sessel stehend, in den man einen weißen Pudel verfrachtet hatte.

FJ plagte sein Gewissen. Er wußte sehr wohl, was er mir mit diesem Auftrag eingebrockt hatte. Auf dem Weg zu unseren Wagen machte er daher den Versuch, mich zu besänftigen, und schlug ein gemeinsames Abendessen vor. Ich wollte es ihm nicht unnötig leicht machen, daher sagte ich ihm, was er mit dem Essen machen könnte, krabbelte in meinen Opel und brauste grußlos davon.

Als ich nach Hause kam, lag Charlie schon im Bett und schlief. Ein Zettel auf dem Küchentisch informierte mich, daß sie bereits um fünf Uhr aufstehen mußte. Im Namen ihrer Majestät. Ich warf mich auf die Couch, hörte ein Hörspiel auf Sender Hilversum, von dem ich kein einziges Wort verstand, und tat mich an dem inzwischen warmen Frascati gütlich. Irgendwann schlief ich ein.

Dienstag, 18. Mai 1965

Der Morgen hielt einen strahlenden Himmel und einen leichten Kater bereit. Die Kinder aus dem Stockwerk über uns tobten durch die Wohnung, als würden sie einen Kriegstanz einstudieren. Die Mutter der beiden Bälger war eine gutgewachsene Brünette von sanftem Wesen. Der dazugehörige Ehemann und Vater war eine Schlafmütze, die bei KHD in der Buchhaltung arbeitete. Woher die Kinder ihr unsägliches Temperament hatten, war mir ein Rätsel.

Christina und Charlie waren bereits ausgeflogen. Die eine zur Schule, die andere zum Flughafen. Ich lud die Kaffeemaschine und kletterte in die Wanne. Eine viertelstündige, heiße Berieselung mit anschließendem Kaltwasserschock brachte mich wieder in Form. Ich zog mich an, schlürfte meinen Kaffee und ging ins Erdgeschoß.

Meine Kneipe war unversehrt. Niemand hatte versucht einzubrechen und Schnaps zu stehlen. Ich prüfte, ob alles bereitstand für den Ansturm der Schluckspechte um elf Uhr. Bis dahin waren es noch zwei Stunden. Kurz vor elf würde Erika kommen, die Frau meines alten Freundes Toni. Da Toni sich selbständig gemacht hatte und sein Taxi abstottern mußte, konnten sie jede Mark gebrauchen. Allerdings blieb Erika nur bis drei, dann mußte sie ihren Sohn abholen, der nach der Schule von ihrer Mutter betreut wurde. Für die zweite Schicht von siebzehn bis zweiundzwanzig Uhr hatte ich Frau Linnich aus der Nachbarschaft angestellt. Komplettiert wurde die Mannschaft durch mein Faktotum Jupp, das ich schon zu den seligen Hotelzeiten beschäftigt hatte.

Ich stieg in den Keller hinunter. Neben den Vorräten für die Gastwirtschaft, den Briketts, diversen Fahrrädern, Autoreifen und Werkzeug stapelten sich dort die Stadt-Anzeiger der letzten Wochen. Einige Exemplare würden als Einwickelpapier enden, die meisten jedoch im kommenden Winter im Ofen landen. Es dauerte keine Viertelstunde, dann hatte ich sämtliche Artikel ausgegraben, in denen über die mysteriöse Mordserie an den jungen Männern berichtet wurde. Ich trug die entsprechenden Ausgaben nach oben und machte mich an die Arbeit.

Ich notierte mir Namen, Alter und Beruf der Männer. Vier der Ermordeten waren Studenten gewesen, einer Arbeiter bei den Kölnischen Gummifäden, einer Schlosser bei Ford, ein weiterer Rezeptionist in einem Düsseldorfer Hotel, aber mit Wohnsitz in Köln. Als letzten hatte es einen arbeitslosen Schreiner erwischt. Die Fundorte der Leichen lagen samt und sonders in der Innenstadt. Abgesehen davon, daß alle Männer durch einen Schuß in die Schläfe getötet worden waren, war aufgrund der Zeitungsartikel kein einheitliches Tatmuster zu erkennen. Zeugen gab es nicht. Genausowenig schien es Verbindungen zwischen den Opfern zu geben. Auffällig war lediglich, daß alle Männer im gleichen Alter gewesen waren, der jüngste zweiundzwanzig, der älteste vierundzwanzig. Das war alles. Glaubte ich der Zeitung, dann tappte die Kripo nach wie vor vollständig im dunkeln. Unterstützt wurde diese Vermutung dadurch, daß man die Morde einem unbekannten Irren anlastete, was zumeist ein sicheres Indiz dafür war, daß man nichts in der Hand hatte.

Trotzdem, ich mußte es genau wissen. Ich spürte zwar Frau Dettmers' drohenden Blick im Genick, als ich den Hörer abhob, aber wenn ich es nicht täte, konnte ich mich wirklich in die Flora setzen und Bienchen zählen. Nach dem fünften Klingelzeichen hob Dagmar ab.

»Hier ist Leo. Hallo.«

»Leo! Läßt du auch mal wieder etwas von dir hören? Wir dachten schon, wir hätten euch irgendwie verärgert.«

»Keineswegs. Ich war nur beschäftigt. Wie geht es?«

»Danke. Willst du Lothar sprechen?«

»Wenn er da ist.«

»Er ist gerade aufgestanden.«

»Erst jetzt? Staatsdiener müßte man sein.«

»Hör bloß auf. Lothar ist erst um vier Uhr nach Hause gekommen. Wegen des Serienmörders ist zur Zeit der Teufel los. Grüß Charlotte von mir.«

»Mach ich.«

Dagmar war Lothar Müllers Frau. Ihn kannte ich seit dem Krieg. 1943 hatte er als Kriegsberichterstatter zwei Fahrten auf U449 mitgemacht, dem U-Boot, auf dem ich als Zweiter Wachoffizier gedient hatte. Wir hatten uns später noch ein paarmal getroffen, uns nach dem Krieg jedoch aus den Augen verloren. Um so größer war die Überraschung, als wir uns vor sieben Jahren auf dem Eigelstein über den Weg gelaufen waren. Damals waren die Müllers gerade von Hannover nach Köln übergesiedelt. Lothar hatte umgeschult und arbeitete bei der Kripo. Inzwischen gehörte er zur Mannschaft von Heinrich Matern, dem Leiter der Mordkommission.

»Leo, alter Junge«, trompetete er mir ins Ohr. »Alles klar?«

»Ja, danke. Ich hoffe, bei dir auch. Hast du Zeit?«

»Heute noch?«

»Wenn möglich.«

Er murmelte etwas Unverständliches. Dann kam Klartext. »Wie wäre es mit einem verspäteten Frühstück?«

»Und wo?«

»Im Café Reichard? Um halb elf?«

Ich sah auf die Uhr. Das war in einer halben Stunde. »Du bist eingeladen.«

»Vergiß es. Meine Schwiegereltern sind zu Besuch. Ich bin froh, wenn ich hier schnell die Kurve kratzen kann.«

»Wie du willst.« Ich ging nochmals meine Notizen durch. Die wichtigsten Daten saßen. Ich schrieb Erika einen Zettel, falls ich mich verspäten sollte, und machte mich auf den Weg. In der Marzellenstraße gegenüber von Hemden Bialk gab es einen freien Parkplatz. Den Rest ging ich zu Fuß.

Lothar saß am Rand der Terrasse mit Blick auf den Dom. Ich turnte über die Einfassung. Wir hatten einen Vierertisch für uns, und auch die unmittelbar benachbarten waren unbesetzt. Lothars strubbelige Haare waren vielleicht eine Spur kürzer, ansonsten sah er aus wie immer. Unterhalb seiner Kassenbrille empfing mich ein mächtiges Grinsen, umrahmt von den Stoppeln, die die morgendliche Rasur überlebt hatten.

»Du siehst übernächtigt aus«, sagte ich zur Begrüßung.

»Ach, hör auf. Liest du keine Zeitung?«

Wir bestellten beide Frühstück mit Eiern im Glas. Lothar nahm dazu Tee, ich Kaffee. Nachdem die Bedienung serviert hatte, erkundigte er sich, ob die Kneipe liefe.

»Die muß ein paar Tage ohne mich auskommen«, sagte ich. »Ich bin wieder im Geschäft.«

Lothars Gesicht war purer Unglaube. »Du schnüffelst wieder? Warum?«

»Ich war jemandem einen Gefallen schuldig.«

»Weißt du überhaupt noch, wie das geht? Du bist doch seit einem Jahr raus aus dem Geschäft.«

»Es wird schon werden.«

»Und woran arbeitest du?«

»An der gleichen Geschichte wie du, wenn stimmt, was in den Zeitungen steht«, sagte ich gedämpft. »Nämlich, daß du der neue stellvertretende Leiter der Sonderkommission für die Mordserie bist. Materns rechte Hand.«

Lothar fiel beinahe das Marmeladenbrötchen ins Teeglas. »Das ist nicht dein Ernst!«

»Leise! Doch. Du kannst mir glauben, daß ich mich nicht danach gedrängt habe.«

»Wer ist dein Auftraggeber?«

»Die Mutter eines der Opfer.«

»Welches der Opfer?«

»Wir haben vereinbart, daß ich ihren Namen nicht nenne.«

Sein Gesicht verschloß sich, und er lehnte sich zurück. »Von mir erfährst du nichts, mein Lieber. Kein Sterbenswörtchen.«

»Du liebe Güte, nun sei doch nicht gleich beleidigt. Das hatten wir doch schon öfter.«

»Dabei ging es aber nie um einen Fall von solcher Brisanz.« Er beugte sich vor. »Weißt du eigentlich, auf was du dich da eingelassen hast? Mir scheint nicht.«

»Was macht den Fall denn so heikel?«

»Alles!« Seine Handbewegung bezog den gesamten Kosmos mit ein. »Der Polizeipräsident höchstpersönlich leitet die Kommission.«

»Wieso Meynhardt? Was ist mit Matern?«

»Matern liegt in Merheim. Er hat Lungenkrebs im Endstadium.« Lothar lächelte melancholisch. »Er hat mir erzählt, daß ihr euch früher mehrfach in die Quere gekommen seid, als er noch bei der Zollfahndung war und du Kaffee geschmuggelt hast.«

Ich war schockiert. »Bei aller Feindschaft – das hat er nicht verdient. Er war ein guter Polizist.«

»Das ist er noch immer. Wir halten ihn ständig auf dem laufenden, und er steht uns mit Rat und Tat zur Seite.«

Irgendwie war der Gesprächsfaden gerissen. Lothar fand ihn als erster wieder. »Wie gesagt, Meynhardt selbst leitet die Kommission. Ziemlich energisch. Zum einen sitzen ihm der Regierungspräsident und der Innenminister im Nacken, zum anderen war eines der Opfer sein Schwiegersohn in spe. Und dann ist da noch der bevorstehende Besuch von Königin Elisabeth.«

Das Stichwort war gefallen. Zwei ältere Damen, frisch onduliert, die zwischenzeitlich am Nebentisch Platz genommen hatten, reckten die Köpfe in unsere Richtung.

»Was hat denn die damit zu tun?« fragte ich verwirrt.

»Es gibt ernstzunehmende Drohungen seitens der britischen Botschaft, Köln aus dem Besuchsprogramm zu streichen, sollte der Serienmörder bis dahin nicht dingfest gemacht worden sein.«

»Die Königin ist doch kein junger Kerl. Was soll ihr denn passieren?«

Lothar warf die Arme hoch. »Frag mich nicht. Das Ganze hat eine Dimension angenommen – du kannst es dir nicht vorstellen. Seit dem letzten Mord vor zehn Tagen herrscht totale Nachrichtensperre. Der Druck, unter dem wir stehen, ist unmenschlich. Da passieren natürlich auch Fehler. Meinen Vorgänger Schmallenberg hat das den Job gekostet. Weißt du, was der inzwischen macht? Der jagt jetzt Viehdiebe in der Eifel. So sieht es aus.«

»Verstehen kann ich es. Acht Morde in neun Wochen. Und ihr habt kein Ergebnis vorzuweisen.«

»Ganz genau. Nach Schmallenbergs steht nun meine Karriere auf dem Spiel. Wenn ich kurzfristig nichts Brauchbares liefere, bin auch ich erledigt. Und da kommst du daher und –«

Ich winkte ab. »Ganz ruhig. Du brauchst es ja nicht umsonst zu tun. Laß uns zusammenarbeiten. Das hat doch in der Vergangenheit immer ganz gut funktioniert. Denk an den Juweliermord. Ohne meine Informationen hättest du den niemals aufgeklärt.«

»Einen Dreck werde ich!« explodierte Lothar.

Die Damen am Nebentisch fielen fast von ihren Stühlen. Inzwischen schien das Bedrohliche, das von uns ausging, unseren Unterhaltungswert bei weitem zu übersteigen. Eine der beiden kramte nach ihrer Börse und winkte dem Fräulein.

»Was soll das, Lothar? Davon kannst du doch nur profitieren.«

Er hielt mir seinen Zeigefinger vors Gesicht. »Kannst du dir vorstellen, was passiert, wenn ich dir unsere Informationen zur Verfügung stelle, und du dadurch, oder auch nur aus purem Zufall, diesem Sputnik auf die Spur kommst?«

»Wer ist Sputnik?«

»Der Arbeitsname für den Täter.«

»Wieso gerade Sputnik?«

»Was weiß ich. Einer der Kollegen hatte die Idee.«

Ich kam zum Thema zurück. »Niemand würde davon erfahren. Mir liegt nichts an Ruhm.«

»Ach, hör auf. Erledigt wären wir. Alle, die der Kommission angehören.« Er war bockig. Druck hin oder her, so kamen wir jedenfalls nicht weiter. Ich setzte ein ernstes Gesicht auf.

»Ich wollte, du hättest es mir erspart, Lothar. Aber wenn du so störrisch bist ...«

»Was willst du?« blaffte er.

»Du bist mir noch einen Gefallen schuldig. Wegen der Sache mit dem Juwelier.«

Sein Gesicht verdüsterte sich wie der Tropenhimmel am Nachmittag. »Du bist unfair, Leo. Das weißt du. Und dumm obendrein. Spar dir die Einforderung meiner Schuld lieber für einen ertragreicheren Fall auf.«

»Dies ist mein letzter Fall. Es wird keinen weiteren geben.«

Zorn ließ die Adern an seinen Schläfen anschwellen und pulsieren. Seine Wangenmuskulatur fiel in den gleichen Rhythmus. Dumpf brütend starrte er in sein leeres Glas. »Warum läßt du nicht einfach die Finger von der Sache?« knurrte er.

»Kann ich nicht. Mit meinen Ermittlungen begleiche ich eine alte Schuld.« Ich steckte mir eine Zigarette an und ließ ihm Zeit. Es dauerte fast fünf Minuten, bis er soweit war.

»Okay«, raunte er mit drohendem Unterton. »Aber nicht hier. Laß uns spazierengehen. Du zahlst.«

Beim Hinausgehen drückte ich der Bedienung einen Schein in die Hand. Wir ließen den Dom links liegen und gingen am Busbahnhof vorbei in Richtung Rheinufer. Die weißen Teile der Fassade des Hotel Mondial strahlten im Sonnenlicht, als seien sie mit Schlämmkreide eingerieben worden. Die ersten Meter auf der Promenade gingen wir schweigend.

»Nur damit wir uns richtig verstehen«, zischte Lothar plötzlich gefährlich leise. »Ich werde dir sagen, was ich weiß. Damit kannst du machen, was du willst. Solltest du mir jedoch bei meiner Arbeit in die Quere kommen, vergesse ich, daß wir uns jemals gekannt haben. Kapiert?«

»Ist schon in Ordnung.« Ich schämte mich ein bißchen. Andererseits hatte Lothar in der Vergangenheit mit eindeutigem Übergewicht von mir profitiert.

»Also, was willst du wissen?« fragte er.

»Erzähl einfach, was ihr habt. Falls ich Fragen habe, melde ich mich.«

Wir marschierten stramm flußabwärts wie zwei verkrachte ehemalige Kompagnons. Er berichtete, und was ich zu hören bekam, riß mir beinahe die Ohren vom Kopf.

Lothar berichtete monoton, ohne vernehmbare Gefühlsregung. »In den Zeitungen steht nicht einmal die Hälfte. Selbst die meisten Angehörigen wissen nicht, was wirklich geschehen ist. Und die, die etwas wissen, haben wir gebeten zu schweigen. Die Opfer wurden nämlich nicht erschossen, sie haben es selbst getan. Das belegen Schmauchspuren an ihren Händen. Alle haben sich in die rechte Schläfe geschossen. Bis auf einen: Hardenberg, der Hotelangestellte. Er war Linkshänder.«

»Oder der Mörder hat ihnen die Hand geführt, um es nach Selbstmord aussehen zu lassen.«

»Selbstmord vorzutäuschen hat er sich nie die Mühe gemacht. Zumindest drei der Opfer starben durch die gleiche Waffe, bei ihnen steckten die Projektile noch im Kopf. Kaliber 32. Bei den anderen sind sie auf der anderen Seite wieder ausgetreten. Da aber die Zusammensetzung des Schmauchs bei allen Opfern identisch ist – Blei, Barium und Antimon, das kennst du ja –, gehen wir davon aus, daß auch bei den anderen die gleiche Munition, wahrscheinlich sogar die gleiche Waffe verwendet wurde. Außerdem ist in keinem der Fälle der Fundort der Tatort. Jemand muß die Leichen also dorthin geschafft haben.«

Lothar atmete einmal tief durch. »Und dann ist da noch etwas, das wir bisher mit Rücksicht auf die Angehörigen, aber auch um die Bevölkerung nicht in Panik zu versetzen, geheimgehalten haben: Den Opfern wurde, nachdem sie bereits tot waren, der Penis abgetrennt.«

Ein glühender Dolch fuhr mir in den Unterleib. Ich krümmte mich, und die nächsten Schritte waren schmerzhaft. Schrecklich, wenn einen die Natur mit zuviel Einbildungsgabe gesegnet hat. »Sie sollen ordentlich bekleidet gewesen sein, als man sie gefunden hat.« Meine Stimme war mir fremd. »Das stand zumindest in der Zeitung.«

»Das waren sie«, sagte Lothar tonlos. »Die Verstümmelungen sind erst in der Gerichtsmedizin entdeckt worden. Die abgetrennten Geschlechtsteile haben wir übrigens nicht gefunden. Vielleicht hat der Sputnik sie einfach in eine Mülltonne geworfen, vielleicht konserviert er sie aber auch in Alkohol, was weiß ich. Wir haben keinen Anhaltspunkt, wo die Männer umgebracht worden sind. Alle Leichname steckten in Jutesäcken, wie sie in der Frachtschiffahrt verwendet werden. Gefunden wurden die Opfer ausnahmslos in den frühen Morgenstunden. Ermordet wurden sie vier bis sechs Stunden vorher, also jeweils gegen Mitternacht.« Ungestüm kickte er einen Stein vor sich her. »Ansonsten gibt es kaum Spuren. Einer, das dritte Opfer, wurde zuletzt in Begleitung einer noch nicht identifizierten, der Beschreibung nach jedoch außergewöhnlich attraktiven Blondine gesehen. Die Frau gehörte weder zu seinem Bekanntenkreis, noch ist sie in der Gaststätte bekannt, wo sie mit dem späteren Opfer zusammensaß. Das ist alles.«

Das war beschämend wenig.

»Waren die Opfer miteinander bekannt?« fragte ich.

Lothar lehnte sich schwer gegen das Geländer der Promenade und starrte auf den Fluß. »Zwei der vier Studenten kannten sich. Domberg und Mangold. Zwar studierte der eine Chemie und der andere Jura, aber sie haben das gleiche Gymnasium besucht und gemeinsam Abitur gemacht. Die beiden anderen Studenten, Dettmers und Ott, kannten weder einander noch hatten sie etwas mit Domberg oder Mangold oder einem der übrigen zu tun. Dafür war Schröder, der als Hilfsarbeiter bei den Gummifäden beschäftigt war, mit Ott bekannt. Obwohl Hilfsarbeiter, hatte auch er das Abitur und die gleiche Schule wie Ott besucht. Küppersbusch, der Schlosser, und Hering, der Schreiner, könnten sich auf der Berufsschule kennengelernt haben, das ist aber nicht sicher, im übrigen standen sie in keiner Beziehung zu einem der anderen. Und Hardenberg stand wie Dettmers völlig außen vor. Es gibt keine auf alle zutreffende Gemeinsamkeit. Nichts.«

»Was ist mit Sportvereinen?« schoß ich ins Blaue. »Oder politischen Gruppierungen? Kirchenchor? Vielleicht hatten alle die gleiche Hebamme?«

»Glaubst du, daran hätten wir noch nicht gedacht?« schnauzte Lothar.

Ich blieb unbeeindruckt. »Immerhin habt ihr euch auf einen Triebtäter festgelegt, diesen Sputnik.«

»Ja, schon ziemlich früh. Und ich weiß, daß wir damit richtig liegen, verdammt noch mal!« Er schlug mit der Faust auf das Geländer, daß es dumpf dröhnte. »Basta.«

»Irgendeine Kategorie? Perverse? Homosexuelle? Militante Frauenrechtlerinnen? Was ist mit Drogen?«

»Nein«, knurrte er mürrisch. »Es gibt keinen Hinweis auf eine bestimmte Gruppierung. Drogen scheiden aus. Keines der Opfer war süchtig. Gib mir eine Zigarette.«

Ich hielt ihm die Packung hin und nahm mir selbst auch eine. Schweigend rauchten wir eine Weile.

»Bist du nun zufrieden?« fragte er schließlich.

Ich verzog das Gesicht. »Laß uns zusammenarbeiten, Lothar. Ich glaube zwar nicht, daß ich großartig vom Fleck kommen werde, aber falls doch, würde ich die Ergebnisse gern mit dir teilen.«

Das war zu viel für ihn. »Brosamen! Du Arschloch! Für wen hältst du dich eigentlich? Die Kollegen und ich, wir haben unseren Beruf von der Pike auf gelernt. Und dann kommt so ein ehemaliger Kaffeeschmuggler, Kneipier und Möchtegern-Sherlock-Holmes daher und bildet sich ein, er könnte uns, so ganz nebenbei, die Butter vom Brot nehmen. Lachhaft!« Mit puterrotem Kopf rannte er drei Schritte weg, drehte sich dann aber noch einmal um und drohte mir mit der Faust. »Ich warne dich, Schnüffler. Komm mir in die Quere, und du sollst mich kennenlernen.« Damit ließ er mich stehen.

Ich sah ihm noch lange nach. Er tat mir leid. Nicht sehr, aber ein bißchen.

Ich ging zurück zum Wagen und fuhr erst einmal nach Hause, um nach dem Rechten zu sehen. Außer unserem Briefträger, der auf ein Kölsch am Tresen stand, war der Schankraum leer.

»Wer nicht arbeiten muß, sieht fern«, sagte Erika wehleidig. »Die Landung der englischen Königin wird doch direkt übertragen.«

Wenn das so war, konnte ich mich ja beruhigt wieder davonmachen. Ich fuhr den Ring entlang und bog über die Aachener und Brüsseler Straße in die Lütticher ein. Die Verkehrsdichte war die an einem Neujahrsmorgen. In Haus Nummer 38 hatte Michael Dettmers zur Untermiete gewohnt. Ein Mann mit der düsteren Miene eines magenkranken Bestatters verschwand im Souterrain, das eine Firma mit Namen Ebhardt & König beherbergte.

Die Vermieterin hieß Potthast, wohnte im zweiten Stock und hatte die Gesichtsfarbe eines westfälischen Schinkens. Ich wies mich aus und sagte ihr, für wen ich arbeitete. Sie murmelte etwas von Mitgefühl und ließ mich eintreten. Kaum hatte sie mir Michaels Zimmer aufgeschlossen, entschuldigte sie sich und verschwand im Nebenzimmer, wo der Fernseher lief. Der Raum war groß, etwa zwanzig Quadratmeter, und lag zum Hinterhof. Im Hof entdeckte ich auch den vermeintlichen Bestatter wieder. Er war mit einem zweiten Mann in ein Gespräch vertieft. Als ich gegen die Scheibe klopfte, erschraken beide und verschwanden aus meinem Blickfeld.

Im Kontrast zu der gepflegten Langeweile des Jugendzimmers im elterlichen Heim herrschte hier eine geradezu kreative Unordnung. Sauber war es trotzdem, aber das war wahrscheinlich das Verdienst der Wirtin. Die Ausstattung war mehr als skurril. An der Wand hingen unter anderem ein auf eine Sperrholzplatte aufgezogenes schwarzweißes Rattenfell samt Schwanz und eine Bleistiftzeichnung eines wahrhaft gespenstisch anmutenden Insekts, welches mittels einer Sprechblase gleich dreimal »Fuck You!« brüllte. Auf einer wackeligen Kommode stand eine dilettantisch ausgeführte Gipsfigur, die offenbar eine nackte Frau mit dem eigenen Kopf unterm Arm darstellen sollte. Von der Decke baumelte ein Mobile aus leeren Ölsardinendosen.

Ich machte mich systematisch an die Arbeit, durchsuchte Berge von Kleidung und Stapel von Büchern und Papieren, steckte meine Nase in jede Schublade und unter das Bett. Nach einer halben Stunde konnte ich als Ergebnis ein eselsohriges Schuljahrgangsbuch von Michaels Gymnasium vorweisen, das ihn mit seinen Kameraden auf einem Foto der Obersekunda zeigte. Und dann war da noch ein Brieffragment, das aus einem Buch mit dem spannenden Titel »Einführung in Bau und Funktion des menschlichen Körpers« herausgefallen war und mir bedeutsam vorkam. Mit Datum vom 13. März diesen Jahres stand dort in ungelenker Handschrift:

»Liebe Judith, es tut mir leid, wie ich mich gestern abend benommen habe. Ich hoffe, Du kannst das wegstecken. Aber ich bin momentan so mies drauf, daß ich manchmal einfach nicht mehr weiß, wo mir der Kopf steht. Da ist eine Sache, über die ich Dir bisher noch nichts erzählt habe, aber ich finde, Du mußt auch das wissen. Du hast ein Anrecht darauf. Was ich Dir zu sagen habe, darf nicht unausgesprochen zwischen uns bleiben, sonst würde es unsere Liebe langsam vergiften und irgendwann töten.«

An dieser Stelle endete der Brief. Er war nicht unterschrieben, aber ich hatte keinen Zweifel, daß es sich um Michaels Handschrift handelte. Dieselbe wackelige Schrift hatte ich auf Notizzetteln, auf Protokollen von Vorlesungen und anderen Unterlagen entdeckt. Es wäre interessant gewesen zu erfahren, was er Judith hatte gestehen wollen, und ob er es vielleicht doch noch getan hatte. Immerhin lagen zwischen dem abgebrochenen Brief und seinem Tod vier Wochen. Zeit genug, die Sache loszuwerden, die ihm offenbar schwer auf der Seele lastete. Aber die Tochter des Polizeipräsidenten durfte ich nicht befragen. Das Arrangement kotzte mich schon wieder an. Ich steckte das Jahrgangsbuch und den unvollendeten Brief ein, verließ die Wohnung unbemerkt und fuhr in Richtung Westen.

*

Auf der Tennisanlage, auf der Michael Dettmers einen Teil seines letzten Nachmittags verbracht hatte, hatte schon Cilly Aussem trainiert, Deutschlands vor zwei Jahren verstorbene erste und bis dato einzige Wimbledonsiegerin. Das war anno 1931 gewesen. Vierunddreißig Jahre später sah keine der hier spielenden Damen danach aus, als würde sie auch nur die Vorrunde überstehen.

Ich hatte den Wagen am Olympiaweg stehengelassen und spazierte zu Fuß auf das halbrunde, großzügig verglaste Clubhaus zu. Auf dem zweiten Platz wurde nicht gespielt, dort werkelte jemand, der nach Platzwart aussah. Der Mann trug Gummistiefel, blaue Drillichhosen und eine hüftlange lederne Jacke. Eine gleichfalls lederne Kappe komplettierte die Ausstattung. Gebückt kratzte er mit einer kleinen Hacke um einen der Netzpfosten herum und beförderte das Ergebnis in eine neben ihm stehende Schubkarre. Der Reifen der Karre war so gut wie platt. Ich lehnte mich an den doppelt mannshohen Maschendrahtzaun und rief ihn an. Beim zweiten Mal drehte er sich um und musterte mich aus zusammengekniffenen Augen.

»Was wollen Sie?« Das war breitestes Rheinisch.

»Haben Sie einen Moment Zeit?«

»Ich habe zu tun. Ich muß noch wässern.«

»Ich habe nur ein paar Fragen.«

Er verzog das Gesicht, warf die Hacke auf die Karre und kam herangeschlurft. Bereits aus fünf Metern Entfernung registrierte ich, daß der Mann gern Schnaps trank.

»Sind Sie von der Stadt oder so?« fragte er, als er mir auf der anderen Seite des Zauns gegenüberstand.

»Nein. Ich bin Privatdetektiv und muß ein paar Fragen loswerden.«

»Ich darf nichts sagen«, meinte er und stieß auf.

Ich hielt die Luft an. »Es ist aber wichtig.«

»Wieso?«

Ich faltete einen Fünfmarkschein der Länge nach und wedelte damit herum. »Interessiert?«

»Wollen Sie mich bestechen?«

»Das ist ein Anerkennungshonorar. Außerdem sollen Sie ja keine Geheimnisse ausplaudern.«

Er war willensschwach und hatte vermutlich Durst. Ich schob den Schein durch die Maschen. Er griff zu und ließ ihn in seiner Jacke verschwinden. »Was wollen Sie denn wissen?«

»Kennen Sie diesen jungen Mann?« Ich zeigte ihm das Foto von Michael Dettmers.

Erst blinzelte er. Als er ihn erkannte, erschrak er. »Das ist doch der Junge, den sie abgemurkst haben. Der Michael. Wie hieß er doch gleich mit Familiennamen? Dettmers, natürlich. Der Sohn von Dr. Dettmers. Der spielt auch hier. Eine Tragödie.«

»Genau der ist es. Wissen Sie, wann Michael zum letzten Mal hier war? Und mit wem?«

»Das habe ich doch schon alles der Polizei erzählt.«

»Mag sein. Aber mir nicht. Und von mir haben Sie fünf Mark bekommen.«

»Ich weiß aber nicht, ob ich darüber sprechen darf.«

»Doch, das dürfen Sie. Ich arbeite im Auftrag der Mutter des Toten.«

»Ach so.« Er schob die Mütze zurück. »Na ja, fragen Sie ruhig.«

»Habe ich bereits. Wann er zum letzten Mal hier auf der Anlage war.«

»An dem Tag, an dem es passiert ist.«

»Von wann bis wann.«

»Von weiß ich nicht. Aber bis vier.«

»Wo hat er gespielt? Und mit wem?«

»Gar nicht. Die Plätze werden immer erst nach Ostern freigegeben.«

»Was hat er denn dann hier gemacht?«

»Er hat mit seiner Freundin und einem anderen Pärchen im Clubhaus gesessen. Die kennen sich schon lange. Manchmal haben sie auch zu viert gespielt.«

»Aber weggefahren sind sie allein? Ich meine Michael und seine Freundin.«

Er nahm die Mütze ab und kratzte sich am Hinterkopf. »Hm, nein. Die vier sind zusammen weggefahren. In Michaels Flitzer.«

Das war neu. Davon, daß Michael und Judith die Clubanlage in Begleitung verlassen hatten, hatte Frau Dettmers nichts gesagt. »Wissen Sie, wohin sie gefahren sind?«

»Keine Ahnung.«

»Aber Sie wissen, wer die beiden anderen waren.«

»Hm.«

»Ihre Namen. Das reicht.«

Er kratzte sich noch einmal. »Ich will keine Scherereien bekommen, wissen Sie. Ich hab's hier ganz gut.«

»Ich lege noch einen Heiermann drauf. Und selbst auf der Streckbank werde ich darüber schweigen, von wem ich die Namen habe.«

Er sah sich um, aber da war niemand, der uns beobachtete. Dann steckte er den Fünfer ein und beugte sich vor. Seine Schnapsfahne traf mich wie ein Keulenhieb. »Markus und Jolly Duvenkamp heißen die beiden. Sie sind miteinander verheiratet und wohnen in Weidenpesch.«

Hoffentlich zog die Fuselwolke mein Kurzzeitgedächtnis nicht in Mitleidenschaft, denn ich hatte mir keine Notizen gemacht. »Heißt sie wirklich Jolly?« faßte ich nach und mußte husten.

»So nennt er sie jedenfalls. Ob das ihr richtiger Name ist, weiß ich nicht.« Er zuckte die Schultern.

Ich ließ es dabei bewenden und bedankte mich.

Im Rückspiegel sah ich, daß er mir nachstarrte. Und ich entdeckte noch etwas. Einen hellblauen 12M, der mir schon auf der Hinfahrt aufgefallen war. Wenn das ein Zufall war, wollte ich Tünnes heißen. Also blieb ich wachsam und kontrollierte sorgsam, was er tat. Auf der Aachener Straße ließ er sich zurückfallen, so daß mehrere Fahrzeuge zwischen uns waren. Als wir den Ring überquerten, war er wieder da. Nur so zum Spaß umkurvte ich den Neumarkt zweimal. Der Fahrer des Ford blieb am Ball. Keine Frage, da war jemand, der etwas von mir wollte. In der Ehrenstraße stellte ich meinen Wagen ab und ging zurück zur Ecke Albertusstraße, wo sich das »Le Bistro« befand, laut Frau Dettmers Michaels Stammlokal. Der 12M rollte langsam an mir vorbei. Da die Sonne sich in der Scheibe spiegelte, konnte ich nicht erkennen, wer am Volant saß. Jedenfalls steuerte er die nächste freie Parklücke an.

Der Schaukasten voller Fliegenleichen versprach »Internationale Orchester und Diskjockeys sowie sonntags Tanztee von 16–18 Uhr 30«. Die Tür war nur angelehnt. Ich trat ein. Während ich mich noch an die bescheidenen Lichtverhältnisse gewöhnte, sagte eine Stimme: »Wir haben geschlossen.« Die Stimme gehörte einem jungen Kerl mit einem Ohrfeigengesicht und einer irren Tolle, der hinter der Theke Gläser polierte. So schlampig, wie er das machte, wäre er bei mir am ersten Tag geflogen.

»Das macht nichts«, sagte ich. »Ich wollte sowieso nichts trinken. Ich brauche ein paar Auskünfte.«

»Wozu?«

Auf die Frage war ich nicht gefaßt gewesen, deshalb ließ ich sie einfach im Raum stehen. »Es geht um einen ehemaligen Stammkunden.«

»Wir geben prinzipiell keine Auskünfte über unsere Kundschaft.«

»Ist das wahr?«

»Haben Sie es an den Ohren?«

»Schon mal was von einer Vorladung gehört, du vorlautes Bürschchen?« schnauzte ich.

Federleichte Unsicherheit kroch über sein Gesicht. »Sind Sie von der Polizei?«

»Was dachtest du? Von der Heilsarmee?«

»Dann müssen Sie aber eine Marke haben.«

Die Karte war gut gespielt. Sein Pech war nur, daß ich eine hatte. Ich fingerte die ovale Marke, die mir ein Bekannter vor Jahren auf der Werkbank im Keller zurechtgebastelt hatte, aus der Hosentasche, zerrte an der Kette und schlug mit ihr auf den Tresen. Solange kein Original daneben lag, hielt mein Exemplar sämtlichen Anforderungen stand. So auch hier.

»Handelt ihr hier mit Marihuana?« fuhr ich ihn an.

»Gütiger Himmel, nein!« kreischte er.

»Womit dann? Mit lauwarmem Bier?«

»Wie bitte?«

»Scherz beiseite. Ich bin lediglich von der Mordkommission. Dettmers, Michael. Kanntest du ihn?«

Er war bemüht, seine Gesichtszüge wieder zu ordnen. Es gelang, aber es dauerte. »Ja, natürlich. Wir waren sogar befreundet.«

»War er oft hier?«

»Hin und wieder. Meistens freitags.«

»Auch am Mittwoch, dem 14. April?«

»Ja.« Er bemerkte mein fragendes Gesicht. »Ich weiß das, weil ich an dem Tag Dienst hatte, und weil das der Tag seiner Ermordung war. Aber deswegen haben mich doch schon Ihre Kollegen ausgequetscht.«

»Wir müssen alle Aussagen noch einmal überprüfen. Von A bis Z. Scheißjob. War er allein hier?«

»Nein, zusammen mit Judy, Marc und Jolly. Sie haben da vorn gesessen.« Er zeigte auf den Tisch neben der Tür.

»Von wann bis wann?«

»Ich weiß es nicht mehr genau. Das heißt, ich weiß nicht genau, wann sie gekommen sind. An dem Tag hatte ich mich verspätet. Ich bin erst um halb acht gekommen, da waren sie schon da.«

»Aber wann sie gegangen sind, weißt du?«

»Schon kurz darauf, gegen acht. Allerdings nicht zusammen.«

»Sondern?«

»Zuerst sind Marc und Jolly aufgebrochen. Da war es vielleicht zehn vor. Keine fünf Minuten später ist Judy gegangen. Mike hat dann noch einen Cocktail getrunken, kurz telefoniert und ist dann auch abgezogen.«

»Hatten die beiden Krach?«

»Wer?«

»Über wen reden wir denn? Judith und Michael.«

»Nicht lautstark. Aber irgend etwas lag in der Luft. Deswegen macht sie sich ja jetzt auch Vorwürfe. Weil sie sich im Streit getrennt haben.«

»Und sie hat dir nicht erzählt, weswegen sie sich in der Wolle hatten?«

»Sie meinen –«

»An dem Abend. Später. Wann auch immer.«

»Nein, das war wohl sehr privat.«

Von dem Streit hatte Frau Dettmers mir auch nichts erzählt. Vielleicht wußte sie aber auch gar nichts davon. Jedenfalls wurde es immer offenkundiger, daß ich mit Judith sprechen mußte. Ich ließ den Keeper mit sich allein und ging. Der Fahrer des 12M versteckte sein Gesicht hinter einer Zeitung. Ich beschloß, daß es an der Zeit war, meinen Schatten persönlich kennenzulernen.

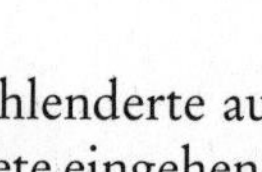

Ich überquerte die Straße, schlenderte auf der anderen Seite den Bürgersteig entlang und betrachtete eingehend die Auslagen der Geschäfte. Das Schaufenster einer Tchibofiliale gab wenig her, der benachbarte Laden für Damenwäsche um so mehr. Veilchen war der Farbton der Saison. Ich blieb stehen und drehte mich unauffällig um.

Der Fahrer des 12M war ausgestiegen und drückte sich die Nase an der Scheibe einer Blumenhandlung platt. Ich ging weiter, und er folgte mir. Links hing ein Briefkasten, danach kam eine Einfahrt. Ich flitzte hinein und drückte mich an die Wand. Keine zehn Sekunden später erschien mein Verfolger und lugte um die Ecke. Ich packte ihn am Kragen, riß ihn aus dem Gleichgewicht und preßte ihn mit dem Rücken gegen die Mauer. Bevor er kapiert hatte, worum es ging, hatte ich ihn abgetastet und eine Walther PPK zutage gefördert. Die hielt ich ihm unter seine schätzungsweise fünfundzwanzigjährige Nase.

»Wer bist du? Und warum läufst du mir hinterher?«

»Was wollen Sie? Ich gehe nur spazieren.« Schlagfertig war er, das mußte man ihm lassen.

Ich rammte ihm den Lauf der Pistole unters Kinn. »Wer?«

»Bornscheid«, preßte er heraus.

»Was ist Bornscheid?«

»Mein Name.«

»Und wer hat dich geschickt?«

»Niemand.«

Ich fletschte die Zähne und guckte richtig böse. »Wer?«

»Müller. KHK Müller. Sie kennen ihn. Und mich müßten sie eigentlich auch kennen. Ich arbeite für Müller.«

Ich ließ ihn los und trat einen Schritt zurück. »Zeig mir deinen Ausweis.«

Er nahm ihn aus der Innentasche und hielt ihn mir hin. Der Bengel hatte nicht gelogen. Er war einer von Müllers Männern.

Jetzt erinnerte ich mich auch, wo ich den Rotschopf schon einmal gesehen hatte. Am Waidmarkt, auf Müllers Etage. Er saß am Ende des Gangs im letzten Raum. Er war der, der immer den Kaffee holen mußte. Ein Laufbursche. Und so jemanden setzten sie auf mich an. Ich gab ihm seine Waffe zurück.

»Entschuldige, daß ich dich nicht gleich erkannt habe. Ich dachte, du wärst wer weiß wer.«

»Schon gut.«

»Nichtsdestoweniger wirst du deine Schnüffelei sofort einstellen. Dein Auftrag ist hier und jetzt zu Ende. Geh zu Müller, bestell ihm einen schönen Gruß von mir und sag ihm, daß ich so etwas überhaupt nicht leiden kann. Falls ich dich noch einmal erwischen sollte, gibt es mächtigen Ärger. Kapiert?«

Er nickte nur.

Ich ließ ihn stehen und ging zurück zum Wagen. Auf Lothar war ich stinksauer. Ich hatte ihm Kooperation angeboten, aber er hatte schroff abgelehnt. Statt dessen schickte er mir einen grünen Jungen hinterher, um eventuell von meinen Ergebnissen zu profitieren. Egal, wie sehr er auch unter Erfolgszwang stehen mochte, das war unverschämt.

Ich überlegte, ob ich nach Weidenpesch fahren sollte, um die Duvenkamps aufzusuchen. Das würde jedoch nur einen Sinn machen, wenn die beiden wußten, worum es bei dem Streit zwischen Judith und Michael an dem besagten Abend gegangen war. Aber danach konnte ich genausogut Judith Meynhardt fragen. Ich brauchte Frau Dettmers' Einwilligung, mit der Verlobten ihres Sohnes sprechen zu dürfen. Nicht zuletzt wegen des in dem Brieffragment angedeuteten Geständnisses. Unvermittelt begann es zu regnen. Ich schaltete die Scheibenwischer ein und fuhr zum Stadtwaldgürtel.

*

FJ war Junggeselle und lebte allein. Hin und wieder turtelte er mit Damen aus besseren Kreisen, ohne daß je die große Liebe darunter gewesen wäre. Dabei wurde es langsam Zeit. Er war acht Jahre älter als ich, aber im Gegensatz zu ihm konnte ich mit einer gescheiterten Ehe und einer glücklichen aktuellen Beziehung aufwarten. Um nicht naß zu werden, sprintete ich zur Haustür und läutete Sturm. Zwar gab es eine Überdachung, aber der Wind kam aus der falschen Richtung. FJ ließ sich Zeit. Als ich endlich auf seinem Dielenparkett stand, tropfte ich wie eine undichte Nase. FJ musterte mich schräg, bestand aber nicht darauf, daß ich die Schuhe auszog.

»Möchtest du etwas trinken?«

»Einen Whisky ohne Eis.« Bei ihm konnte man sicher sein, keinen Racke Rauchzart zu bekommen.

Er servierte, und wir plauderten eine Weile über dies und das. Als die Standuhr sechsmal schlug, hatte er die Nase voll von Belanglosigkeiten und kam auf meinen Auftrag zu sprechen.

»Wie kommst du voran?«

»Für den ersten Tag ganz ordentlich. Es gibt zwei Hinweise. Beide führen zu Judith Meynhardt.«

»Auweia.«

Ich trank aus und zündete mir eine Zigarette an. FJ gönnte sich ein Zigarillo. Wir pafften eine Weile stumm vor uns hin. Irgendwann räusperte er sich. »Und nun willst du unbedingt mit ihr sprechen?«

»Ich muß, falls mein Auftrag nicht hier und heute enden soll.«

»Auf anderen Wegen kommst du nicht weiter?«

»Nein.«

»Leo, Leo. Du bringst mich da in eine unmögliche Situation. Ich glaube nicht, daß ich dir helfen kann. Die Abmachung war eindeutig. Und du hast sie akzeptiert.«

»Gezwungenermaßen, ja. Aber selbst du wirst einsehen, daß es wenig Sinn macht, nicht mit den entscheidenden Personen zu reden. Man kann kein Haus bauen, ohne Steine in die Hand zu nehmen.«

FJ stand auf, vergrub die Hände in den Hosentaschen und wanderte auf und ab, den Blick streng nach unten gerichtet, als liege die Lösung des Problems zwischen den Ornamenten seines persischen Bidjar verborgen. Nach einer längeren Wanderschaft schien er tatsächlich fündig geworden zu sein.

»Ich spreche mit Franziska«, versprach er. »Morgen früh. Solange hältst du dich bedeckt. Kein voreiliger Kontakt zu dem Mädchen. Haben wir uns verstanden?«

Einen zweiten Scotch lehnte ich dankend ab. Wir vereinbarten, daß er mich anrufen würde, sobald er mit Frau Dettmers gesprochen hatte.

Im Haus Weißenburg war zwar mehr los als am Vormittag, aber das war kein Aufkommen, mit dem Frau Linnich und Jupp nicht allein fertiggeworden wären. Ich begrüßte die Stammgäste, trank einen Doppelkorn mit und zog mich dann in die Wohnung zurück. Christina saß vor dem Fernseher und sah sich die Sondersendung anläßlich des Staatsbesuches an. Ich schmierte uns ein paar Brote und setzte mich dazu. Gegen zehn rief Charlie an und sagte, sie komme nicht vor Mitternacht. Also schickte ich Christina ins Bett, gönnte mir eine Flasche Bordeaux und versuchte, wach zu bleiben.

Mittwoch, 19. Mai 1965

Die Nacht hatte ich auf dem Sofa verbracht. Als ich aufwachte, war Charlie schon wieder auf Achse. Den Vormittag nutzte ich, um meine Steuerunterlagen vom Vorjahr zu sortieren. Raus aus dem Schuhkarton, sachlich und dann noch mal chronologisch ordnen, rein in einen Aktenordner. Theoretisch hätte ich auch die Duvenkamps oder Michaels zweieinhalb Freunde aufsuchen können, aber ich war mir sicher, daß das nur Zeitverschwendung sein würde. Als ich mit dem Papierkram durch war, duschte ich und zog mich an. Dann setzte ich mich mit einer Zigarette ins Wohnzimmer und studierte die Zeitung. Die ersten sechs Seiten widmete der Stadt-Anzeiger nahezu exklusiv dem königlichen Staatsbesuch. Auf einem halbseitigen Foto waren die Royals mit Ehepaar Lübke abgebildet. So verdutzt wie Prinz Philip guckte, erklärte der große Vorsitzende ihm wohl gerade die Welt aus Sauerländer Sicht. Ich wollte soeben den Sportteil in Angriff nehmen, als das Telefon klingelte. Es war FJ.

»Gute Neuigkeiten, Leo. Frau Dettmers ist einverstanden.«

»Wie hast du das geschafft?«

»Berufsgeheimnis. Es gibt allerdings eine Einschränkung.«

»Und die wäre?«

»Sie hat darauf bestanden, Fräulein Meynhardt persönlich und vorab von deinem Kommen zu informieren.«

»Das ist nicht dein Ernst!«

»Leider doch. Sie hat sie in meiner Gegenwart angerufen. Mehr war nicht herauszuholen. Ich denke, wir können dennoch mit dem Erreichten zufrieden sein.«

»Keineswegs«, protestierte ich. »Das ist ausgemachter Mist.«

»Komm, Leo. Das ist besser als gar nichts.«

»Womöglich hat deine Franziska ihr auch gesagt, worüber sie reden darf und worüber nicht.«

»Red keinen Unsinn.« Er hüstelte. »Die beiden Frauen haben keinerlei Absprachen getroffen.«

»Ist das wahr?«

»Ja.« Der ironische Unterton in meiner Frage war ihm entgangen. »Und nun gib Ruhe und notier dir bitte die Anschrift. Hast du etwas zu schreiben?«

Ich hatte und schrieb mit, was er mir durchgab.

»Sie erwartet dich um neunzehn Uhr. Ich hoffe, es paßt dir.«

»Soll ich Blumen mitbringen?«

»Ich verstehe nicht.«

»Ich auch nicht.« Ich knallte den Hörer auf die Gabel und pfefferte den Kugelschreiber gegen die Wand. Zehn Minuten später hatte ich mich beruhigt und ging in die Wirtschaft. Auch heute vormittag tanzte nicht der Bär, aber immerhin gab es fünf zahlende Gäste. Da Christina gleich aus der Schule kommen würde, stellte ich mich in die Küche, schälte Kartoffeln und briet Koteletts für meine kleine Familie.

*

Die Meynhardts bewohnten eine verklinkerte Doppelhaushälfte am Forstbotanischen Garten. Mir war leicht unwohl bei dem Gedanken, daß der Herr Papa womöglich zu Hause war. Ich kannte ihn zwar nicht persönlich, aber was ich von ihm gehört hatte, ließ mich auch nicht scharf darauf sein. Ich parkte legal und stand wenig später vor der Haustür.

»Sind Sie es, Herr Saalbach?« fragte eine helle Frauenstimme durch die geschlossene Tür.

»Höchstpersönlich.«

»Einen Moment, bitte.«

Der Moment zog sich hin. Dann klapperte die Sperrkette, und der Schlüssel wurde herumgedreht. Anstatt mich hereinzulassen, kam sie heraus.

»Im Haus sieht es zum Fürchten aus«, erklärte sie. »Ich dachte, wir könnten vielleicht essen gehen.«

»Wo soll es denn hingehen?«

»Das überlasse ich Ihnen.«

Ich entschied mich für das Tchang in der Großen Sandkaul, mit dessen chinesischem Besitzer Li Yong mich eine langjährige Freundschaft verband. Außerdem gab es dort Nischen, in denen man ungestört plaudern konnte. Li Yong höchstpersönlich nahm Judith Meynhardt den Mantel ab. Sie hatte auf ihren hochhackigen Schuhen beinahe meine Größe. Bekleidet war sie mit einem schwarzen Rock und einem zartblauen Twinset. Etwas zu damenhaft für ihr Alter. Die darunter steckende Figur kannte ich von dem Foto aus Michaels Zimmer. Wir setzten uns. Während wir auf unsere Getränke warteten und sie in der Speisekarte stöberte, hatte ich Gelegenheit, sie genauer in Augenschein zu nehmen. Sie hatte ein ovales Gesicht, volle Lippen und tiefblaue Augen. Bis auf einen Lidstrich und etwas Wimperntusche konnte ich kein Make-up entdecken. Ihre strohblonden Haare hatte sie zu einem Pferdeschwanz zusammengebunden, was sie noch jünger wirken ließ, als sie ohnehin war. Einmal sah sie auf und lächelte. Ich konnte nachvollziehen, warum der junge Dettmers vorgehabt hatte, reinen Tisch zu machen. Die Liebe eines solch anziehenden Wesens riskierte man nicht leichtfertig.

Nachdem wir bestellt hatten, faltete sie die Hände und sah mir direkt in die Augen. »Stellen Sie Ihre Fragen, Herr Saalbach.«

Ich zögerte. »Wenn es Ihnen irgendwann zuviel werden sollte, sagen Sie mir Bescheid, ja?«

»Keine Angst. Es wird schon gehen.«

Ich nahm einen Schluck Bier. »Hat Ihnen Frau Dettmers gesagt, daß sie befürchtet, Ihr Vater, Fräulein Meynhardt, könnte erfahren, daß sie einen Detektiv engagiert hat?«

»Ja. Aber Frau Dettmers' Sorgen sind unbegründet. Das Verhältnis zwischen meinem Vater und mir ist nicht das beste. Das war es noch nie. Aber seit Mutter tot ist, ist es ausgesprochen miserabel.«

»Das tut mir leid. Ich meine, daß Ihre Mutter verstorben ist.«

»Das braucht es nicht.« Sie klang tapfer. »Für sie war es eine Erlösung. Außerdem ist das schon zweieinhalb Jahre her.«

Ich war versucht nachzuhaken, ließ es dann aber. Unsere Speisen wurden gebracht. Judith Meynhardt bestellte einen Schnaps. Die chinesischen kannte sie nicht, daher entschied sie sich für einen deutschen.

»Erzählen Sie mir etwas über Michael«, bat ich. »Ich kenne allerlei Fakten seines Lebens, aber sein Wesen, seine Persönlichkeit sind mir bisher weitgehend verborgen geblieben.«

Wir aßen, sie redete, und ich hörte zu. Das Bild, das sie von Michael zeichnete, schien mir realistisch. Sie schilderte ihn als einen gutaussehenden, auf den ersten Eindruck oberflächlich wirkenden jungen Mann, dessen vornehmliches Interesse sich darauf zu beschränken schien, zu gefallen. Allen zu gefallen. Seinen Freunden und Bekannten, seinen Eltern, seinen Professoren. Erst wenn man ihn näher gekannt habe, hätte man eine große Verletzlichkeit hinter dieser Fassade bemerkt. Zudem sei er orientierungslos gewesen, hätte den Beruf des Arztes eigentlich nicht gemocht, sondern nur seinem Vater zuliebe Medizin studiert. Was er allerdings lieber studiert hätte, wußte auch Judith nicht. Vielleicht Sport.

Ich bewunderte, wie ruhig und gefaßt sie von ihrem verstorbenen Verlobten sprach. Es gab kein Vibrato in ihrer Stimme, keine Tränen, nicht einmal feuchte Augen. Entweder war sie so stark, oder sie machte mir und sich selbst etwas vor. Auffällig war eigentlich nur, daß sie reichlich und recht stürmisch trank. Inzwischen hatte sie drei Schnäpse und einen halben Liter Weißwein intus. Betrunken wirkte sie aber nicht.

»Der Kellner des Le Bistro hat ausgesagt, Sie hätten sich am vierzehnten April mit Michael gestritten. Worum ging es dabei?«

In ihre Augen kam ein gefährliches Funkeln. »Dieser Heuchler. Was geht ihn das an? Und was tut das zur Sache?«

»Es würde meinen Eindruck von Michaels letztem Tag abrunden. Darum geht es.«

»Ich möchte darüber nicht sprechen.«

Ich spielte ein wenig mit den Bierdeckeln. »Hat diese Auseinandersetzung vielleicht mit einem Geständnis zu tun, das er Ihnen gemacht hat?«

»Wie meinen Sie das?«

»Ich habe in seinem Zimmer in der Lütticher Straße einen unfertigen Brief gefunden, in dem Michael geschrieben hat, er wolle Ihnen etwas beichten.«

»Davon ist mir nichts bekannt. Ich würde gern noch etwas trinken.«

Wir bestellten noch einmal.

»Er hat Ihnen also nichts gestanden?«

Sie wurde unwirsch. »Hören Sie damit auf. Das sind intime Dinge, über die ich nicht zu sprechen bereit bin.«

»Sie dürfen mich nicht falsch verstehen«, versuchte ich sie zu besänftigen. »Ihr Streit und dieses Stück Brief sind die beiden einzigen handfesten Auffälligkeiten. Ich versuche, den Tattag möglichst lückenlos zu rekonstruieren. Dabei ist mir auch die Stimmung wichtig, in der Michael sich befand.«

»Das ist doch ein Irrweg. Sie verplempern Ihre Zeit. Michael wurde von einem Geisteskranken umgebracht, der es auf junge Männer abgesehen hat.«

»Wer sagt das?«

»Die Polizei. Ich. Alle.« Inzwischen setzte ihr der Alkohol doch merklich zu. Vor ihren Augen schwebte ein milchiger Schleier.

In diesem Augenblick betrat ein Zeitungsverkäufer das Restaurant. Ich winkte ihn heran und bereute es fast in derselben Sekunde, aber da war es schon zu spät. Judith hatte die Express-Schlagzeile bereits gesehen. »Weiteres Opfer in Mordserie« prangte in dicken Lettern auf Seite eins. Sie sprang auf wie ein Schachtelteufel, wobei sie ihr Glas mit dem Rest Wein umstieß, und raste davon. Bevor ich auf den Beinen war, hatte sie bereits den Ausgang erreicht. Sekunden später kreischten Autoreifen. Die Panik verlieh mir Flügel. Den Kellner räumte ich mit einem Bodycheck aus dem Weg, riß die Glastür auf und stolperte auf die schmale Straße hinaus. Judith lag vornüber auf der Motorhaube eines weißen Simca, dessen Fahrer sie durch die Scheibe wie den Leibhaftigen anstarrte. Mit zwei Sätzen war ich bei ihr, packte sie und stellte sie auf die Beine. Sie knickte sofort weg. Aber ihr Herz schlug, und zumindest äußerlich schien sie unverletzt. Ich gab dem Fahrer ein Zeichen weiterzufahren und schleppte sie zurück ins Tchang. Li Yong führte uns in sein Büro. Wir legten Judith Meynhardt auf das Sofa, und Li rief nach seiner Frau.

Ich ging in den Gastraum, holte unsere Mäntel und den Express und entschädigte den kleinen Kellner für den Rammstoß. Die übrigen Gäste starrten mich an, als sei ich ein Wüstling oder Schlimmeres, und tuschelten, was das Zeug hielt. Als ich zurückkam, saß die junge Frau bereits wieder aufrecht. Das einzige, was ihr offenbar fehlte, waren einige Nervenstränge. Sie zitterte, als wir sie in ihren Mantel steckten. Ich entschuldigte mich für die Unruhe, die wir gestiftet hatten, und brachte sie zum Wagen. Als ich sie auf dem Beifahrersitz verstaut hatte, war sie wieder in der Lage zu sprechen.

»Tut mir leid«, stammelte sie.

Dann brach sie in Tränen aus. Ich fuhr besonders sanft. Sie klammerte sich an meinen rechten Oberarm und barg ihren Kopf an meiner Schulter. Ihr Haar spielte mit meiner Wange. Eine Viertelstunde später kramte sie in ihrer Handtasche, fand den Haustürschlüssel und sperrte auf.

»Bitte kommen Sie noch mit herein«, murmelte sie schwerfällig. »Ich kann jetzt nicht allein sein.«

»Ist Ihr Vater nicht zu Hause?«

»Der kommt zur Zeit nie vor dem Morgengrauen.«

Ich tat ihr den Gefallen. Im Wohnzimmer stand ein Ledersofa, auf dem ich Platz nehmen sollte. Die angebliche Unordnung hielt sich in Grenzen. So sah es bei uns immer aus. Judith verschwand in der Küche.

Ich hörte Schranktüren klappern. Dann klirrten Eiswürfel in einem Glas. Leicht schwankend kam sie mit zwei Vierfachen zurück, drückte mir einen in die Hand und blieb vor mir stehen.

»Prost«, lallte sie.

Wir stießen an, und mein Mantel bekam das ab, was aus ihrem Glas schwappte. Sie stürzte ihren Whiskey auf ex hinunter, stellte das Glas zur Seite und entledigte sich ihres Twinsets. Dann hakte sie ihren Büstenhalter auf und streifte ihn ab.

»Was wird das?« fragte ich.

Ihre Augen hatten Mühe, meine zu finden. »Ich will heute nacht nicht allein sein.« Sie beugte sich herab, legte ihre Arme um meinen Hals und schob ihr Gesicht dicht vor meins. Ich befreite mich sanft und stand auf.

»Nicht, Judith. Das ist ein Irrtum.«

Sie schüttelte den Kopf, dann fiel er ihr auf die Brust. Ich nahm sie auf die Arme, trug sie ins Obergeschoß, wo ich ein Zimmer fand, das der Einrichtung nach ihres sein mußte. Ich legte sie aufs Bett und deckte sie zu. Als ich die Tür schloß, verriet ihr leises Schnarchen, daß sie bereits schlief.

Im Wohnzimmer trank ich meinen Bourbon zu Ende, starrte längere Zeit die Wände an und fragte mich, ob es unschicklich wäre, ihr Zimmer zu durchsuchen. Das war es, aber ich tat es trotzdem, wobei mir das Herz bis zum Hals schlug. Weniger weil ich damit rechnete, daß Judith aufwachen würde, als vielmehr wegen der Vorstellung, was Meynhardt wohl sagen würde, würde er mich erwischen. Vermutlich würde er gar nichts sagen, sondern mich einfach erschießen. Nach zehn höchst ungemütlichen Minuten hatte ich alles gesehen, aber nichts gefunden, was mich weitergebracht hätte. Mehr aus Spielerei nahm ich noch ein Schuljahrgangsbuch zur Hand, welches dem glich, das ich in Michaels Wohnung gefunden hatte. Allerdings war dieses Exemplar zwei Jahre später herausgegeben worden. Judiths Gesicht strahlte mich von dem Foto der Obersekunda an. Michael fand ich drei Seiten dahinter, jedoch erst, nachdem ich mir jedes einzelne Gesicht gründlich angesehen hatte. Er sah ganz anders aus als auf den Aufnahmen, die ich bisher von ihm gesehen hatte. Seine Haare waren länger und gewellt, und es schien, als habe er Rouge aufgelegt. Jedenfalls traten seine Wangenknochen stärker hervor. Ich konnte mir nicht helfen, irgendwie sah er weibisch aus.

Ich wollte das Buch schon zurückstellen, als ich plötzlich erstarrte. Hastig blätterte ich noch einmal bis zur Aufnahme der Oberprima. Das Gesicht mit der Brille, zwei Köpfe links neben Michael, hatte ich schon einmal gesehen. Und zwar heute abend. Ich riß den Express aus der Manteltasche und hielt die Fotografien nebeneinander. Er war es. Der junge Mann, der laut Bildunterschrift im Jahrgangsbuch Olaf Bötticher hieß, war niemand anderes als das neunte Opfer des Sputnik.

Donnerstag, 20. Mai 1965

Es war Sommer. Der letzte Schultag vor den Ferien. Judith und ich hopsten Hand in Hand durch ein Kornfeld. Sie steckte in einem geblümten Kleid, ich hatte kurze Hosen und Sandalen an und trug aus Galanterie ihre Schultasche. Auf einmal ließ sie meine Hand los und begann zu laufen. Ich rannte hinterher, konnte sie aber nicht einholen und blieb konstant zwei Schritte zurück, ihren wippenden Pferdeschwanz immer vor Augen. Das Feld war riesig, es zog sich bis zum Horizont. Wir liefen Stunde um Stunde und wurden nicht müde. Ich wollte rufen, sie solle langsamer laufen, aber ich brachte keinen Ton heraus. Plötzlich blieb sie stehen und drehte sich um. Vor Schreck ließ ich ihren Ranzen fallen. Sie hatte das zerfurchte Gesicht einer Greisin, zudem übersät von Geschwüren. Teuflisch grinsend und Zahnlücken zeigend kam sie auf mich zu.

Schweißgebadet schreckte ich hoch. Der Raum war hell erleuchtet.

»Ich muß los«, sagte eine wunderschöne Schwarzhaarige in einem beigefarbenen Kostüm, beugte sich herab und küßte mich. »Das Taxi wartet. In zwanzig Minuten geht der Zug nach Wiesbaden. In der Küche ist noch Kaffee.«

Ich brachte nur ein Krächzen zustande. Irgendwer hatte meine Stimmbänder mit einem Reibeisen bearbeitet. Als ich mich räusperte, brannte mein Hals. »Soll ich dir die Koffer runtertragen?«

»Das hat Toni schon gemacht. Samstag bin ich wieder da. Und denk daran, Christina hat heute erst zur dritten Stunde Schule. Sie schläft noch.«

Ich setzte mich auf, sah ihr nach, wie sie mich verließ, und versuchte dann, die Wanduhr abzulesen. Die Uhr war neu, Charlie hatte sie gekauft. Es war eine dieser modernen ohne Zahlen und Stundenstriche. Ich mußte mich mächtig konzentrieren. Es war noch nicht einmal halb sieben.

Ich schlurfte in die Küche und nahm die Isolierkanne mit ins Wohnzimmer. Der Kaffee war heiß und stark. Ich schlürfte ihn mit Bedacht. Langsam kam die Erinnerung an den gestrigen Abend zurück. Nachdem ich das Haus Meynhardt verlassen hatte, war ich ohne Umwege nach Hause gefahren und hatte noch einmal die beiden Klassenfotos nebeneinandergelegt, um die Gesichter zu vergleichen. Dazu hatte ich den einen oder anderen Cognac getrunken. Auf dem Foto der Obersekunda im Jahrgangsbuch 1958 war Bötticher nicht zu finden gewesen, seine rundlichen Züge waren lediglich auf der Aufnahme der Oberprima zwei Jahre später aufgetaucht. Weiter vorn in dem Buch hatte ich dann einen Bericht über einen Musizierwettbewerb gefunden, bei dem er als Geiger einen zweiten Platz belegt hatte. Danach mußte ich eingeschlafen sein. Schon wieder eine Sofanacht. Am besten schaffte ich mein Bettzeug gleich ins Wohnzimmer.

Ich verschwand im Bad, duschte und zog frische Unterwäsche an. Die Hose und das Hemd von gestern mußten noch einmal herhalten. Als ich wieder im Sessel saß, nahm ich noch einmal den Express zur Hand. Schon wieder ein Opfer, das in Beziehung zu einem der anderen gestanden hatte, diesmal zu Michael Dettmers. Lothar mochte erzählen, was er wollte, das war kein Zufall. Die Opfer wurden nicht willkürlich ausgewählt. Dahinter steckte ein System, auch wenn ich nicht die leiseste Ahnung hatte, welches.

Im Adreßbuch waren zwei Bötticher eingetragen, aber keiner hieß Olaf. Allerdings war die Ausgabe, die ich besaß, bereits zwei Jahre alt. Also schnappte ich mir das Telefon und wählte die Nummer der Taxizentrale. Die junge Frau, die sich meldete, hieß Marlies und galt als schnippische Zicke. Als ich Tonis Namen erwähnte, wurde sie aber zugänglich. Ich bat sie, ihn anzufunken und ihn zu bitten, mich anzurufen. Keine zehn Minuten später klingelte das Telefon.

»Was gibt's, Leo? Willst du wissen, ob Charlie den Zug erreicht hat?«

»Davon gehe ich aus«, sagte ich. »Hör mal, arbeitet deine Kusine noch immer bei Greven's Adreßbuchverlag?«

»Na klar. Wo sonst?«

»Tut sie dir auch noch immer einen Gefallen?«

»Kommt auf einen Versuch an. Ich habe sie lange nicht gesehen. Was brauchst du denn?«

Telefon hatte lange nicht jeder, aber dem Adreßbuch entging niemand. Und die Kusine verfügte über die aktuellsten Daten. »Die Anschrift eines gewissen Bötticher, Olaf, geboren am 19.9.1943.«

»Ist das nicht der, den sie gestern ...«

»Genau der. Falls ich nicht da sein sollte, sag Erika bitte Bescheid.«

»Mach ich.«

Ich drückte die Gabel und wählte die Nummer der Meynhardts, da ich wissen wollte, ob Judith Bötticher gekannt hatte. Am anderen Ende klingelte es endlos, aber sie hob nicht ab. Ihr Vater glücklicherweise auch nicht. Vermutlich schlief sie noch ihren Rausch aus. Ich bestrich ein Brot mit Philadelphia und goß Milch in ein Glas. Dann stellte ich meinen Reisewecker auf Viertel nach neun und plazierte ihn auf Christinas Nachttisch. Zu guter Letzt schnappte ich mir die Lederjacke und machte, daß ich aus dem Haus kam.

Bereits auf der Riehler Straße hatte ich ein ungutes Gefühl, das zur Gewißheit wurde, als ich die Flora passierte. Sie waren wieder hinter mir her. Diesmal mit einer Badewanne, einem roten 17M mit weißem Dach. Da ich nicht wollte, daß sie zum jetzigen Zeitpunkt von meinem Kontakt zu Judith Meynhardt erfuhren, fuhr ich an deren Haus vorbei, kurvte durch das Viertel und setzte über die Mülheimer Brücke auf die rechte Rheinseite über. Krampfhaft überlegte ich, wie ich den Verfolger abschütteln sollte. Als ich den Wiener Platz umrundete, um ganz sicher zu sein, daß ich gemeint war, hatte ich plötzlich eine Idee. Ich fuhr den Bergischen und Pfälzischen Ring entlang bis zum Messekreisel. Rechter Hand schob sich die im Bau befindliche Zoobrücke wie eine Gletscherzunge immer weiter ins Rechtsrheinische. Kommendes Jahr sollte die Brücke eingeweiht werden. Die Rotphase der Ampel nutzte ich, um im Handschuhkasten zu wühlen. Alles, was ich benötigte, war da. Hinter mir wurde gehupt. Ich warf den Gang ein und bog in die Deutz-Mülheimer-Straße ein.

Mein Ziel war das KHD-Hochhaus. Das Gelände kannte ich, da ich Charlie im vergangenen Jahr einmal dort abgeholt hatte, als sie anläßlich der Einweihung des Hauses einen Artikel geschrieben hatte. Mit quietschenden Reifen nahm ich die enge Kurve in die Tunnelröhre, die zum Untergeschoß des Parkhauses hinter dem Hochhaus führte, und gab Vollgas. Gleich neben der Rampe, die zum oberen Parkdeck führte, fand ich einen freien Platz.

Hastig kramte ich die Schiebermütze aus dem Handschuhkasten, setzte sie auf und zog sie tief in die Stirn. Dann band ich mir mein Taschentuch vor Mund und Nase. Es war noch unbenutzt und duftete nach Waschpulver. Das Fensterleder schnitt ich mit dem Taschenmesser in zwei Teile. Die beiden Lederlappenstücke, die Rolle Isolierband aus der Werkzeugmappe und das Döschen mit den Fischölkapseln, die Charlie mir gegen meine nachlassenden Vitalkräfte verordnet hatte, verstaute ich in den Jackentaschen. Derart ausgerüstet stieg ich aus und ging drei Wagen weiter in Deckung. In der Seitenscheibe spiegelte sich mein Gesicht. Ich sah aus wie der perfekte Bankräuber. Keine Sekunde später schoß der 17M mit heulendem Motor heran. Erst fuhr mein Schatten vorbei, dann bremste er scharf und setzte zurück. Der Motor erstarb, und der Wagenschlag wurde geöffnet. Schritte näherten sich. Ich riskierte einen vorsichtigen Blick über die Motorhaube. Der Kerl war niemand anderer als Bornscheid.

In mir kam so etwas wie Mitleid hoch, wenn ich daran dachte, was ich mit ihm vorhatte. Aber ich hatte ihm bereits die gelbe Karte gezeigt. Er hätte also gewarnt sein müssen. Aber anscheinend hatte er mir nicht richtig zugehört. Völlig unbedarft, als sei es die normalste Sache der Welt, inspizierte er zunächst meinen Wagen. Da niemand darin saß, sah er sich um, aber weder ich noch eine andere Menschenseele waren zu sehen. Also warf er einen Blick zwischen die anderen Fahrzeuge. Wie ein Schuljunge, der seinen verschwundenen Fußball sucht. Ich tauchte ab. Tapsige Schritte kamen näher. Vielleicht noch fünf Meter. Dann nur noch zwei. Er ging an mir vorbei. Ich sprang auf und drückte ihm das kleine Messer ins Kreuz. Er verstand auf der Stelle, was angesagt war. Ein Schubs, und er lag vornüber auf dem Kofferraumdeckel des nächstbesten Wagens.

»Arme auf den Rücken«, knurrte ich mit einem Akzent, den zumindest ich für serbokroatisch hielt.

Er gehorchte wortlos. Ich schnürte seine Hände mit Isolierband zusammen, achtete aber darauf, daß die Blutzirkulation nicht unterbrochen wurde. Dann steckte ich das Messer weg und zog ein Stück Lederlappen aus der Jacke. »Augen zu.«

Mit dem Lederstück bedeckte ich Bornscheids Augen und fixierte es mit zwei Streifen Isolierband, die ich um seinen Kopf wickelte. Dann hievte ich ihn zurück auf die Füße. Dem Döschen entnahm ich eine der rötlichen Kapseln.

»Mund auf.«

»Warum? Was soll das?«

»Mund auf.«

»Ich –«

»Mund auf!« herrschte ich ihn an.

Zögernd tat er, was ich sagte. Ich legte ihm die Kapsel auf die Zunge, schob seine Kinnlade wieder nach oben und versiegelte seine Lippen mit dem anderen Teil des Fensterleders und einem weiteren Streifen Isolierband.

»Nur im Mund behalten, auf keinen Fall schlucken«, ermahnte ich ihn.

Er schien etwas fragen zu wollen, aber dafür war es zu spät. Am Oberarm gepackt dirigierte ich ihn zur Beifahrertür seines Wagens. Ich stellte ihn rücklings dagegen und vertäute ihn mit dem Rest, der von dem schwarzen klebrigen Band übriggeblieben war, am Türgriff.

»Die Kapsel enthält Zyankali. Wenn du sie schluckst, bleiben dir noch zehn Sekunden. Also Vorsicht.«

Er stöhnte wie ein Nilpferd mit Bauchschuß, und seine Beine gaben unter ihm nach. Ich klopfte ihm aufmunternd auf die Schultern und sprintete zurück zu meinem Opel, demaskierte mich und verließ das Parkhaus auf dem Weg, auf dem ich gekommen war. Soweit ich gesehen hatte, hatte mich niemand bemerkt.

Unterwegs hielt ich an einer Telefonzelle, wählte die 110 und behauptete anonym, aus dem KHD-Parkhaus Schreie gehört zu haben. Dann wählte ich Meynhardts Nummer. Wieder wollte niemand mit mir sprechen. Also versuchte ich es im Haus Weißenburg. Es war zwar erst zwanzig vor elf, aber vielleicht hatte ich ja Glück. Ich hatte. Erika war sofort am Apparat.

»Fünf Minuten vor der Zeit ist des Soldaten Pünktlichkeit«, sagte sie.

»Erika, bitte! Nicht solche Sprüche. Was ist mit der Anschrift von Bötticher? Hat Toni sie rausgefunden?«

»Hat er, beziehungsweise seine Kusine. Einen Moment.«

Ich hörte Papierrascheln, dann fiel etwas zu Boden, und Erika fluchte, was ich von ihr überhaupt nicht gewohnt war. Also hatte auch sie eine dunkle Seite. Schließlich war sie wieder am Apparat.

»Schaberger Weg 12. Die Straße liegt in dieser Finnensiedlung bei Dünnwald. Ich habe auf dem Stadtplan nachgeschaut. Du mußt –«

»Ich habe einen Plan im Auto. Ich werde das schon finden.«

»Moment noch. Gemeldet ist Olaf Bötticher bei einer Ottilie Henschel.«

Wir wünschten uns gegenseitig etwas.

*

Auf der Berliner Straße in Höhe des Bunkers hatte es einen Unfall gegeben, und ich saß fast eine halbe Stunde lang fest. Nichts ging. Nicht vor und nicht zurück. Als ich das Holzhaus im Schaberger Weg endlich gefunden hatte, war es fast Mittag. Es gab nur ein Namensschild, und das lautete auf Henschel. Auf mein Klingeln öffnete eine weißhaarige Frau mit verweintem Gesicht.

»Mein Name ist Saalbach. Ich würde gern mit Frau Henschel sprechen.«

»Das bin ich. Worum geht es?«

Ich erklärte ihr, daß ich in der Mordserie im Auftrag von Verwandten eines der Opfer ermittelte, und bat um eine Unterredung.

Sie betupfte ihre Augen mit einem zerknüllten Taschentuch und sagte erst einmal gar nichts, so daß ich schon befürchtete, eine Abfuhr zu bekommen. Statt dessen ließ sie sich jedoch meinen Personalausweis zeigen und bat mich herein. Das Wohnzimmer war klein und bescheiden möbliert. Auf einer Anrichte stand ein Foto von Olaf.

»Haben Sie es aus der Zeitung erfahren?« wollte sie wissen, nachdem wir uns auf einem mürben Sofa niedergelassen hatten.

»Ja, gestern abend. War er Ihr Sohn?«

»Mein Enkel. Meine Tochter und ihr Mann sind vor Jahren bei einem Autounfall ums Leben gekommen. Da war Olaf dreizehn. Ein Bruder seines Vaters hat ihn daraufhin bei sich aufgenommen, bis er letztes Jahr auf Montage ins Ausland mußte. Seitdem lebte Olaf bei mir.«

»Es tut mir leid, daß ich Sie schon heute belästigen muß, Frau Henschel, aber ich will dem Täter keinen weiteren Vorsprung geben. Ich hoffe, Sie haben dafür Verständnis.«

Sie war stärker, als man erwarten durfte. »Natürlich. Ihre Auftraggeber werden auch trauern. In solchen Zeiten muß man zusammenhalten.« Dann weinte sie doch. Leise und voller Kummer.

»Für welche Familie arbeiten Sie?« fragte sie, nachdem sie sich wieder gefangen hatte.

»Für die Dettmers. Michael Dettmers war ein Klassenkamerad Ihres Enkels.«

»Ja, das stimmt. Was wollen Sie wissen?«

»Ich versuche herauszufinden, ob es zwischen den Opfern eine Verbindung gegeben hat. Irgendeine Gemeinsamkeit, die Rückschlüsse auf den Täter ermöglichen könnte.«

Sie schüttelte den Kopf. »Das hat mich die Polizei auch schon gefragt. Mir ist dazu nichts eingefallen.«

»Aber Olaf hat Michael Dettmers gekannt?«

»Flüchtig. Wie Sie schon sagten, die beiden haben zusammen die Schule besucht. Befreundet waren sie aber nicht. Und ich glaube auch nicht, daß sie sich seit dem Abitur noch einmal gesehen haben. Die Dettmers, das ist eine andere Klasse. Da können wir nicht mithalten.« Sie sagte das ohne Groll.

»Was hat Ihr Enkel nach dem Abitur gemacht?«

»Er hat studiert. An der Musikhochschule. Er war ja so begabt.« Wieder flossen Tränen.

Ich fand, daß ich die alte Dame genug gequält hatte, und stand auf. »Entschuldigen Sie noch einmal, Frau Henschel. Aber es war wichtig.«

»Hat es Ihnen denn geholfen?«

»Das wird sich zeigen. Eine Bitte habe ich aber noch. Könnten Sie mir vielleicht ein Foto Ihres Enkels zur Verfügung stellen?«

Sie nickte und führte mich ins Obergeschoß, wo Olaf sein Zimmer hatte. Die Ausstattung war konventionell, lediglich zwei Geigen und eine Bratsche sprangen ins Auge. Frau Henschel räumte einen Notenständer zur Seite und zog ein Album aus dem Wandregal. »Suchen Sie sich aus, was Sie brauchen.«

Ich ging die Seiten durch. Sie stellte sich neben mich und sah mit hinein. Gegen Ende fand ich eine Reihe Fotos, die Olaf nacheinander mit verschiedenen jungen Leuten zeigten. Alle schienen ausgelassen und hatten wohl auch getrunken. Zunächst dachte ich, die Bilder seien auf einer Terrasse irgendwo am Rhein aufgenommen worden. Dann erkannte ich, daß es sich um das Deck eines Ausflugsdampfers handelte. Eine Aufnahme zeigte Olaf Arm in Arm mit einem der Jungen, die ich von den Klassenfotos her kannte. Die beiden schienen aus vollem Hals zu grölen und sahen mit verdrehten Augen in die Kamera. Olaf hielt eine Flasche Kellergeister in der linken Hand und stand auf nur einem Bein.

»Wo wurden diese Bilder aufgenommen?«

»Lassen Sie mal sehen«, sagte sie und nahm mir das Album aus der Hand. »Das muß zur Abiturfeier gewesen sein. Die haben sie auf einem Rheindampfer veranstaltet.«

Ich war irritiert. Bis auf die eine Person auf dem letzten Foto hatte ich niemanden wiedererkannt. Dabei hatte ich mir die Gesichter von den Klassenfotos gründlich eingeprägt. »Könnten Sie mir die Fotos von der Feier überlassen? Ich lasse noch heute Abzüge machen und schicke sie Ihnen umgehend zurück.«

Ihr war das nicht recht, das sah man. Trotzdem willigte sie ein. Ich stellte ihr eine Quittung aus und wiederholte mein Versprechen.

Als ich das Haus verlassen wollte, kam eine Frau durch den Vorgarten gestapft, die Frau Henschel bis aufs Haar glich. Die beiden Frauen fielen einander weinend in die Arme. Da ich niemanden trösten konnte, fuhr ich nach Hause.

Christina, Erika, Jupp und auch ich hatten Hunger. Da niemand kochen wollte, fuhr ich zum Wienerwald und holte halbe Hähnchen. Dazu aßen wir Brot und Radieschen. Pfirsiche aus der Dose und Kaffee rundeten das Essen nach hinten ab.

Während Christina ihre Hausaufgaben machte, breitete ich die Aufnahmen, die mir Frau Henschel überlassen hatte, auf dem Schreibtisch aus. Daneben legte ich die beiden Klassenfotos. Nach einer halben Stunde hatte ich alles verglichen, was es zu vergleichen gab. Bis auf den einen, den ich direkt auf Anhieb erkannt hatte, gehörte niemand der auf dem Schiff Fotografierten zu Michaels beziehungsweise Olafs Schulabgangsklasse. Dafür entdeckte ich überraschenderweise jemanden, der zwar nicht zur Schulklasse gehörte, aber eines der Opfer der Mordserie war. Es handelte sich um Thomas Hering, den arbeitslosen Schreiner, den Olaf und ein anderer auf den Schultern trugen. Soweit ich wußte, hatte er kein Abitur gemacht. Wieso war er dann bei der Abschlußfeier dabeigewesen? Das ergab keinen Sinn. Und wer waren all die anderen, die auf dem Dampfer fotografiert worden waren?

Auf einem der Fotos knutschte Olaf ziemlich wild mit einem dicklichen, blonden Mädchen. Das Mädchen griff herzhaft zu. Es sah nicht so aus, als sei sie eine Zufallsbekanntschaft, die er erst auf dem Schiff gemacht hatte. Auch die anderen Bilder erweckten den Eindruck, als hätten sich die Abgelichteten zuvor schon einmal getroffen. Da war keine Distanz oder Reserviertheit zu erkennen. Ich drehte eines der Fotos um. Unten links in der Ecke war ein Aufdruck. »rico« stand dort in geschwungenen Lettern. Auf den Rückseiten der anderen Fotos fand ich dieselbe Kennzeichnung.

Ich beschloß, Olafs und Michaels damalige Klassenlehrerin zu fragen. Sie war sicherlich auf dem Schiff dabeigewesen und würde mir sagen können, was ich wissen wollte. Laut Schuljahrgangsbuch hieß sie Dr. Anneliese Hembach-Krause und war Fachlehrerin für Geschichte und Deutsch. Ich räumte die Fotos zusammen, ging runter in die Kneipe und schickte Jupp los, um sie abfotografieren zu lassen. Dann genehmigte ich mir einen Doppelten und wählte die Nummer des Apostelgymnasiums in Lindenthal.

Um keinen Aufruhr zu verursachen, gab ich mich als früherer Schüler Hembach-Krauses aus und bat, sie zwecks Einladung zu einem Ehemaligentreffen sprechen zu dürfen. Die Person am anderen Ende war eine ausgemachte Gewitterziege. Sie meckerte mir ins Ohr, daß meine ehemalige Lehrerin seit fünf Jahren pensioniert sei. Nein, wie ich sie privat erreichen könne, wisse sie nicht. Außerdem würde eine solche Auskunft gegen die Bestimmungen verstoßen. Ich sagte ihr nicht, was ich von ihr hielt, sondern legte einfach auf. Das Kölner Telefonbuch konnte mir auch nicht weiterhelfen. Es gab keinen Eintrag unter Hembach-Krause. Also rief ich die Auskunft an und bat, in den umliegenden Gemeinden nach ihr zu suchen. Entgegen meiner Erwartung wurde mein Ansinnen nicht abschlägig beschieden. Im Gegenteil, die Dame ging mit regelrechtem Feuereifer ans Werk. Blieb nur zu hoffen, daß die Pensionärin nicht an den Bodensee verzogen war.

Sie war es nicht, sondern wohnte in Opladen. Ich bedankte mich überschwenglich, legte auf und wählte die angegebene Nummer. Nach dem siebten Klingeln war Frau Hembach-Krause am Apparat.

»Ich habe es heute morgen aus der Zeitung erfahren«, jammerte sie, nachdem ich mich vorgestellt hatte. »Ist das nicht furchtbar? Olaf Bötticher ist nun schon der zweite meiner ehemaligen Anvertrauten, die diesem Scheusal zum Opfer gefallen sind.«

»Ich bin auch erschüttert, Frau Dr. Hembach-Krause«, sagte ich. »Bei meinen Nachforschungen bin ich auf etwas gestoßen, worüber ich gern mit Ihnen sprechen würde.«

»Ach ja? Worum handelt es sich denn?«

»Es geht hauptsächlich um die seinerzeitige Abiturfeier. Aber da sind auch noch einige andere Punkte, über die ich mir gern Klarheit verschaffen würde. Hätten Sie etwas dagegen, wenn ich Sie besuchen würde?«

»Keineswegs«, antwortete sie spontan. »Wann wollen Sie kommen?«

»Würde es Ihnen heute noch passen?«

»Ja. Ich bin den ganzen Nachmittag daheim.«

Zehn Minuten später war Jupp zurück. Ich steckte alle notwendigen Unterlagen in meine schwarze Aktenmappe und hatte die Hand schon auf der Klinke, als die Tür aufgerissen wurde. Lothar stürzte herein und baute sich vor mir auf. Die Haare standen ihm zu Berge, und in seinen Augen loderte der pure Irrsinn.

»Was willst du?« fragte ich.

Er rang nach Luft. Dann hielt er mir den ausgestreckten Zeigefinger vor das Gesicht, daß ich den Trauerrand unter dem Nagel erkennen konnte.

»Ich habe dich gewarnt«, plärrte er. »Sag nicht, ich hätte es nicht getan. Diesmal bist du zu weit gegangen.«

Ich zuckte die Achseln. »Wenn du mir sagst, um was es geht, kann ich dir vielleicht helfen.«

Plötzlich entdeckte er Erika und die drei Gäste, die sich im Schankraum verloren. Mit einem Idiotengrinsen nickte er in die Runde. »Laß uns in die Küche gehen. Es braucht nicht jeder zu hören, was ich dir mitzuteilen habe.«

Ich ging voran. Er schloß die Tür und lehnte sich mit dem Rücken dagegen. »Was hast du mit Bornscheid gemacht?« zischte er drohend.

»Nun setz dich erst mal. Willst du etwas trinken?«

»Weder noch. Ich wiederhole meine Frage: Was hast du mit Bornscheid gemacht?«

»Du meinst den Rothaarigen? Den habe ich vorgestern auf der Ehrenstraße erwischt und zu dir zurückgeschickt.«

»Ich spreche nicht von vorgestern. Ich spreche von heute morgen.«

Ich machte ein verständnisloses Gesicht. »Ich verstehe nicht, was du meinst.«

»Bornscheid hat dich heute vormittag bis in das Parkhaus hinter dem KHD-Hochhaus verfolgt. Dort hast du ihm aufgelauert, ihn mit einer Waffe bedroht, ihn gefesselt und ihm eine Kapsel in den Mund gesteckt, die angeblich Zyankali enthielt. War das so?«

»Behauptet er das?«

»Allerdings. Er wird Strafanzeige erstatten. Beziehungsweise wir als Dienststelle werden das für ihn übernehmen.«

»Nun mal langsam. Wie kann dieser Bornscheid so etwas Absurdes behaupten? Als ob ich herumliefe und Polizisten mit Zyankali füttern würde. Er muß sich irren. Hat er wirklich behauptet, er hätte mich dort gesehen?«

»Er hat ausgesagt, du hättest ihn von hinten angegriffen.«

»Hat er mich nun gesehen oder nicht?«

»Gesehen nicht. Aber er hat dich trotzdem erkannt.«

»Woran? An meinem Geruch?«

»An deiner Stimme.«

»Ach was? Nur an meiner Stimme? Nicht vielleicht auch an meiner Figur oder meiner Kleidung?«

»Du weißt ganz genau, daß er das nicht konnte, weil du ihm die Augen mit einem Fetzen Vileda und Isolierband zugeklebt hattest«, trompetete Lothar in einer Lautstärke, daß das halbe Agnesviertel mithören konnte. »Das einzige, was er angeben konnte, war, daß es sich bei dem Täter um einen Mann deiner Größe gehandelt hat, der vortäuschte, nur gebrochen Deutsch zu sprechen.«

Ich lehnte mich gegen den Herd. »Das ist ja interessant. Laß mich zusammenfassen. Bornscheid ist überfallen worden, hat nichts gesehen, aber eine Stimme gehört, die grammatikalisch fragwürdiges Deutsch produzierte, und behauptet anhand dieser mageren Wahrnehmungen, mich erkannt zu haben. Hängt das vielleicht damit zusammen, daß er wieder einmal hinter mir her geschnüffelt hat und somit automatisch und fast zwangsweise zu dem Schluß kommen mußte, nur ich könne derjenige gewesen sein? Zumal – wie ich zugebe – ich ihn zwei Tage zuvor tatsächlich zur Rede gestellt habe.«

»Selbstverständlich ist er dir gefolgt. Dazu hatte ich ihm den dienstlichen Auftrag erteilt.« Ein Nanogramm Unsicherheit lastete auf Lothars Stimmbändern. »Außerdem war niemand sonst auf dem Parkdeck. Nur du kommst in Frage. Und deine Mutmaßungen, ob die Schlußfolgerungen des Kollegen Bornscheid automatisch und zwangsweise erfolgten, solltest du besser deinem Anwalt für das Plädoyer überlassen.«

Ich lachte ihn lauthals aus. »Weißt du, was der Staatsanwalt mit dir macht, wenn du mit deinen Beweisen bei ihm aufkreuzt? Der schmeißt dich im hohen Bogen raus. Du glaubst doch nicht ernsthaft, daß irgendwer aufgrund dieser schwachsinnigen Aussage von Bornscheid auch nur im Traum daran denken wird, Anklage zu erheben. Außerdem«, diesmal zeigte ich mit dem Finger auf ihn, »wenn du auch nur irgend etwas Handfestes hättest, einen Augenzeugen oder ein halbwegs brauchbares Indiz, wärst du doch hier mit einer halben Hundertschaft aufgekreuzt. Also vergiß die ganze Geschichte.«

Lothars Gesicht mutierte zu einer Fratze.

»Übrigens«, fiel mir ein, »wenn der Maskierte ihm eine Zyankalikapsel verpaßt hat, wieso kann Bornscheid überhaupt eine Aussage machen? Er müßte doch eigentlich im Leichenschauhaus liegen.«

»Es war kein Zyankali, was ihm verabreicht worden ist. Der Arzt hat festgestellt, daß es sich um eine Art Vitaminpräparat gehandelt haben muß.«

»Dann ist ja gar nichts passiert. Wozu die ganze Aufregung?«

»Weil der Mann mit einem Nervenzusammenbruch im Krankenhaus liegt«, giftete Lothar. »Deshalb. Er mußte über eine halbe Stunde an den Türgriff seines Wagens angebunden ausharren, bis ihn der Werkschutz endlich gefunden hat. Die ganze Zeit über hat er es geschafft, diese Kapsel nicht zu schlucken. Als die Werkschützer ihm den Klebestreifen vom Mund entfernt haben, mußte er husten, und einer der Männer hat ihm auf die Schulter geklopft. Dabei hat er die Kapsel dann doch runtergeschluckt. Darüber ist der Mann fast verrückt geworden. Er hat gedacht, mit ihm gehe es zu Ende.«

Ich mußte an mich halten, um nicht laut loszuprusten. Aber das hätte mir negativ ausgelegt werden können. Außerdem wollte ich Lothar nicht noch mehr reizen. »Das tut mir leid«, log ich mit Unschuldsblick. »Aber bei mir bist du an der falschen Adresse.«

Lothar löste sich von der Tür und kam bis auf einen Meter an mich heran. Jetzt war er die Ruhe selbst. »Nein, Leo. Ich bin nach wie vor der Meinung, daß ich genau an der richtigen Adresse bin. Auch wenn es so aussieht, als könnte ich dir in dieser Sache offiziell nichts anhängen. Aber eins laß dir gesagt sein, es gibt bei uns so etwas wie Solidarität unter den Kollegen. Quer durch die gesamte Hierarchie. Auch wenn du der Strafverfolgung entgehen solltest, uns kommst du nicht davon. Sollte dich einer von uns dabei erwischen, daß du auch nur bei Rot über die Ampel gehst, bist du fällig.«

Ich wußte, daß er meinte, was er sagte. Das konnte Ärger bedeuten. Verdammten Ärger. Etwas bedrückt stand ich auf, klemmte mir die Aktenmappe unter den Arm und ging in den Schankraum. Lothar stolzierte mit selbstgefälliger Miene hinter mir her. Offensichtlich hatte er bemerkt, daß ich ins Schwimmen gekommen war, und erwartete, daß ich noch etwas sagen würde. Mich wurmte, daß er und seine Meute in der Lage waren, mich ohne weiteres gehörig unter Druck zu setzen. Auch wenn ich mir das weitgehend selbst eingebrockt hatte. Aber es sollte noch schlimmer kommen.

Als ich die Vordertür aufzog, ritt mich plötzlich der Teufel. Ich drehte mich noch einmal um und setzte das schmierigste Grinsen auf, das ich im Repertoire hatte. »Übrigens«, sagte ich süffisant, »hat deine Frau immer noch diesen hübschen, schmetterlingsförmigen Leberfleck auf der linken Pobacke?«

Es dauerte ungefähr fünf Sekunden, bis er meine Frage aufgenommen und verarbeitet hatte. Dann erstarrte er schlagartig, als sei er mit flüssigem Stickstoff bombardiert worden. Ich warf die Tür hinter mir zu und sprintete zum Wagen, um nicht hinterrücks erschossen zu werden.

Auf der Fahrt nach Opladen schalt ich mich einen Idioten. Wie hatte ich mich nur dazu hinreißen lassen können, Lothar auf dieses Muttermal am Hinterteil seiner Frau anzusprechen? Dabei war die Sache total harmlos.

Vor fast drei Jahren, wenige Wochen, nachdem die Müllers Familienzuwachs in Form einer Tochter namens Sarah bekommen hatten, hatten Lothar und ich dieses Ereignis mit einem ausgiebigen Zug durch diverse Kneipen gefeiert. Zur Krönung hatten wir in der damaligen Müllerschen Wohnung noch eine Flasche Weinbrand geköpft. Irgendwann war ich im Sessel eingeschlafen. Am nächsten Morgen war ich verkatert und mit brüllendem Durst aufgewacht und ohne Rücksicht auf Anstand und Sitte ins Bad gestürmt. Im Waschbecken lag Wäsche zum Einweichen, also riß ich den Duschvorhang zur Seite. Und da stand Dagmar. Ich zog den Vorhang selbstverständlich wieder zu, allerdings erst, nachdem ich einen Blick auf ihre Kehrseite riskiert hatte. Und dabei entdeckte ich dieses Ding. Später, in der Küche – Lothar schlief noch – haben wir darüber geflachst. Aber sie nahm mir auch das heilige Versprechen ab, daß ich Lothar gegenüber nie auch nur ein Wort darüber verlauten lassen dürfe. Und ich hatte es geschworen.

Jetzt hatte ich zum einen dieses Versprechen gebrochen und zum anderen höchstwahrscheinlich unserer Freundschaft den Todesstoß versetzt. Wenn ich nicht sogar die Müllersche Ehe auf dem Gewissen hatte. Ich kannte Lothar zur Genüge. Er war furchtbar eifersüchtig. Das lag daran, daß Dagmar erstens eine sehr schöne Frau und zweitens zehn Jahre jünger war. Und außerdem hatte KHK Müller bis heute nicht verstanden, warum sie damals ihm, einem mittelprächtigen Beamten und verkrachten Junggesellen, den Vorzug vor allen anderen Bewerbern gegeben hatte, darunter Söhnen aus hochkarätigen Bank- und Industriedynastien. Ich mußte Dagmar anrufen und vorwarnen. Das war das Mindeste, was ich tun konnte.

Aber zunächst einmal mußte ich Frau Dr. Hembach-Krause aufsuchen. Sie wohnte Im Hederichsfeld, einer Straße mit gutbürgerlichen Mietshäusern und Müllabfuhr am Donnerstag. Ich rangierte den Opel zwischen zwei Abfalltonnen, stieg aus und läutete. Erwartet wurde ich auf dem Treppenabsatz im zweiten Stock, nachdem ich mich über eine Gegensprechanlage mit Feldtelefonqualität zu erkennen gegeben hatte. Frau Hembach-Krauses Äußeres entsprach in etwa der Vorstellung, die ich mir aufgrund des Telefonats gemacht hatte. Sie war mittelgroß und schlank, allerdings von der sehnigen Art, und hatte ein strenges Gesicht, dem die zahlreichen Lachfalten jedoch die Härte nahmen. Das graue Haar hatte sie zu einem Dutt geknotet. Ihre Kleidung bestand aus einem Tweedkostüm, dessen Farbe irgendwo zwischen Grau und

Braun liegen mochte, und einer passenden Bluse. Die Füße steckten in derben Kreppsohlenschuhen. Ihr Händedruck war fest und unterstrich ihre burschikose Erscheinung. Die Wohnzimmereinrichtung war altdeutsch, und es roch intensiv nach Möbelpolitur.

»Darf ich Ihnen etwas zu trinken anbieten?« fragte sie, nachdem wir Platz genommen hatten.

»Nein, danke. Ich würde gern gleich zur Sache kommen.«

»Wie Sie möchten.«

In groben Zügen erklärte ich ihr, was ich bisher herausgefunden hatte. Sie erwies sich als ruhige und aufmerksame Zuhörerin.

Nachdem ich geendet hatte, legte sie die Hände ineinander und räusperte sich. »Zunächst einmal muß ich Ihnen gestehen, daß ich etwas verwundert bin, daß ich erst jetzt angesprochen werde. Damit will ich sagen, daß die Polizei mich bisher nicht aufgesucht hat. Nicht, daß ich Entscheidendes zur Aufklärung beitragen könnte, aber ich war bisher immer der Annahme, daß man die Vergangenheit von Mordopfern aufs Gründlichste durchleuchtet. Und dazu gehört ja wohl auch der schulische Werdegang.« Sie räusperte sich erneut. »Andererseits – und damit möchte ich den Bogen zurück zu Ihren Ausführungen schlagen – sehe ich trotz allem keinen Zusammenhang zwischen dieser scheußlichen Mordserie und der 1960er Abiturfeier.«

»Ich auch nicht«, räumte ich ein. »Noch nicht. Aber ich vermute, daß es einen gibt. Wenn Sie sich freundlicherweise einmal diese Fotos ansehen würden.« Ich reichte ihr die Kopien der Aufnahmen, die auf dem Dampfer gemacht worden waren. Als sie bei dem Foto mit dem arbeitslosen Schreiner ankam, erläuterte ich, was mich irritiert hatte.

»Das ist allerdings frappierend. Nein, Sie haben recht, dieser Junge hatte nichts mit unserer Feier zu tun. Er muß einer der übrigen Passagiere auf dem Schiff gewesen sein.«

»Kennen Sie denn die anderen jungen Leute, die zusammen mit Olaf Bötticher fotografiert wurden?«

»Aber gewiß doch, wenn sie mir auch nicht namentlich bekannt sind. Das sind alles Schüler der anderen vier Gymnasien.«

Ich stutzte. »Welcher anderen vier Gymnasien?«

»Ach, wissen Sie das gar nicht? Nun, damals kam im Kollegenkreis der Vorschlag auf, die sogenannte Abiturfete gemeinsam mit anderen Gymnasien auf einem Ausflugsdampfer zu veranstalten. Ich weiß gar nicht mehr, wer den Anstoß dazu gegeben hat, aber ich glaube, es war der Kollege Pfeiffer. Jedenfalls wurde ich gebeten, diesen Vorschlag in die Tat umzusetzen und die Veranstaltung zu organisieren. Zu guter Letzt nahmen insgesamt fünf Abgangsklassen an der Feier teil.«

»Und welche Schulen waren das? Alles Kölner Gymnasien?«

»Gewiß.« Sie nannte mir die Namen der Schulen. »Insgesamt waren einhundertachtundvierzig Schüler und zweiunddreißig Lehrer an Bord. Das erforderte eine intensive Vorbereitung, das können Sie mir glauben. Wenn ich daran noch denke.«

Meine Körpertemperatur stieg um ein Zehntelgrad. Das war ein untrügliches Zeichen. Ich faßte nach. »Frau Dr. Hembach-Krause, haben Sie Unterlagen über diese Dampferfahrt? Vielleicht eine Namensliste der Teilnehmer?«

Sie schüttelte den Kopf. »Im nachhinein wurde eine regelrechte Dokumentation dieser Fahrt angefertigt, aber diese Unterlagen sind alle im Schularchiv verblieben.«

»Könnten Sie diese Dokumentation besorgen?«

Sie zog die Brauen hoch. »Ich bin nicht mehr im Dienst, Herr Saalbach, und alle Kontakte zum Apostelgymnasium sind eingeschlafen. Im ersten Jahr nach meinem Ausscheiden hat man sich noch an meinen Geburtstag erinnert, im zweiten Jahr nicht einmal mehr daran. Das ist der Lauf der Dinge.«

Ich ließ nicht locker. »Aber Sie könnten sich doch unter einem Vorwand Zugang zum Archiv verschaffen. Zum Beispiel wenn Sie vorgäben, ein Treffen der damals an der Fahrt Beteiligten organisieren zu wollen.«

Sie musterte mich, als hätte mein Ansinnen einen frivolen Hintergrund. »Ich denke, Ihr Vorschlag geht etwas zu weit, junger Mann. Warum sollte ich so etwas tun?«

»Um zu verhindern, daß dieser Wahnsinnige, der bereits zwei Ihrer ehemaligen Schüler auf dem Gewissen hat, noch weitere Morde begeht.«

»Aber das ist doch nur eine Vermutung. Sie wissen noch gar nicht, ob tatsächlich ein Zusammenhang zwischen dieser Mordserie und der Abiturfeier besteht.«

»Ich weiß nur, daß sechs der Ermordeten Schüler Kölner Gymnasien waren und daß diese sechs im gleichen Alter waren«, sagte ich eindringlich. »Es sollte mich nicht wundern, wenn sie alle Teilnehmer dieser Ausflugsfahrt gewesen wären. Darüber hinaus gehört dieser Thomas Hering zum Kreis der Ermordeten. Und er war auch auf dem Schiff. Aber um mir Gewißheit zu verschaffen, benötige ich diese Namensliste.« Das saß.

Die Minuten krochen dahin. Sie wand sich. Aber dann siegte ihr gesunder Menschenverstand. »Bis wann brauchen Sie die Unterlagen?«

»So schnell wie möglich. Können Sie sie heute noch besorgen?«

»Das ist ausgeschlossen.« Sie sah auf ihre Armbanduhr. »Es ist bereits siebzehn Uhr. Die Schule hat längst geschlossen.«

»Dann morgen früh. Um wieviel Uhr beginnt der Unterricht?«

»Um acht. Aber ich denke, ich sollte mich zunächst mit dem jetzigen Direktor in Verbindung setzen. Ich kann ja nicht einfach unangemeldet dort erscheinen.«

»Dann rufen Sie ihn bitte noch heute abend an. Wir haben keine Zeit zu verlieren.« Dieses stürmische Vorgehen war nicht ihr Fall, das sah ich ihr an, aber sie sagte trotzdem zu. Offensichtlich hatte sie angenommen, daß sei bereits alles gewesen, denn sie machte Anstalten aufzustehen. Damit lag sie jedoch falsch. »Hat es während der Schiffsreise irgendeinen außergewöhnlichen Vorfall gegeben, Frau Dr. Hembach-Krause?«

»Nicht, daß ich wüßte«, antwortete sie und setzte sich wieder zurecht. »An welche Art von Vorfall denken Sie?«

»Das weiß ich selbst nicht. Eine Panne, etwas Unvorhergesehenes. Eine Auseinandersetzung, eine Schlägerei. Vielleicht ist jemand über Bord gegangen.«

Sie verneinte. »Mir ist nichts dergleichen zu Ohren gekommen.«

Ich wechselte das Thema. »Wie ich Ihnen bereits sagte, hat Frau Dettmers mich engagiert. Nach Freunden ihres Sohnes befragt, nannte sie mir lediglich drei Namen. Keiner dieser drei ist einer seiner ehemaligen Klassenkameraden. War Michael ein Außenseiter oder unbeliebt?«

»Das kann ich nicht sagen. Er war eher durchschnittlich. Sowohl in bezug auf seine Leistungen als auch auf sein Sozialverhalten. Lediglich in der Oberprima hatte er eine Phase, in der er sich wohl selbst nicht leiden konnte. Da kam er in Schwierigkeiten. Um Haaresbreite hätte er das Abitur nicht bestanden.«

»Kennen Sie den Grund dafür?«

»Da könnte ich nur Vermutungen anstellen.«

»Bitte, tun Sie es.«

»Ungern.« Sie zupfte an den Ärmeln ihrer Jacke. »Ich vermutete damals, daß die Ursache Probleme im häuslichen Bereich waren. Aber, wie gesagt, das ist lediglich eine Vermutung.«

»Meinen Sie beispielsweise so etwas wie einen Vater-Sohn-Konflikt?«

»Das habe ich nicht gesagt«, wehrte sie ab. »Aber etwas in dieser Richtung könnte es gewesen sein.«

»Und wie stand es mit Freundschaften?«

»Meinen Sie zu Schülerinnen?«

»Sowohl als auch.«

»Hm. Falls er eine feste Freundin hatte, war es jedenfalls kein Mädchen aus der Klasse. Und was seinen Umgang mit Kameraden betraf, da steckte er hauptsächlich mit Urs Feute und Holger Meinecke zusammen.«

»Mit Olaf Bötticher war er nicht befreundet?«

»Nein. Olaf mußte die Oberprima wiederholen. Er war nur im letzten Jahr in meiner Klasse. Ein stiller, aber musisch sehr begabter Junge.«

»Wissen Sie, was Meinecke und Feute jetzt machen, oder wo ich sie erreichen könnte?«

»Meinecke wollte immer Biologie studieren, und das hat er meines Wissens auch getan. Ich kann Ihnen allerdings nicht sagen, an welcher Universität. Feute war eher technisch veranlagt. Er hat ständig an Mopeds und Rollern gebastelt und auch die Fahrzeuge der anderen repariert. Ich könnte mir vorstellen, daß er vielleicht Maschinenbau studiert. Aber Näheres ist mir auch hier nicht bekannt.«

Ich stand auf. »Vielen Dank, Sie haben mir sehr geholfen. Ich hole Sie dann morgen früh um halb acht ab.« Dann fiel mir doch noch etwas ein. »Zu welcher Flotte gehörte das Schiff? War es die Köln-Düsseldorfer?«

»Nein. Es war eine kleinere Gesellschaft. Die NRD GmbH mit Sitz in Emmerich. Die Niederrheinische Dampfschiffahrtsgesellschaft. Aber es gibt auch ein Büro in Köln. Am Konrad-Adenauer-Ufer.«

Wir gaben uns die Hand, und sie versprach, am nächsten Morgen pünktlich bereit zu stehen. Auf der Rückfahrt nach Köln fiel mir ein, daß ich vergessen hatte, sie nach dem Aufdruck »rico« auf den Rückseiten der Originalfotos zu fragen. Nun gut, das würde ich morgen früh nachholen.

Frau Linnich stand hinter der Theke und zapfte. Aus der Küche roch es nach Waldbrand. »Jupp brät Frikadellen«, sagte sie.

»Warum machen Sie das denn nicht? Die Dinger von Jupp kann doch kein Mensch essen.«

»Jetzt reicht es aber!« fuhr sie mich an. »Sie sind nie da, alles muß man selbst machen, und dann wird man auch noch beschimpft. Wenn das so weitergeht, können Sie sich eine andere suchen.«

Das hatte mir gerade noch gefehlt. »Schon gut, schon gut. Hat jemand für mich angerufen?«

Frau Linnich warf mir einen Block zu. »Da! Ich komme mir schon vor wie Ihre Sekretärin.« Fünf Anrufe hatte sie notiert. Vier Namen konnte ich entziffern: Christina, Charlie, Franz-Josef Hackländer und Judith Meynhardt.

»Was wollte Christina? Ist sie nicht hier?«

»Sie übernachtet bei einer Freundin.«

»Ohne zu fragen?«

»Wen soll das Kind fragen, wenn Sie nicht da sind?«

»Wissen Sie wenigstens, wie die Freundin heißt?«

»Hiltrud Bensdorf.«

Ich schnappte mir das Telefonbuch und rief bei den Bensdorfs an. Hiltruds Mutter war am Apparat. Sie versicherte mir, daß alles seine Ordnung habe und Christina morgen nach der Schule wieder nach Hause komme. Der fünfte Name, den Frau Linnich notiert hatte, blieb mir ein Rätsel. Dahinter stand eine ellenlange Telefonnummer.

»Was soll das heißen?«

»›Ehemalige‹ soll das heißen. Sie sollen Ihre Ex anrufen. In Wien. Die Nummer steht da.«

Um Himmels willen! Von Sibylle, meiner Ex-Frau, hatte ich seit acht Jahren nichts gehört; seit ich ihren Vater als Mörder überführt und in den Knast gebracht hatte, wo er noch immer saß. Jahre später hatte mir jemand erzählt, sie sei mit einem Klarinettisten nach Österreich gegangen. Was sie nun von mir wollte, war mir schleierhaft. Da ich es auch nicht wissen wollte, knüllte ich den Zettel zusammen, warf ihn weg und ging in die Küche, um zu retten, was zu retten war.

In der Wohnung spendierte ich mir einen doppelten Cognac und beschloß, zunächst Charlie anzurufen. Die Rezeption ihres Wiesbadener

Hotels teilte mir mit, Frau Dorn sei außer Haus. Natürlich, was hatte ich erwartet? Charlie war nicht zu ihrem Vergnügen unterwegs. Dann wählte ich die Nummer der Meynhardts. Die Klingel ihres Telefons funktionierte, aber das war auch alles, was ich erfuhr. Also wählte ich FJs Nummer. Er hob selbst ab.

»Ich sollte dich anrufen.«

»Ja, aber schon vor Stunden.«

»Ich war unterwegs. Im Interesse meiner Auftraggeberin.«

»Womit wir bereits beim Thema wären. Du bist raus, Leo.«

»Wie, ich bin raus?«

»Frau Dettmers hat dir mit sofortiger Wirkung den Auftrag entzogen, mein Guter. Schluß, aus, Ende.« Er teilte mir das so lapidar mit, als habe die Dame sich entschieden, die Weihnachtstage in Kitzbühel statt in Pontresina zu verbringen.

Ich verstand die Welt nicht mehr. »Spinnt die Frau? Was soll das?«

»Ich bin lediglich beauftragt, dich dahingehend zu informieren, daß deine Dienste nicht mehr benötigt werden. Das ist alles. Dein Scheck liegt hier bereit. Du kannst ihn abholen. Und vergiß nicht, Michaels Foto mitzubringen.«

»Effjott, das darfst du nicht zulassen«, protestierte ich. »Du mußt sie umstimmen. Ich habe eine Spur.«

Ich berichtete ihm, was ich von Michaels ehemaliger Lehrerin erfahren hatte. »Ich bin mir sicher, daß ich auf der richtigen Fährte bin. Der Schlüssel zu dem Fall ist diese Dampferfahrt.«

»Hast du Beweise?«

»Noch nicht. Aber morgen, wenn ich die Namensliste der Schüler und die Passagierliste von der Schiffahrtsgesellschaft bekomme.«

»Das sind doch alles Spekulationen, Leo. Außerdem ist das ohne Bedeutung. Du hast keinen Auftraggeber mehr, und damit basta.«

»Vielleicht erinnerst du dich noch, Effjott. Du warst es doch, der mich genötigt hat, den Fall zu übernehmen. Und auf einmal soll Schluß sein? Das akzeptiere ich nicht.«

»Dir wird nichts anderes übrigbleiben. Oder willst du auf eigene Faust und eigene Kosten weitermachen? Damit würdest du dir gewaltigen Ärger einhandeln.«

»Ist das dein letztes Wort?«

»Das vorletzte. Vorher darf ich noch erwähnen, daß du dich nicht an die Auflagen gehalten hast, die Vertragsbestandteil sind. Du hattest Kontakt zur Polizei. Du kannst froh sein, daß Franziska dich, auf meine Bitte hin, dennoch bezahlt.«

Jetzt sollte ich ihm auch noch dankbar sein! »Woher weißt du das? Ich meine, daß ich mit der Polizei gesprochen habe?«

»Ich habe meine Verbindungen, Leo. Also, wann kommst du den Scheck holen?«

»Hat Müller dich angerufen?«

»Kein Kommentar.«

Ich gab noch nicht auf. »Effjott, glaub mir, meine Intuition trügt mich nicht. Wir dürfen zum jetzigen Zeitpunkt nicht aussteigen. Kannst du nicht als Auftraggeber einspringen?«

»Wie stellst du dir das denn vor?« bellte er. »Soll ich meine Klientin hintergehen?«

»Was heißt hintergehen? Du tust ihr damit einen Gefallen. Immerhin geht es um ihren Sohn.«

Er schnaufte wie ein Walroß. »Ich sage es dir zum letzten Mal, Leo. Du hast keinen Auftraggeber und keinen Auftrag mehr. Das ist unwiderruflich. Hast du mich verstanden?«

Das hatte ich. Ich warf den Hörer auf die Gabel und fluchte, daß die Wände wackelten. Es bedurfte einer Viertelstunde Gezeters und des Rests, der noch in der Flasche war, bis ich mein Gleichgewicht wiedergefunden hatte. Aber dann hatte ich auch eine Lösung im Visier. Ich wählte erneut Judiths Nummer. Diesmal hatte ich Glück.

»Haben Sie Neuigkeiten?« fragte sie mit belegter Stimme.

»Solche und solche. Welche wollen Sie zuerst hören?«

»Das ist egal.«

Ich machte einige Andeutungen, daß ich bei meinen Ermittlungen vorankäme, ohne jedoch die Katze aus dem Sack zu lassen. Dann erzählte ich ihr, daß Frau Dettmers mich gefeuert hatte.

»Heißt das, Sie stellen Ihre Ermittlungen ein?«

»Das muß ich wohl. Es sei denn, ich finde einen neuen Auftraggeber.«

»Und wer sollte das sein?«

»Ich habe dabei an Sie gedacht, Judith. Wie wäre es?«

Sie überlegte einen Moment. »Das geht nicht. Ich kann Sie mir nicht leisten. Ich verfüge zwar über ein kleines Legat, das mir meine Mutter hinterlassen hat, aber das benötige ich fürs Studium.«

»Ich will kein Geld, Judith. Ich brauche einen Auftraggeber.«

»Wenn Sie kein Geld wollen, wozu brauchen Sie dann einen Auftraggeber?«

»Ich darf nicht auf eigene Faust ermitteln. Das ist rechtswidrig.«

Erneut entstand eine Pause.

»Nun gut. Wenn Sie meinen. Was muß ich tun?« fragte sie schließlich.

»Ich schicke Ihnen morgen per Boten einen Vertrag zu. Den müssen Sie unterschreiben und zurückschicken. Das ist alles.«

»In Ordnung. Hoffentlich nützt es was.« Aber sie hatte auch etwas auf dem Herzen, das spürte ich. Offenbar fielen ihr jedoch nicht die richtigen Vokabeln ein.

»Bedrückt Sie etwas?« fragte ich daher. »Ihre Stimme klingt so anders.«

Sie räusperte sich. »Wenn Sie nicht angerufen hätten, ich hätte mich nicht getraut.«

»Wieso?«

»Wegen gestern. Ich war, glaube ich, ziemlich betrunken. Und ich kann mich auch nicht mehr an alles erinnern. Aber als ich heute morgen aufgewacht bin, da ...«

»Da hatten Sie einen Kater.«

»Nein. Ja, das auch.«

»Ich kann Sie beruhigen, Judith. Es ist nichts passiert. Ich habe Sie lediglich ins Bett gesteckt und anschließend meinen Whiskey ausgetrunken. Das war alles.«

Sie atmete durch. »Da bin ich aber froh. Ich dachte nämlich schon, weil ich oben ohne im Bett lag, wir hätten ... na Sie wissen schon.«

»Freigemacht haben Sie sich selbst. Im Wohnzimmer.«

Sie stöhnte.

»Nun vergessen Sie die Geschichte«, sagte ich. »Niemand ist zu Schaden gekommen.«

»Und Sie sind mir nicht böse?«

»Warum sollte ich?«

Wir legten auf.

Ich frohlockte. Ich hatte einen neuen Auftraggeber und konnte am Ball bleiben. Und ich hatte FJ ausgetrickst. Das mußte gefeiert werden. Aber die Flasche war leer. Also beschränkte ich mich darauf, das Vertragsformular für Judith auszufüllen, und ging nach unten, um die Kneipe abzusperren.

Es war bereits Viertel nach zehn. Frau Linnich war schon gegangen. Nur zwei Stammgäste und Jupp hielten die Stellung. Zum Abschied gab ich eine Runde aus. Als ich allein war, spülte und fegte ich. Zu guter Letzt klopfte ich die Fußmatte aus und holte sie rein. Als ich abschließen wollte, fiel mir siedendheiß ein, daß ich vergessen hatte, Dagmar anzurufen. Im gleichen Moment knallte mir die Tür vor den Schädel.

Ich war so benommen, daß ich zunächst nicht begriff, was vor sich ging. Vier Männer betraten das Lokal und bildeten einen Halbkreis. Alle waren mit Sturmhaube maskiert und trugen Handschuhe. Keiner sagte ein Wort. Plötzlich löste sich einer aus der Formation und schwebte federleicht auf mich zu. Ich riß den Besen hoch und schlug zu. Den ersten Schlag konnte er abblocken, mit dem zweiten traf ich seine Nase. Es gab ein ekelhaftes Geräusch. Er stöhnte laut auf und sackte weg. Die drei Übriggebliebenen verständigten sich wortlos. Der Linksaußen täuschte einen Fußtritt an, der Rechtsaußen führte ihn aus. Er erwischte mich am Hüftknochen, und das tat weh. Gleichzeitig entriß mir der dritte den Besen. Dann traf mich eine Faust an der Stirn, daß ich dachte, mein Schädel würde explodieren. Ich flog rücklings gegen die Theke. Bevor der Kerl jedoch erneut zuschlagen konnte, stieß ich mich ab und hechtete auf den Linken zu. Er empfing mich mit einem gezielten, aber erstaunlich wirkungslosen Tritt in den Magen. Ich prallte gegen seinen Brustkorb, und wir gingen gemeinsam zu Boden.

Eine Rolle seitwärts brachte mich fürs erste aus dem Gefahrenbereich, aber als ich aufspringen wollte, erwischte mich ein Fuß mitten im Gesicht. Ich verabschiedete mich von Nase und Zähnen in ihrer gewohnten Form und Anzahl und segelte über den Stammtisch. Ich versuchte noch, mich aufzurappeln, als sie sich schon wieder auf mich stürzten. Ich konnte noch einen Tritt in irgendeinen Unterleib an den Mann bringen – dann hatten sie mich. Es war aussichtslos. Ich ließ mich fallen, rollte mich zusammen, um meine Innereien zu schützen, und kassierte Prügel wie selten zuvor. Ich weiß nicht mehr, ob sie zuerst aufhörten zuzuschlagen, oder ob ich zuerst die Besinnung verlor, jedenfalls mußte beides passiert sein.

Das nächste, was ich wahrnahm, war etwas Rauhes und Feuchtes. Ich hatte die Vorstellung, jemand lecke mir übers Gesicht. Unendlich behutsam öffnete ich ein Auge. Zuerst sah ich einen Damenschuh, dann ein höchst weiblich geformtes Stück Bein und ein dazu passendes Knie. Um mehr zu sehen, hätte ich auch das andere Auge öffnen müssen, aber dazu fühlte ich mich noch zu schwach. Immerhin, wenn so der Heizer der Hölle aussah, sollte es mir recht sein.

»Sind Sie verletzt, Herr Saalbach?« Die Stimme war warm und mitfühlend. Ich erkannte sie. Das war Frau Kerschenbroich, meine Nachbarin aus der zweiten Etage. Ich war gerührt. Sie hatte mir übers Gesicht geleckt.

»Purzel, geh weg da«, kommandierte sie. »Sitz!«

Meine Enttäuschung war grenzenlos.

»Können Sie aufstehen? Soll ich meinen Mann holen?«

Ich tastete meine Vorderzähne mit der Zunge ab. Anscheinend waren sie doch noch da. Also konnte ich es auch mit Reden versuchen. Ich sagte etwas, aber sie verstand mich falsch, denn sie verließ mich. Um nicht untätig herumzuliegen, öffnete ich auch das andere Auge und entdeckte Purzel, den Kläffer. Selbstzufrieden hockte der Dackel auf seinem Hinterteil, sah mich an und hechelte. Ich überprüfte meine Muskulatur. Bis auf wenige Ausnahmen registrierte ich keine Ausfälle. Ich versuchte, mich auf den Rücken zu drehen. Als ich es endlich geschafft hatte, bereute ich es auf der Stelle. Ich bekam kaum Luft.

Das nächste Ereignis war Herrn Kerschenbroichs Gesicht, das sich in mein Blickfeld schob. Er stand auf dem Kopf und fragte mich allerlei. Ich gab Antwort, und gemeinsam beschlossen wir, daß ich mich zunächst auf den Bauch drehen sollte, um dann über die Knie und Unterarme aufzustehen. Erstaunlicherweise klappte das ohne größere Probleme. Eine halbe Stunde später lag ich mit gesäuberten Wunden, verpflastert und mit einem Kopfverband ausgestattet auf meiner Wohnzimmercouch. Den Eisbeutel für die diversen Schwellungen konnte ich schon selbst halten. Herr Kerschenbroich versuchte, den Ofen in Gang zu bringen, obwohl es überhaupt nicht kalt war, und produzierte dabei Unmengen an Qualm, weil er die Kaminklappe nicht geöffnet hatte. Derweil flößte mir seine Frau heiße Suppe mit Fleischbrocken ein. Die Kinder hatten sie auch mitgebracht. Stefan und Rüdiger belegten den Schachtisch mit Beschlag und brachten Ordnung in die aufgebaute Partie. Meine Äußerungen beschränkten sich auf die mehrfache Wiederholung, daß ich keinen Arzt wollte.

Irgendwann hatten wir alle genug voneinander. Die Kerschenbroichs samt Dackel zogen ab, wobei sie versprach, am nächsten Tag noch einmal nach mir zu sehen. Mir blieb das verqualmte Wohnzimmer, die unbequeme Couch und das Schmieden grausamster Rachepläne.

Kurz bevor ich die Besinnung verloren hatte, hatte mir einer der Schläger nämlich noch etwas zugeraunt. »Mit den besten Grüßen von Bornscheid.«

Die Grüße würden erwidert werden.

Freitag, 21. Mai 1965

Der nächste Morgen kam zu früh.

Auf meine Bitte hin hatte Frau Kerschenbroich am Vorabend meinen Reisewecker und das Telefon neben die Couch gestellt. Als der Wecker klingelte, war ich noch immer reif für die Intensivstation. Ich winselte vor Schmerzen, als ich von der Couch kroch. Mühsam humpelte ich ins Bad und erschrak fast zu Tode, als ich in den Spiegel schaute. Die Lippen waren geschwollen und blauschwarz angelaufen. Die Nase hatte sich farblich angepaßt und war ebenfalls dicker als sonst. Und dann war da noch dieses Horn auf der Stirn. So etwas hatte ich noch nie gesehen. Zunächst einmal duschte ich, so gut es ging, und hantierte danach eine Viertelstunde lang mit diversen Tinkturen, Cremes und Pudern, um Frau Dr. Hembach-Krause den Schock ihres Lebens zu ersparen. Schließlich fand ich mich schick und machte mich auf den Weg.

Sie stand, wie versprochen, pünktlich bereit. Zu meinem Äußeren befragt, erfand ich eine Geschichte von einem frisch gebohnerten Treppenhaus und einem Sturz von der dritten Etage bis ins Erdgeschoß. Sie glaubte mir kein Wort, war aber taktvoll genug, es dabei zu belassen. Wir fuhren vor der Schule vor, als gerade die letzten Zuspätkommenden durch die Pforte schlüpften. Frau Dr. Hembach-Krause benötigte keine halbe Stunde, dann steckte die Namensliste in der Innentasche meines Anzugs, und wir waren auf der Rückfahrt nach Opladen.

»Was ich gestern vergessen habe zu fragen, Frau Dr. Hembach-Krause, wer hat eigentlich die Fotos auf dem Schiff gemacht? Auf den Rückseiten der Originale war unten links der Schriftzug ›rico‹ aufgedruckt. Sagt Ihnen das etwas?«

»›Foto rico‹ in Köln. Ich hatte den Inhaber eigens für die Fahrt engagiert.«

»Wo finde ich ihn?«

»Das Geschäft liegt in der Hohe Straße. Soweit es Herrn Karl Lautenschläger, den Inhaber, betrifft, muß ich Sie jedoch enttäuschen. Der Mann ist vor zehn Monaten überraschend verstorben. Seine Tochter Angelika führt jetzt das Geschäft.«

Ich setzte sie vor ihrer Haustür ab, bedankte mich, wendete und brauste zurück in die Domstadt. Einen Parkplatz fand ich am Heinzelmännchenbrunnen. Die Versuchung, auf ein Kölsch beim Früh reinzuspringen, war groß, aber ich widerstand mannhaft. »Foto rico« war wegen Renovierung geschlossen, aber die Eingangstür war nur angelehnt. Ich trat ein. Im Hintergrund bearbeitete eine junge, dunkelhaarige Frau in Anstreichermontur mit Schmirgelpapier ein Türblatt.

»Können Sie nicht lesen?« pfiff sie mich an.

»Zeitweise. Sind Sie Angelika Lautenschläger?«

»Und wenn, ginge Sie das etwas an?«

»Ich denke schon«, dröhnte ich. »Uns ist zu Ohren gekommen, daß hier heimlich schweinische Fotos gemacht werden.«

Sie stemmte die Hände in die Hüften. Ihre Augen funkelten wie nasse Kohlensplitter. »Machen Sie, daß Sie rauskommen!«

»Nicht bevor ich die Negative konfisziert habe. Also, wo haben Sie sie versteckt?«

»Sind Sie von der Kripo?«

»Beinahe.« Dann erzählte ich, wer ich wirklich war und was ich eigentlich wollte. Ich konnte nicht behaupten, daß nach meiner idiotischen Ouvertüre das Eis zwischen uns brach, aber immerhin ließ sie mich ausreden.

»Und warum sollte ich mir die Mühe machen und das Archiv meines Vaters nach diesen Negativen durchwühlen?«

»Sie könnten damit unter Umständen helfen, eine Serie von Morden aufzuklären. Wäre das nichts?«

Das machte sie neugierig. Ich mußte Dutzende von Fragen beantworten, nicht zuletzt auch nach der Ursache meiner Blessuren, aber schließlich war sie bereit, mir zu helfen. Gemeinsam wühlten wir eine halbe Stunde lang im Hinterzimmer, wo sich die gesamte Hinterlassenschaft ihres Vaters stapelte. Wir fanden alles mögliche, nur nicht, was wir suchten.

»Kann es sein, daß Ihr Vater noch anderenorts Material aufbewahrt hat?«

»Nein.« Sie grübelte. »Das ist seltsam. Alles andere ist da. Daß ausgerechnet diese Negativfilme fehlen.«

»Was ist mit einer Kundenkartei? Existiert so etwas?«

»Natürlich. Kommen Sie.«

Ein weiteres Hinterzimmer erwies sich als eine Art Büro. Zwei Stahlschränke quollen schier über vor Karteikarten. Ich zog die Namensliste heraus, und wir machten Stichproben. Nachdem wir fast dreißig Namen ohne Erfolg getestet hatten, gaben wir auf.

»Das verstehe ich nicht«, murmelte sie.

»Wie lief das denn normalerweise ab, wenn er einen solchen Großauftrag hatte?«

»Wie meinen Sie das?«

»Nun ja, wie sind die Leute an die Abzüge gekommen? Per Sammelbestellung?«

»In der Regel, ja. In diesem Fall vielleicht über den Klassensprecher oder den Lehrer. Diese Person erhielt auch die Kontaktabzüge zur Ansicht. Dann konnten alle auswählen, und es erfolgte eine geschlossene Bestellung. Mein Vater hatte jedoch die Angewohnheit, sich die Namen und Anschriften aller Besteller geben zu lassen und die Fotos zu verschicken. Indirekte Werbung nannte er das. Daher auch diese Unmenge an Karteikarten.«

»In dem Fall waren das über zweihundert Namen und Adressen. Ein bißchen viel Aufwand, nicht?«

»Vater hatte seine Prinzipien. Außerdem hat ihm das wirklich den einen oder anderen neuen Kunden eingebracht. Und er hatte ja eine Hilfskraft.«

»Sie?«

»Nein, ich habe woanders gelernt. Das war eine ältere Frau, die halbtags kam.«

»Vielleicht weiß sie, wohin die Sachen verschwunden sind.«

»Ausgeschlossen. Sie war hier zwar fast zwanzig Jahre angestellt, aber mein Vater hätte sie nie ins Vertrauen gezogen.«

»Was ist mit den Kontaktabzügen? Wo sind die?«

»Keine Chance. Spätestens nach drei Jahren hat er sie immer vernichtet. Sie sehen ja, wie eng es hier zugeht. Wenn er die auch noch hätte aufheben wollen, hätte er einen zweiten Laden mieten müssen.«

»Könnte es sein, daß Ihr Vater die Negative zusammen mit den entsprechenden Karteikarten verkauft hat?«

Sie sah mich verständnislos an. »Das ist absurd. Warum sollte er das tun?«

»Für Geld. Zum Beispiel.«

Sie verneinte. »Meine Eltern haben immer sehr bescheiden gelebt. Und nach dem Tod meiner Mutter hat er noch weniger gebraucht. Das ist ausgeschlossen.« Sie begleitete mich zur Tür.

»Woran ist Ihr Vater eigentlich gestorben? Frau Dr. Hembach-Krause sagte, sein Tod sei überraschend gekommen.«

»Er hatte einen Unfall«, antwortete sie schwer. »Er wurde von einem Auto überfahren.«

»Hat man den Fahrer gefaßt?«

»Nein. Er hat Fahrerflucht begangen, und Augenzeugen gab es nicht.«

In meinem Oberstübchen wurde ein Relais geschaltet. »Sie wissen nicht zufällig, ob im gleichen Zeitraum hier im Geschäft eingebrochen wurde?«

»Doch. Am Tag nach Vaters Unfall. Mehrere Kameras wurden gestohlen. Warum fragen Sie?«

Ich bedankte mich und machte, daß ich wegkam, bevor sie die Alarmsirenen hören konnte, die in meinem Hinterkopf losheulten.

Als ich das Haus Weißenburg betrat, schrie Erika stumm auf. Die Geschichte mit der Treppe mußte noch einmal herhalten. Ich nahm allerlei Mitleidsbekundungen entgegen. Um sie abzulenken, bat ich sie, ihren Mann anzurufen und ihn zu fragen, ob er über die Grevenssche Kusine noch einmal zwei Anschriften ermitteln könne.

Erika versprach es, und ich zog mich in die Wohnung zurück, um eventuelle Gäste nicht zu verschrecken. Es dauerte keine Stunde, dann hatte ich die Adressen von Meinecke und Feute. Euphorisch wählte ich die Nummer der Niederrheinischen Dampfschiffahrtsgesellschaft in

Emmerich. Die Dame am anderen Ende der Leitung war ausgesprochen freundlich und hilfsbereit, aber bedauerlicherweise existierte kein Verzeichnis der Passagiere. Das sei in der Ausflugsschiffahrt unüblich, teilte sie mir mit. So erfuhr ich lediglich den Namen des Schiffs: »Vater Rhein«. Das mit den Passagierlisten leuchtete mir ein. Schließlich tragen sich Kinobesucher auch nicht in Listen ein.

Als nächstes rief ich Frau Dr. Hembach-Krause an. Nein, sie hatte die Bestellung der Abzüge damals nicht organisiert, da sie unmittelbar nach der Dampferfahrt in Ruhestand gegangen war. Soweit sie wußte, hatte pro Schule eine Vertrauensperson diese Aufgabe übernommen. Sie wußte aber nicht, wer dies für das Apostelgymnasium getan hatte. Bei einer Tasse Kaffee und einem trockenen Brötchen machte ich mich über die Namensliste her. Fünfzehn Minuten später hatte ich die Gewißheit. Alle Ermordeten, mit Ausnahme des Schreiners, des Schlossers und des Rezeptionisten, standen darauf. Ich hatte also den richtigen Riecher gehabt.

Außerdem wäre ich jede Wette eingegangen, daß außer Hering auch Küppersbusch und Hardenberg auf dem Schiff gewesen waren. Irgend etwas mußte während der Fahrt geschehen sein. Etwas, das sowohl die Abiturienten als auch die anderen Fahrgäste betraf. Ein Unfall oder sogar ein Verbrechen.

Eine Frage stellte sich mir noch, obwohl ich mir die Antwort denken konnte. Ich rief Angelika Lautenschläger an. Nach fünfmaligem Läuten hob sie ab.

»Wäre es denkbar, daß Ihr Vater auch abseits des eigentlichen Auftrags Leute auf dem Schiff fotografiert hat?«

»Warum nicht? Wenn sie ihn darum gebeten haben.«

»Und diese Leute sind per Einzelbestellung an ihre Abzüge und somit in die Kartei Ihres Vaters gekommen«, sagte ich mehr zu mir selbst.

»Ja. Er wird ihnen eine Visitenkarte gegeben haben, und dann kamen sie ins Geschäft.«

»Könnten Sie vielleicht noch drei Namen für mich überprüfen?«

Sie stöhnte kaum hörbar. »Schießen Sie los.«

Zehn Minuten später rief sie zurück. Keinen der Namen hatte sie in der Kartei gefunden.

Das war es. Der Sputnik, wer auch immer er war, was auch immer sein Motiv sein mochte, hatte herausgefunden, daß Lautenschläger seinerzeit die Aufnahmen an Bord gemacht hatte. Er war zu ihm gegangen und hatte ihm ein Angebot gemacht, das der Fotograf jedoch abgelehnt hatte. Daraufhin hatte er ihn überfahren und war am nächsten Tag in das Fotogeschäft eingebrochen. Um den Verdacht von der Kartei und den Negativen abzulenken, hatte er die Kameras gestohlen. Dann hatte er sich aus Kartei und Negativen seine eigene Passagierliste zusammengebastelt. Und jetzt war er unterwegs und ermordete die Leute der Reihe nach. Ich sah förmlich, wie er mit einem Stift die einzelnen Namen abhakte. Domberg, Schröder, Mangold, Küppersbusch, Ott, Dettmers, Hardenberg, Hering und Bötticher. Neun Namen, neun Haken. Nicht zu vergessen Lautenschläger. Ich riß mich von meiner Vision los. Es war Zeit, Meinecke und Feute aufzusuchen.

*

Meinecke hauste in der Südstadt. Auf dem Klingelschild drängten sich vier Namen. Da teilten sich anscheinend vier Studenten eine Wohnung. Nicht dumm, so ließen sich Kosten sparen. Vorausgesetzt man fand einen Vermieter, der das mitmachte.

Die Tür wurde mir von einem Mädchen geöffnet, dessen Rubensleib von einer Art Kaftan umspielt wurde. Mein verbeultes Gesicht beeindruckte sie nicht im mindesten. Wallend ging sie voran und hämmerte gegen Meineckes Zimmertür, die am Ende des Flurs lag. Nichts rührte sich.

»Gehen Sie ruhig rein. Er ist da. Wahrscheinlich ist er nur wieder besoffen.« Damit schob sie ab.

Ich öffnete die Tür und wäre fast tot umgefallen. Solch einen Gestank hatte ich seit meinem Flugzeugabsturz über den Rieselfeldern nicht mehr in der Nase gehabt.

Meinecke lag nur mit Unterhosen bekleidet auf einem verdreckten Bett und schnarchte lauthals. Es war kurz vor elf, ein wenig früh für einen Vollrausch. Ich riß das Fenster auf. Neben dem Bett standen eine leere Flasche Gin und eine halbvolle Flasche Mineralwasser ohne Etikett. Ich schraubte den Verschluß der Sprudelflasche ab und hielt mir den Flaschenhals sicherheitshalber unter die Nase. Es war weder Salznoch Schwefelsäure, also schüttete ich den Inhalt in Meineckes Gesicht. Er prustete und klappte die Lider auf. Milchige Augen starrten mich an.

»Sind Sie Meinecke?«

Er röchelte und schloß die Augen wieder. Ich verpaßte ihm eine Backpfeife, und er machte sie wieder auf.

»Was wollen Sie?« stammelte er.

»Reden. Kennen Sie Michael Dettmers und Olaf Bötticher?«

»Von der Schule.«

»Beide sind tot.«

»Weiß ich.«

»Erinnern Sie sich auch an die Abiturfete auf dem Dampfer?«

Es dauerte, aber er erinnerte sich. »Da war ich besoffen.«

»Das glaube ich Ihnen gern. Was ich jetzt frage, ist wichtig, also sperren Sie Ihre Lauscher auf: Gab es während der Fahrt ein besonderes Vorkommnis? Ist zum Beispiel jemand in irgendeiner Weise zu Schaden gekommen?«

»Wer?«

»Egal wer. Einer der Passagiere.«

»Keine Ahnung.«

»Haben Sie auch später nichts erfahren?«

»Nichts. Lassen Sie mich in Ruhe.« Er drehte sich zur Wand und zog die Beine an. Dabei furzte er.

Es war zwecklos. Aber ich hatte ja noch Urs Feute. Der war so freundlich gewesen, nicht nur auch in Köln zu bleiben, sondern ebenfalls in der Südstadt zu wohnen. Nicht auszudenken, wenn er nach Passau gezogen wäre. Da es trocken war und mir Bewegung gut tat, ging ich die Strecke vom Severinswall bis zur Rosenstraße zu Fuß. Unterwegs aß ich eine Bratwurst, und die brachte mir Glück. Urs Feute war zu Hause. Er erwies sich als kleiner Kerl mit mürrischem Gesicht, der noch bei seinen Eltern wohnte, die aber beide zur Arbeit waren. Die Tatsache, daß ich Privatdetektiv war, schien ihn zu beeindrucken. Mein ramponiertes Äußeres setzte noch eins oben drauf.

Feute räumte einen Stapel Bücher von einem der beiden Stühle in seinem Zimmer, und ich setzte mich. Er selbst hockte sich auf das Wandklappbett und sah mich erwartungsvoll an.

»Ich war gerade bei Holger Meinecke, aber der war nicht sehr gesprächig. Vielleicht können Sie mir helfen.«

»Versuchen kann ich es ja.«

»Es geht um die Dampferfahrt anläßlich Ihres Abiturs. Meiner Meinung nach muß es während der Fahrt einen Vorfall gegeben haben. Einen Unfall, eine Schlägerei, so etwas. Ist Ihnen darüber etwas bekannt?«

Er wurde schlagartig rot. Volltreffer.

»Lassen Sie mich überlegen«, murmelte er und senkte den Kopf.

Das Linoleum konnte ihm nicht helfen, also half ich ihm. »Reden Sie, Feute. Sie wissen etwas.«

»Ich überlege ja.«

»Sie brauchen nicht zu überlegen. Ihr Gesicht sieht aus, als seien Sie in den Ketchupeimer gefallen.«

Er sah kurz auf, sagte aber keinen Ton.

»Mein lieber Freund«, knurrte ich drohend, »ich kann Ihnen Dampf im Arsch machen, daß Sie denken, Sie seien an die Fernwärme angeschlossen. An Ihrer Stelle würde ich mir das ersparen.«

Anstatt zu kapitulieren, warf er seine letzten Reserven in die Schlacht. »So können Sie nicht mit mir reden. Sie sind kein Polizist. Sie haben keine Befugnis, mich zu verhören.«

Das hatte ich gern. Ich ließ die Förmlichkeiten beiseite. »Du kannst es dir aussuchen, Bürschchen. Entweder du redest mit mir, oder ich schicke dir in zehn Minuten die Mordkommission auf die Bude. Die hat die Befugnis, auf die du so viel Wert zu legen scheinst. Und die Nacht verbringst du dann in U-Haft. Das verspreche ich dir.«

Panik flackerte in seinen Augen. »Nein, keine Polizei.« Dann schlug er sich mit der Faust vor die Stirn. »So eine Scheiße! Ich wußte immer, daß es eines Tages rauskommen würde.«

»Ganz ruhig«, sagte ich in pastoralem Tonfall. »Erzähl einfach, was passiert ist.«

»Und Sie holen nicht die Polizei? Egal, was ich Ihnen erzähle?«

»Wenn du jemanden massakriert hast, werde ich das kaum für mich behalten können.«

»Gütiger Himmel, nein!«

»Was dann?«

Er schniefte. »Vielleicht ist das ja auch schon verjährt. Ich weiß es nicht.«

»Ich will hier nicht übernachten«, brüllte ich. »Erzähl endlich, was auf dem verdammten Kahn passiert ist.«

»Schon gut, schon gut. Es war abends, ungefähr zwei Stunden, bevor wir wieder in Köln angelegt haben. Wir waren seit dem frühen Nachmittag unterwegs und hatten pausenlos getrunken. Bier, Wein, Sekt und auch Schnaps. Den hatten wir heimlich an Bord gebracht, denn offiziell –«

»Willst du mir auch noch die Speisenfolge aufsagen?«

»Entschuldigung. Nun ja, jedenfalls hatten ein paar Jungs beschlossen, es den Mädchen zu zeigen. Mal so richtig.«

»Was soll das denn heißen?«

Er krümmte sich. »Sie wollten sie flachlegen.«

»Schon mal gehört. Red weiter.«

»Na ja, und da haben sich mich gefragt, ob ich nicht mitmachen wollte. Na klar, habe ich gesagt, warum nicht? Wie gesagt, ich war auch betrunken.«

Seine Umstandskrämerei ging mir heillos auf die Nerven, aber ich wollte ihn nicht schon wieder anschnauzen. »Und was ist dann passiert?« leierte ich statt dessen.

»Na ja, einer hatte Benzedrintabletten dabei. Und die haben wir den Mädchen in die Getränke getan.«

»Weiter!«

»Aber nicht bei allen Mädchen hat das Zeug gewirkt. Einigen ist nur schlecht geworden. Gott sei Dank haben die Lehrer gedacht, das käme vom Alkohol.«

»Was ist mit den Mädchen passiert, bei denen es gewirkt hat?«

Er grinste verlegen, wie ein kompletter Idiot. »Na ja, die waren fällig.«

»Wie viele waren das.«

»Insgesamt drei. Aber eigentlich nur eine.«

»Was soll das denn heißen?«

»Na ja. Zwei waren so überdreht, daß sie nur geheult haben. Die haben wir nur ein bißchen befummelt, mehr nicht. Die dritte dagegen ist richtig in Fahrt gekommen.«

»Wie viele?«

»Ich verstehe nicht.«

»Wie viele Kerle über das Mädchen gestiegen sind, will ich wissen.«

»Alle. Das heißt alle, die dabei mitgemacht haben.« Er sah meinen drohenden Blick. »Fünf. Wir waren insgesamt fünf.«

»Wie hieß das Mädchen?«

»Das weiß ich nicht«, sagte er. »Ich kannte sie überhaupt nicht. Das müssen Sie mir glauben.«

»War es kein Mädchen aus eurer Klasse?«

»Nein, die kannte ich ja alle. Es muß eine von den anderen gewesen sein.«

»Und das Mädchen hat keine Anzeige erstattet?«

»Nein. Obwohl ich immer damit gerechnet habe. Aber es ist nie etwas gekommen.«

»Jetzt brauche ich noch die Namen deiner vier Spießgesellen.«

Er wurde kreidebleich. »Die kann ich Ihnen nicht sagen. Wenn das herauskommt, bin ich erledigt.«

»Wenn du sie nicht ausspuckst, bist du auf der Stelle erledigt. Also?«

Er winselte noch einmal kurz, dann redete er. Allerdings wußte er nur zwei Namen. Von Gorleben und Kempen. Die beiden anderen Vergewaltiger hatten einer der anderen Schulen angehört. Nein, wo ich die beiden erreichen konnte, wußte er nicht. Ich glaubte ihm. Als ich die Wohnungstür hinter mir zuzog, hörte ich, wie er anfing zu weinen.

Auf dem Rückweg gönnte ich mir eine weitere Bratwurst. Gleich neben dem Imbiß war eine Telefonzelle. Ich rief Erika im Haus Weißenburg an und fragte nach Neuigkeiten. Sie hatte gleich drei. Erstens hatte Sibylle schon wieder angerufen. Hysterisch habe sie geklungen. Da die beiden sich von früher kannten, nahm ich an, daß Erika das richtig eingeschätzt hatte. Ich ließ mir die Wiener Nummer geben und kritzelte sie auf die Rückseite meiner Zigarettenpackung. Anruferin Nummer zwei war Charlie gewesen. Ihr PanAm-Flieger aus München würde heute um zweiundzwanzig Uhr elf in Wahn landen. Sie hatte nicht darum gebeten, abgeholt zu werden, aber zweifellos würde sie sich darüber freuen. Ich notierte Flugnummer und Uhrzeit. Und dann hatte auch noch Judith Meynhardt angerufen und um meinen Rückruf gebeten. Es sei dringend.

Ich hängte ein, warf erneut zwei Groschen ein und wählte die sechsstellige Nummer meiner neuen Auftraggeberin.

»Danke, daß Sie so schnell zurückrufen.«

»Keine Ursache«, sagte ich. »Ich wollte Sie ohnehin anrufen. Was kann ich für Sie tun?«

»Können wir uns treffen? Ich habe Ihnen etwas zu sagen.«

»Bei Ihnen zu Hause?«

»Ginge es auch im Café Füllenbach?«

»Wie Sie wünschen. Wann?«

»In einer halben Stunde?«

»Einverstanden.«

Tatsächlich war ich fünf Minuten zu früh am Ebertplatz. Ich bestellte Kaffee und Cognac und vertrödelte die Zeit mit Zeitunglesen und Rauchen. Schließlich war Judith mehr als zwanzig Minuten überfällig. Ich trank aus und wollte gerade zahlen, als sie hereingehetzt kam.

»Entschuldigung, aber mein Vater kam unerwartet nach Hause. Ich mußte mir erst eine Ausrede einfallen lassen, warum ich wegwollte. Er weiß, daß ich heute vorlesungsfrei habe.« Dann bemerkte sie mein ramponiertes Gesicht.

Die Geschichte mit der Treppe hing mir zum Hals raus, also gab ich damit an, daß ich nebenberuflich als Stuntman arbeiten würde. So wie Armin Dahl. Oder früher Harry Piel. Gestern hätten sie vergessen, die Matte hinzulegen.

»Welche Matte?«

»Wenn ich aus dem fünften Stock springe, liegt unten immer eine Matte. Gestern war keine da. Ich habe auf der Stelle gekündigt.«

Sie sah mich skeptisch an. Als ich grinste, lachte sie. Das Lachen stand ihr gut. Ich mußte an meinen Traum mit dem Kornfeld denken.

»Was nehmen Sie?«

»Einen Kamillentee.« Sie hievte ihre Umhängetasche auf den Tisch. »Ich habe den Vertrag mitgebracht.«

Ich legte ihn zur Seite. »Deswegen wollten Sie mich treffen?«

»Nein. Aber Sie sagten, Sie hätten mich ebenfalls sprechen wollen. Ich lasse Ihnen den Vortritt.«

»Ich dachte, Ihr Anliegen sei dringend.«

»Trotzdem, fangen Sie an.«

Man wundert sich immer, daß irgendwelche Konferenzen zu keinem Ergebnis führen. Das liegt daran, daß die Teilnehmer den größten Teil der Zeit mit Verfahrensfragen verplempern. »Ist Ihnen die Abiturfete 1960 des Apostelgymnasiums auf einem Rheindampfer namens ›Vater Rhein‹ ein Begriff?«

»Ja, gewiß. 1960 war Michaels Abijahrgang.«

»Wissen Sie auch, daß während der Fahrt eine der Schülerinnen vergewaltigt wurde?«

Sie war schockiert. »Nein.«

»Hat Michael das nie erwähnt? Und Sie haben davon auch nicht über Dritte gehört?«

»Nein, bestimmt nicht.« Sie mußte schlucken. »Hatte Michael damit zu tun?«

Ich schüttelte den Kopf. »Was sagen Ihnen die Namen von Gorleben und Kempen?«

Sie verzog den Mund. »Sie waren beide in Michaels Klasse. Beides unangenehme Typen. Vor allem Achim von Gorleben.«

»Inwiefern unangenehm?«

»Anmacher. Pöbler. Sie waren auf der gesamten Schule verschrien.«

»Kannten Sie sie näher?«

»Damals eigentlich nur vom Ansehen und von den Erzählungen anderer. Aber Achim sehe ich gelegentlich noch. Er geht inzwischen mit meiner besten Freundin Jutta. Sie und ich studieren zusammen.«

»Studiert er auch?«

»Er arbeitet als Bankkaufmann. Bei der Stadtsparkasse.«

»Wissen Sie, wo er wohnt?«

»Er wohnt noch zu Hause. Ich kann Ihnen seine Telefonnummer geben.« Sie kramte ein Büchlein aus ihrer Tasche.

»Sie haben seine Telefonnummer?«

»Weil er doch mit Jutta geht. Aber wieso fragen Sie nach ihm? Hat er mit der Vergewaltigung zu tun?«

Ich notierte, was ich brauchte. »Würden Sie ihm so etwas zutrauen?«

»Dem traue ich alles zu.«

»Wie sieht er aus?«

»Groß, muskulös, schwarzes Haar. Eigentlich sieht er ganz gut aus. Ein bißchen wie Rock Hudson.«

Ich gab ihr das kleine Buch zurück und schlug vor, das Thema zu wechseln. Auf ihre Wangen trat ein Hauch mehr Farbe.

»Ich habe Ihnen nicht alles erzählt«, flüsterte sie.

»Das ist üblich.«

»In diesem Fall könnte es aber wichtig sein.«

»Warum haben Sie es dann für sich behalten?«

»Aus Rücksicht auf Frau Dettmers«, behauptete sie. »Sie hat Michael nie verstanden, wenn sie ihn überhaupt richtig gekannt hat. Sie wußte nichts von dem, was ihn eigentlich bewegte. Mutter und Sohn waren sich fremder als Sie und ich. Das soll nicht heißen, daß sie ihn nicht geliebt hat, auf ihre Art, aber … Für sie war Michael so eine Art Kuscheltier, ohne eigene Wünsche und Bedürfnisse. Deswegen hatten wir in der Vergangenheit auch oft Streit. Als er dann gestorben ist, hatte ich Mitleid mit ihr und habe gewisse Dinge verschwiegen. Ich wollte nicht, daß sie sich noch zusätzlich wegen etwas grämt, das sie ohnehin nie verstanden hätte.«

»Und was ist das?«

»Ich muß Ihnen erst erzählen, was heute vormittag passiert ist. Michael hat vor Monaten mehrere Umzugskartons mit allen möglichen Sachen bei uns im Keller untergestellt. Ohne Wissen meines Vaters natürlich. Altes Spielzeug, Bücher, was weiß ich. Deswegen bin ich heute morgen zu Frau Dettmers gefahren. Ich wollte sie fragen, was mit den Sachen passieren soll. Ich dachte, daß wir sie vielleicht gemeinsam durchsehen könnten, und jeder behält, woran ihm etwas liegt. Bisher habe ich mich nicht an die Kartons herangetraut, weil ich Angst hatte, die Erinnerung reißt mich in Stücke.«

Sie versuchte es immer noch. Ich sah es an ihren Augen.

»Jedenfalls wollte ich mit ihr darüber sprechen. Aber dazu kam es gar nicht. Sie hatte anscheinend getrunken und pöbelte mich direkt an. Sie verlangte die Halskette zurück, die Michael mir geschenkt hatte.«

Die folgende Pause ließ ich ohne Zwischenfrage verstreichen.

»Dabei hatte er sie von seiner Großmutter geerbt. Sie gehörte ihm, und er hat sie mir geschenkt. Dann entdeckte Frau Dettmers, daß ich die Kette angelegt hatte, und hat versucht, sie mir vom Hals zu reißen. Ich habe einen Satz rückwärts gemacht, und sie ist der Länge nach hingeschlagen. Sie hat unvorstellbar gezetert. Ich bin hinausgerannt, und sie hat mir nachgeschrien, in ihren Augen sei die Verbindung zwischen Michael und mir sowieso eine Mesalliance gewesen, und sie hätte nie zugelassen, daß ihr Sohn die Tochter einer Selbstmörderin heiratet.« Sie hob den Blick. »So viel zu Frau Dettmers und meiner Rücksichtnahme auf ihre Gefühle.«

»Haben Sie diese Beschimpfungen ohne Kommentar hingenommen?«

»Was hätte ich entgegnen sollen? Ich hätte ihr bestenfalls sagen können, daß ihr Sohn auch kein Heiliger gewesen ist. Aber ich glaube nicht, daß das bei ihrem Zustand irgendwo da oben angekommen wäre.« Sie deutete auf ihre Stirn.

»Daß er kein Heiliger war, steht das in Zusammenhang mit dem, was Sie mir bisher verschwiegen haben?«

»Ja.« Sie seufzte. »Machen wir es kurz. Michael hatte, bevor er mit mir ging, auch eine gleichgeschlechtliche Beziehung.« Sie sah mir direkt in die Augen. »Ich hoffe, das schockiert Sie nicht.«

»Erzählen Sie weiter.«

»Das ist alles.«

Ich nahm einen Schluck Kaffee. »Warum erzählen Sie mir das jetzt? Denken Sie, das trägt zur Aufklärung bei?«

Sie spielte mit dem Salzstreuer. »Ich denke … Vielleicht ist der Täter in diesen Kreisen zu suchen.«

»Mit wem war er denn zusammen? Kennen Sie seinen Namen?«

Sie schüttelte heftig den Kopf. »Michael fiel es schwer genug, mir das überhaupt zu sagen. Einzelheiten haben wir uns deshalb erspart.«

»Wann hat er Ihnen das gestanden?«

»Am 13. Januar.«

»Diesen Jahres?«

»Ja.«

»Das wissen Sie noch so genau?«

»Ja.«

»Wie haben Sie reagiert?«

»Ich war betroffen. Aber da er gesagt hat, es sei vorbei, konnte ich es akzeptieren. Auch wenn es mir in den ersten Wochen schwerfiel. Vielleicht sollten Sie noch wissen, daß ich seit meinem fünfzehnten Lebensjahr in ihn verliebt war. Dabei hat er mich anfangs überhaupt nicht wahrgenommen.«

»Sind Sie schon während der Schulzeit zusammen gegangen?«

»Nein, erst viel später. An Heiligabend '63 hat es endlich geklappt. Da waren wir beide schon im Studium. Er wollte zuerst nicht, war zeitweise sogar richtig gemein zu mir, aber ich habe nicht lockergelassen.«

»Gemein, weil er sich seiner ehemaligen homosexuellen Beziehung schämte?«

Sie schlug die Augen nieder. »Ich nehme es an.«

Was sie mir da sagte, konnte unter Umständen ein ganz neues Licht auf den Mord an Michael Dettmers beziehungsweise auf die gesamte Mordserie werfen. Ein Täter aus der Homosexuellenszene. Oder einer, der Homosexuelle haßte. Das würde jedoch bedeuten, daß meine bisherigen Ermittlungen komplett in die falsche Richtung gelaufen waren.

»Michaels unvollendeter Brief an Sie, von dem ich Ihnen schon erzählt habe, datierte vom 13. März diesen Jahres«, stellte ich in den Raum.

Sie verstand sofort. »Da wußte ich es doch schon.«

»Eben. Hat er Ihnen später noch einmal ein Geständnis gemacht? Besser gefragt, nach dem 13. März?«

»Nein. Wir haben das Thema nie wieder angeschnitten.«

»Es muß ja nicht unbedingt darum gegangen sein.«

»Nein, da war nichts.«

»Worüber haben Sie an dem Abend im Le Bistro gestritten?«

»Das war sehr privat und hat absolut nichts mit dem Mord zu tun. Das habe ich Ihnen schon einmal gesagt.«

»Wie wäre es, wenn Sie mir die Beurteilung überließen?« fragte ich scharf.

Ihre Mutation vom Lamm zur Raubkatze vollzog sich in Millisekunden. »Ihnen ist wohl gar nichts heilig?« kreischte sie und sprang auf, wobei der Stuhl umkippte. »Scheren Sie sich zum Teufel!«

Die Köpfe an den anderen Tischen flogen herum. Judith rannte blind hinaus. Der graumelierte Herr am Nebentisch kassierte einen Rempler und warf sein Milchkännchen um. Da er ungeschickt war, hatte die Milch Zeit, über die Tischkante zu laufen und auf seine Hose zu tropfen.

Die Bedienung erhielt ein angemessenes Trinkgeld, der Herr am Nebentisch bekam zehn Mark für die Reinigung und die Empfehlung, beim nächsten Mal Milchpulver zu bestellen. Er sagte tatsächlich danke.

Im richtigen Leben draußen vor der Tür hatte es angefangen zu regnen. Irritiert ob des neuen Aspekts tapste ich in mehrere Pfützen und holte mir nasse Füße.

Auf dem Rückweg kaufte ich ein paar Lebensmittel und eine Flasche Hennessy. Christinas Ranzen stand im Flur, obenauf lag ein Zettel: »Bin zum Ballett.« Natürlich, freitags hatte sie Unterricht. Zur Erkältungsprophylaxe nahm ich einen kräftigen Schluck und hängte die Socken über die Heizung.

Mein Kopf war ein Tollhaus. Konnte es sein, daß ich mich verrannt hatte? Es wäre nicht das erste Mal. Zumindest durfte ich den Hinweis auf Michaels homosexuelle Beziehung nicht einfach außer acht lassen. Die Liebe zwischen Männern stellte schließlich, laut Paragraph 175, einen Straftatbestand dar. Um auf andere Gedanken zu kommen, wählte ich die Nummer, die ich mir aus Judith Meynhardts Adreßbuch abgeschrieben hatte. Eine Frau meldete sich mit »Hallo?«

»Schröder, Personalabteilung der Stadtsparkasse«, schnarrte ich, als stünden die Tataren bereits im Königsforst. »Ich möchte mit Herrn von Gorleben sprechen.«

Ihre Verblüffung kroch durch die Leitung und sprang mir ins Gesicht. »Ich ... Er ist nicht hier. Ich bin seine Mutter. Achim ist zur Arbeit.«

»Hm. Seltsam, seltsam. Laut meinen Unterlagen hat er sich heute morgen krank gemeldet. Sind Sie sicher, daß er wirklich nicht zu Hause ist? In der Filiale Stegerwald ist er jedenfalls nicht erschienen.«

»Wieso Stegerwald? Da arbeitet er doch gar nicht. Zur Zeit ist er im Schalterdienst in der Komödienstraße.«

»Komödienstraße? Einen Moment, bitte.« Ich raschelte mit der Fernsehzeitung. »Ja, jetzt sehe ich es auch. Ich bin mit dem Finger in die falsche Spalte gerutscht. Mein Fehler. Bitte entschuldigen Sie die Störung.« Ich schnappte mir die Wagenschlüssel und sprintete hinaus. Vor der Haustür standen zwei junge Frauen und kicherten bei meinem Erscheinen. Verschämt wendete ich mich ab und nestelte an meinem Hosenstall. Der war jedoch dicht. Dafür war ich barfuß. Fünf Minuten später war der Makel beseitigt, und ich brauste in Richtung City.

*

In der Schalterhalle herrschte Hochbetrieb. Touristen stellten das Gros der Kundschaft. Spanische, französische und englische Laute waberten an mein Ohr. In der ersten der Glasboxen steckte eine kölsche Ausgabe von Jane Mansfield, die ein Gesicht machte, als hätte sich ein Harzer Roller in ihr Dekolleté verirrt. Am zweiten Schalter war ein Bengel mit brillantiniertem Haar am Werk, den man mit ein wenig Phantasie als jugendlichen George Nader durchgehen lassen konnte. Ich war beeindruckt. Neuerdings schien halb Hollywood bei der Stadtsparkasse zu arbeiten. Folgerichtig mußte Rock Hudson an Schalter drei sitzen, falls er nicht in der Pause oder sonstwo war.

Er war da. Mit hochrotem, fiebrigem Kopf glättete und zählte er ein Durcheinander von Geldscheinen, das eine Zuhältervisage aus der Tasche ihres Waschbärmantels gezerrt hatte. Der Loddel war offensichtlich in Eile, denn er schnauzte den Kassierer an. Den Wortlaut konnte ich nicht verstehen, denn ich rangierte fünf Plätze weiter hinten, aber von Gorleben legte noch eine Schattierung zu. Kurze Zeit später hatte er es dann geschafft. Der Loddel warf einen Blick auf seine Armbanduhr und dampfte schimpfend ab. Ich rückte auf. Bis ich an die Reihe kam, hatten von Gorleben eine ungeduldige Dame, die ihre Zinsen nachtragen ließ, und ein britisches Ehepaar, das partout nicht einsehen wollte, daß es für Barschecks einer schottischen Provinzbank kein Geld gab, endgültig kirre gemacht. Ich klopfte mit der ovalen Marke an die Trennscheibe.

»Kriminalpolizei. Es geht um die Vergewaltigung während Ihrer Abiturfeier auf der ›Vater Rhein‹. Wo können wir reden?«

Wenn ihn die Kunden vor mir sturmreif geschossen hatten, war der von mir lapidar vorgetragene Satz ein Volltreffer in die Munitionskammer. Er riß den Mund auf, daß ich einen Blick auf seine Mandeln werfen konnte.

»Keine Angst«, beruhigte ich ihn. »Draußen wartet kein Exekutionskommando. Sie sollen lediglich ein paar Fragen beantworten.«

»Sind Sie des Wahnsinns?« würgte er schließlich heraus. »Ich weiß nichts von einer Verge ... von solch einer Geschichte. Das ist eine Verleumdung.«

So viel Renitenz hatte ich ihm eigentlich nicht mehr zugetraut. »Wäre es Ihnen lieber«, grölte ich, »wenn ich Ihre Vergangenheit zunächst mit Ihrem Vorgesetzten erörtern würde?«

Das wirkte endgültig. Die Leute hinter mir reckten die Hälse, und Jerry Cotton im Nachbarkasten bekam rhabarberblattgroße Ohren.

Von Gorleben entschied sich in Sekundenbruchteilen für Schadensbegrenzung. »Okay«, preßte er heraus. »Geben Sie mir fünf Minuten. Ich muß erst meine Vertretung organisieren.«

»Ich warte vor dem Eingang.«

Auf dem Bürgersteig steckte ich mir eine Zigarette an. Die Sonne war wieder da und ließ die Komödienstraße dampfen. Zum Zeitvertreib addierte ich die Ziffern der vorbeifahrenden Autos. Als ich bei dreihundertundvier war, verließ von Gorleben die Kasse.

»Da bin ich«, sagte er überflüssigerweise. »Hätten Sie nicht etwas taktvoller vorgehen können?«

»Was verstehen Sie unter taktvoll? Jemandem Benzedrin in den Kaffee zu praktizieren?«

Das stellte ihn erst einmal ruhig. Ich bugsierte ihn zum Wagen und schob ihn auf den Beifahrersitz. Fünf Minuten später rollten wir auf der Aachener Straße stadtauswärts.

»Wohin fahren wir?« fragte er unsicher.

»Dahin, wo wir ungestört plaudern können.«

»Hören Sie, ich muß in einer Viertelstunde zurück sein.«

»Das können Sie sich abschminken.« Ich bog auf den Militärring ab und nahm die Zufahrt zum Haus am See. Das Waldstück im Grüngürtel war menschenleer. Ich ließ den Wagen ausrollen. Das Ticken des Motors war das einzige Geräusch. »Am einfachsten ist, Sie schildern den damaligen Vorfall aus Ihrer Sicht«, forderte ich ihn auf. »Falls ich Verständnisprobleme habe, frage ich zwischen. Einverstanden?«

Da er nicht viel Auswahl hatte, stimmte er zu. Heraus kam in etwa dasselbe, was mir Urs Feute bereits berichtet hatte. Mit dem Unterschied, daß von Gorleben seine aktive Beteiligung an dem Verbrechen auf ein Minimum herunterspielte. Angeblich war Kempen die treibende Kraft gewesen. Der hatte auch die Aufputschpillen beigesteuert. Dann stellte ich meine Fragen. Er beantwortete sie mit tonloser Stimme.

»Wollen Sie mir wirklich weismachen, daß Sie den Namen des Opfers nicht kennen?« brüllte ich, nachdem er zuvor mit Kopfschütteln geantwortet hatte.

»Verdammt noch mal!« Mit der Faust schlug er gegen die Seitenscheibe. »Ich habe sie nie zuvor gesehen. Geht das nicht in Ihren Kopf?«

»Also war sie keine der Schülerinnen?«

»Nein. Sie hat auf dem Schiff gearbeitet.«

»Als was? Als Leichtmatrose?«

»Blödsinn. Sie war eine der Kellnerinnen.«

»Beschreiben Sie sie!«

Er versuchte es, aber viel kam dabei nicht heraus. Etwa sein Alter, mittelgroß, schlank, lange schwarze Haare. An mehr konnte er sich nicht erinnern.

»Wieso hat das Mädchen Sie eigentlich nicht angezeigt?« bohrte ich weiter.

»Das weiß ich doch nicht.«

»Haben Sie sie eingeschüchtert? Ihr Prügel oder Schlimmeres angedroht, falls sie reden würde?«

»Verdammt!« Er rang um Beherrschung. »Nein. Weder noch. Wieso glauben Sie mir das nicht?«

»Weil Sie ein Arschloch und Lügenmaul sind, von Gorleben. Also, wieso hat sie Sie nicht angezeigt?«

Er richtete den Blick zum Himmel. Weit kam er nicht. Zehn Zentimeter vor seiner Nase war das Wagendach. »Vielleicht hat der kleinen Schlampe ja doch gefallen, was wir mit ihr angestellt haben. Haben Sie darüber schon mal nachgedacht?«

Er war ein selbstgefälliger Kotzbrocken. Am liebsten hätte ich ihm den Ellbogen mitten in sein schmieriges Grinsen gerammt. »Raus mit Ihnen«, sagte ich statt dessen so leise, daß ich mich selbst kaum verstand.

»Wie bitte?« schrillte er.

»Raus, Sie Ratte!« bellte ich und hielt ihm die geballte Faust unter die Nase.

Hastig fingerte er den Wagenschlag auf und kletterte hinaus. Ich ließ den Motor an und wendete. Er war mir so zuwider, daß ich nicht einmal im Rückspiegel kontrollierte, ob er Pflastersteine nach mir warf. Kaum war ich zurück auf dem Militärring, setzte erneut Regen ein. Ich hoffte inständig, daß von Gorleben sich eine fette Lungenentzündung fangen würde.

Das Unwetter hörte pünktlich auf, als ich aus dem Wagen stieg. Die Niederrheinische Dampfschiffahrtsgesellschaft befand sich im Bayerhaus am Kaiser-Friedrich-Ufer. Im dritten Stock klingelte ich und wartete. Ein Summen, das mich an meinen Rasierer erinnerte, entriegelte die Eingangstür. Der Empfangsraum hatte Bahnhofshallenformat. Rechts gewahrte ich einen pompösen Schreibtisch mit einer Sekretärin, die angelegentlich ihre Fingernägel begutachtete. Sie machte einen zugänglichen Eindruck. Ein Namensschild sagte mir, mit wem ich es zu tun hatte. Sie hieß Schmitz.

Ich trug mein Anliegen vor, aber sie schüttelte den Kopf und verschob den Kaugummi in die andere Backe.

»Wir haben keine Passagierlisten der bewußten Fahrt«, trällerte sie.

»Es geht nicht um die Fahrgäste«, konterte ich. »Ich brauche die Namen der Kellnerinnen, die damals an Bord waren.«

»Kellnerinnen?« Sie sah mich ungläubig an.

»Ja, Kellnerinnen. Davon haben Sie sicher schon mal gehört. Frauen, die Tabletts mit Kaffeekännchen und ähnlichem herumschleppen.«

Sie musterte mich von unten herauf. »Veralbern kann ich mich selbst.« Der Kaugummi wanderte wieder auf die andere Seite. »Trotzdem sind Sie hier falsch. Wir beschäftigen keine Kellnerinnen. Die werden uns je nach Bedarf von einer Agentur gestellt.«

»Von welcher Agentur?«

Sie spitzte den Mund. »Ich glaube nicht, daß ich Ihnen das sagen darf. Betriebsgeheimnis, wissen Sie.«

»Und wenn Sie es aufschreiben? Auf einen klitzekleinen Zettel?« Ich zeigte ihr mit Daumen und Zeigefinger, welches Format mir vorschwebte.

»Das wäre doch dasselbe.«

Die Kleine war ein zäher Braten. Ich warf meinen unbändigen Charme in den Ring. »Was halten Sie von einem Abendessen in der Bastei?«

»Mit Ihnen?«

»Mit mir«, strahlte ich.

»Sie sind mir zu alt. Sie könnten ja mein Vater sein.«

»Bin ich aber nicht. Und außerdem habe ich Geld wie Heu.«

»Ist das wahr?« Sie war mißtrauisch. Offenbar hatte sie schon mal jemand belogen.

Treuherzig zwinkerte ich ihr zu. »Sehe ich etwa wie ein Aufschneider aus?«

Den Kopf zur Seite geneigt, guckte sie mich prüfend an. »Eigentlich nicht. Aber Sie sehen irgendwie mitgenommen aus.«

»Sie meinen die Beulen?«

»Ja.«

Die Geschichte von der vergessenen Schaumstoffmatte fand diesmal eine gläubige Zuhörerin. Einmal in Fahrt behauptete ich, das Malheur habe sich bei den Dreharbeiten zu Winnetou IV ereignet.

»Ich wußte gar nicht, daß Winnetou in Köln gedreht wird.«

»Nur die Prärieaufnahmen. Am Butzweiler Hof bei den Briten. Da ist schön viel Platz.«

»Und Sie kennen die alle? Pierre Brice und so?«

»Marie Versini, Lex Barker, Ralf Wolter, wen Sie wollen.«

Sie war baff.

Zumindest hatte meine Angeberei zur Folge, daß das Betriebsgeheimnis in Sachen der Kellnerinnen-Agentur gelüftet wurde. Sie bestand nicht einmal mehr auf dem offerierten Abendessen. Dafür gab sie mir ihre Telefonnummer. Nur für den Fall, daß mal eine Nebenrolle frei sei, sagte sie. Ich warf ihr – ganz Charmeur der alten Schule – eine Kußhand zu und beschloß, ihre Nummer meinem Freund Oskar zu geben. Der arbeitete wirklich beim Film und hatte ein Faible für Naivchen. Vielleicht konnte er sie ja für einen Bubblegum-Werbespot gebrauchen.

*

Ich quälte mich im Schrittempo über die Deutzer Brücke und schaffte es gerade noch vor Büroschluß. Die Agentur lag an der Siegesstraße mit Blick auf die neue Jugendherberge. Vor zehn Jahren wäre solch ein Bau noch als Luxushotel durchgegangen. Die Vorzimmerdame stopfte schon ihre Utensilien in die Handtasche, war aber dennoch bereit, mich bei ihrem Chef anzumelden, der gleichzeitig Namensgeber und Inhaber der Firma war.

Das Gespräch mit Herrn Heugel war überaus kurz und unerfreulich. Er kam mir mit allerlei Paragraphen, die letztendlich alle dasselbe zur Folge hatten. Er durfte, konnte und wollte mir nichts sagen. Bestechlich schien er auch nicht zu sein, also strich ich zunächst einmal die Segel. Allerdings nur bis ins Vorzimmer. Die Sekretärin war immer noch da und winkte mich heran.

»Ich habe Ihr Gespräch zufällig mitangehört«, flüsterte sie. »Was zahlen Sie, wenn ich Ihnen die Namen besorge?«

Ich war schockiert. Unverfrorener hatte noch niemand nach meiner Börse gegriffen. Andererseits hatte ich weder die Zeit noch war ich in der Position, die Frau über ethische Grundsätze zu belehren.

»Wieviel?« wiederholte sie hastig.

»Fünfzig«, bot ich an.

»Hundertfünfzig.«

»Spinnen Sie?«

»Hundertfünfzig.«

»Von mir aus hundert.«

»Hundertfünfzig. Das ist mein letztes Wort.«

Aus dem Nebenzimmer waren Schritte zu hören.

»Okay. Wann und wo?«

»Um sieben im Lommerzheim.«

Ich machte, daß ich rauskam. Hundertfünfzig Mark! Und ich hatte nicht einmal einen Klienten, dem ich den Betrag als Spesen aufbrummen konnte. Ich fluchte den gesamten Weg bis nach Hause. Als ich die Tür zum Haus Weißenburg aufsperrte, traf mich fast der Schlag.

An der Theke lehnte Dagmar Müller. In ihrer rechten Hand lag ein kleiner, niedlicher Derringer, dessen Mündung genau auf meine Eingeweide gerichtet war.

*

Daß sie sauer sein würde, hatte ich erwartet. Selbst eine Ohrfeige hatte ich einkalkuliert. Aber daß sie mich kaltblütig niederschießen wollte, das ging zu weit. Die Tür fiel ins Schloß. Ich rührte mich nicht von der Stelle.

»Christina war so freundlich, mich hier warten zu lassen«, eröffnete sie mir.

»Wo ist sie?«

»Wer?«

»Christina.«

»Oben. Sie macht Hausaufgaben. Ich habe sie gebeten, selbst wenn es laut werden sollte, nicht herunterzukommen. Das Kind muß nicht mitansehen, wie ich dich erschieße.« Offenbar hatte Dagmar den Verstand verloren.

»Steck das Ding weg«, beschwor ich sie. »Frau Linnich muß jeden Augenblick kommen. Ich weiß, was ich angerichtet habe, aber ich werde es wiedergutmachen. Ich werde –«

»Du weißt eben nicht, was du angerichtet hast, du Idiot!« fuhr sie mir in die Parade. »Lothar glaubt, wir hätten ein Verhältnis.«

»Lothar ist ein Esel.«

Die Waffe zuckte nach oben. »Sag so etwas nicht noch einmal!« fauchte sie. »Lothar ist mein Mann. Ich liebe ihn. Und du hast unsere Ehe ruiniert.«

»Ist es wirklich so schlimm?« erkundigte ich mich vorsichtig.

Sie ließ die Hand sinken, und der Derringer polterte auf die Dielen. »Glaub nur nicht, ich hätte mich nicht getraut, auf dich zu schießen«, resignierte sie. »Ich habe nur keine Patronen.«

Ich hob die Pistole auf. »Woher hast du das Ding?«

»Die hat früher meiner Großmutter gehört.« Unwirsch fuhr sie sich durch die Haare. »Was hast du dir eigentlich dabei gedacht? Du hattest versprochen, diesen Vorfall niemals zu erwähnen.«

»Ich weiß. Mir sind die Nerven durchgegangen. Willst du auch etwas trinken?«

»Ja. Aber einen Doppelten.«

Ich füllte zwei Gläser. »Eis?«

»Pur.«

Wir schlürften ein Weilchen. Die Stille war beklemmend.

»Was hat er denn gesagt?« faßte ich behutsam nach.

Sie stellte ihr Glas zur Seite. »Zuerst gar nichts. Er kam gegen acht nach Hause. Zur Zeit wird es ja meistens spät. Als die Kleine dann im Bett war, hat er sich Mut angetrunken und mich zur Rede gestellt. Ich bin fast aus den Pantinen gekippt.«

»Genauer.«

»Er hat mir unterstellt, seit Jahren mit dir fremdzugehen. Sonst könnest du kaum Kenntnis von derart intimen Merkmalen meines Körpers haben. Zu guter Letzt hat er sogar seine Vaterschaft angezweifelt.«

»Mein Gott«, stöhnte ich.

»Ja, mein Gott. Dafür habe ich ihm eine runtergehauen, habe Sarah geschnappt und bin zu einer Freundin gefahren. Besoffen wie er war, war mit ihm ohnehin nicht mehr vernünftig zu reden.«

»Ich denke, deine Eltern sind zu Besuch?«

»Die sind glücklicherweise vorgestern abgereist. Nicht auszudenken, wenn meine Mutter das mitbekommen hätte.«

»Hast du ihm denn nicht erzählt, was wirklich passiert ist? Ich meine, daß alles ganz harmlos war?«

»Dazu bin ich doch überhaupt nicht gekommen«, ereiferte sie sich. »Jedesmal, wenn ich etwas sagen wollte, hat er gleich losgebrüllt.«

Ich schenkte uns noch mal nach. »Und nun?«

Sie fröstelte. »Ich habe ihn heute im Büro angerufen, damit er weiß, wo Sarah und ich sind. Da klang er bereits etwas vernünftiger. Aber ich habe ihm auch klar gemacht, daß ich von ihm eine Entschuldigung erwarte.«

»Wie hat er reagiert?«

»Wir treffen uns nachher.«

»Soll ich mitkommen?«

»Das fehlt mir gerade noch!« fuhr sie auf. »Dann denkt er doch gleich, die Sache sei gelaufen.«

»Hm. Kann ich denn gar nichts tun?«

»Doch. Wenn das Gespräch läuft, wie ich erwarte, dann kommst du morgen abend zu uns zum Essen. Und dann werdet ihr beiden Idioten euch aussprechen und versöhnen. Ich habe nämlich keine Lust, daß eure Zwistigkeiten auf meinem und dem Rücken der Kleinen ausgetragen werden.« Ihr Blick wanderte über mein Gesicht. »Wie siehst du eigentlich aus? Bist du vor eine Dampfwalze gelaufen?«

Ich schlenderte zum Stammtisch und ließ mich auf die Bank fallen. »Das hängt auch mit dieser vertrackten Geschichte zusammen. Ist aber nicht weiter wichtig.«

»War er das?«

»Nein, seine Leute. Aber ich glaube nicht, daß er davon weiß.«

»Seine Männer haben dich zusammengeschlagen?« fragte sie ungläubig. »Meinetwegen?«

»Ach was. Nicht deinetwegen. Es geht um den Fall, an dem wir zur Zeit beide knobeln. Einer seiner Leute und ich sind uns in die Quere gekommen. Die Prügel war ihre Retourkutsche.« Ich sah sie streng an. »Sprich ihn bloß nicht darauf an. Sonst platzt er womöglich.«

Dagmar nahm ihren Trenchcoat vom Haken. »Ich muß los.«

Nachdem ich ihr in den Mantel geholfen hatte, nahm sie meine Hand. »Du kommst doch morgen?« bat sie. »Versprochen?«

Ich nickte. »Versprochen. Das ist ja das Mindeste, was ich tun kann. Um wieviel Uhr?«

»Ich denke, gegen acht. Aber ich rufe dich vorher noch einmal an.«

Ich brachte sie zur Tür, und wir verabschiedeten uns mit Wangenkuß. Hoffentlich ließ Lothar sie nicht überwachen. Als sie in Richtung Oberlandesgericht davoneilte, stieß ich einen Seufzer aus. Arme Dagmar. Hoffentlich würde das wieder ins Lot kommen.

*

Bis zu dem Treffen mit der raffgierigen Sekretärin blieben mir noch knappe zwei Stunden. Um mein Handwerk nicht zu verlernen, verbrachte ich die Zeit am Zapfhahn. Als Christina zum Abendessen runterkam, sagte ich ihr, daß sie ausnahmsweise länger aufbleiben dürfte, da wir Charlie um zehn nach elf am Flughafen abholen müßten. Danach nahm ich hundertfünfzig Mark aus der Kasse, verstaute sie im Trenchcoat und machte mich auf die Socken.

Im Lommerzheim war es bereits brechend voll. Die Luft stand vor Tabakqualm und Bierdunst. Schwitzende Leiber taten ein übriges. Mit einem Kölsch in der Hand zwängte ich mich in die Nähe des Eingangs.

Als sie hereinkam, hätte ich sie fast nicht erkannt. Aus der kleinen, unscheinbaren Büromaus war ein Vamp geworden. Unter ihrem offenstehenden Mantel trug sie ein kniefreies tailliertes Kleid. Die Haare waren toupiert, und sie hatte jede Menge Make-up aufgelegt.

»Erstaunt?« kokettierte sie.

»Baff.«

Sie nahm mir mein Glas aus der Hand und trank einen Schluck. Am Rand blieb ein Halbmond von Lippenstift zurück. Ihr Mund pirschte sich in die Nähe meines Ohrs. »Haben Sie es?«

Ich zog den Umschlag aus der Innentasche und zeigte ihr die Ecken der Scheine. Ihre Handtasche sprang mit einem »klick« auf, und sie nahm mehrere zusammengefaltete Bogen heraus.

Ein Blick genügte, um festzustellen, daß es Fotokopien von Personalkarteikarten waren. Insgesamt waren es fünf. Leider ohne Fotos. Im Gegenzug ließ ich den Umschlag in ihre Tasche gleiten. Es machte wieder »klick«, und das Geschäft war über die Bühne.

Dann schob sie sich dichter, als das Gewühl es erforderte, an mich heran.

»Und was machen wir zwei Hübschen nun?« säuselte sie, wobei sie mit ihren falschen Wimpern klimperte.

Ich drückte ihr das Glas mit dem schalen Rest Bier in die Hand und gab ihr einen Klaps aufs Hinterteil.

»Auf mich warten eine Frau und sieben unmündige Bälger. Sie können ja hier noch ein bißchen feiern.«

Sie machte aus ihrer Enttäuschung keinen Hehl.

Die kalte, frische Abendluft tat gut. Die Straße war bereits menschenleer. Als ich um die Ecke bog, sah ich, wie jemand sich an meinem Wagen zu schaffen machte.

»He!« brüllte ich aus vollem Hals und setzte mich in Bewegung.

Der Autoknacker blickte irritiert in alle Richtungen, dann entdeckte er mich. Ein Eisenstück klapperte auf den Asphalt, und er zog einen Spurt an. Ich fegte hinterher.

An der nächsten Ecke hatte ich ihn fast eingeholt. Aber der Junge hatte Kondition. Als wir auf die Deutzer Freiheit einbogen, legte er an Tempo zu. Ich versuchte dran zu bleiben, aber ich hatte keine Chance. Nach dem Laufstil zu urteilen, war der Kerl gut zwanzig Jahre jünger. Oder Nichtraucher. Die Luft brannte in meinen Lungen, und Wasser lief mir aus den Augen. Ich trudelte aus und stoppte.

Hundert Meter weiter bemerkte er, daß ich aufgegeben hatte. Mit einer zotigen Handbewegung drehte er sich kurz um und verschwand in einer Seitenstraße. Ich trabte zurück zum Wagen. Bis auf einige Lackkratzer in Höhe des Türschlosses war der Opel unbeschädigt.

Fünfzehn Minuten später war ich wieder im Haus Weißenburg. Inzwischen war der Laden so voll, daß Christina beim Bedienen half. Hoffentlich war keiner der Gäste vom Jugendamt.

Ich mußte fünfmal erzählen, wie ich zu meinem aktuellen Gesicht gekommen war. Ich erzählte mal dieses, mal jenes, nur nie die Wahrheit. Als ich in die Küche gehen wollte, um mir ein Ei in die Pfanne zu hauen, läutete das Telefon. FJ war am anderen Ende.

»Ich nehme an, du hast die Neuigkeit noch nicht vernommen«, sagte er gutgelaunt.

»Welche Neuigkeit?«

»Rate mal.«

Mir war nicht nach Quiz zumute. »Hör mit diesen Kindergartenspielchen auf, Effjott«, brummte ich. »Wenn du etwas loswerden willst, sag es.«

Er war beleidigt. »Warum bist du gleich so unwirsch?«

»Ich hatte einen beschissenen Tag. Also, was gibt es?«

»Sie haben den Kerl geschnappt.« Die Worte zergingen ihm auf der Zunge. »Vor einer halben Stunde.«

»Was?!« Ich mußte mich auf dem Tresen abstützen. »Wer ist es?«

»Das weiß ich noch nicht. Ich habe lediglich erfahren, daß die Kripo und eine Staffel Schutzpolizei unter Leitung deines Freundes Müller vor einer Stunde zugeschlagen haben. Irgendwo im Kölner Norden. Der Festgenommene soll der flüchtige Insasse einer psychiatrischen Anstalt sein. Mehr konnte ich nicht in Erfahrung bringen.«

Mir verschlug es die Sprache. Also hatte Lothar mit seiner Theorie doch recht behalten. Und ich hatte gerade hundertfünfzig Mark in den Sand gesetzt.

»Bist du noch da?« erkundigte sich FJ.

»Ja.« Ich mußte mich räuspern. »Von wem hast du das erfahren?«

»Man hat so seine Kontakte, Leo. Ich wollte dich auch nur informieren, damit du nicht weiter unnötig Geld und Zeit in einen Fall investierst, der gelöst ist.«

»Wenn ich dich nicht hätte.«

»Wie meinst du das?«

»Wörtlich. Danke, daß du mich benachrichtigt hast.«

»Keine Ursache. Übrigens, ich erwarte noch immer die Rückgabe des Fotos. Und dein Scheck liegt auch noch in meinem Safe.«

Ich sagte zu, am nächsten Tag vorbeizuschauen. Konsterniert schob ich den Hörer auf die Gabel und ging vor die Tür. Würzig war die Abendluft. Ich rauchte vor mich hin. Mein Kopf war völlig leer.

Plötzlich stoppte unmittelbar vor mir ein Taxi, und eine Frau stieg aus. Erst als der Fahrer ihr Gepäck aus dem Kofferraum hievte, bekam ich mit, was vor sich ging.

»Charlie! Wieso bist du schon hier? Hast du einen früheren Flieger genommen?«

»Elf nach zehn hatte ich Erika durchgegeben.«

»Mist! Ich hatte zehn nach elf im Sinn.«

»Das ist typisch.«

Wir umarmten und küßten uns.

»Was ist mit deinen Lippen? Die sind ja geschwollen.«

»Ich habe Prügel kassiert.«

»Oh, nein! Kann ich nicht einmal zwei Tage wegfahren, ohne daß du Blödsinn treibst?«

In dem Moment warf sich Christina zwischen uns und ersparte mir die Beantwortung der Frage.

*

Es war lange nach Mitternacht. Charlie und Christina schliefen bereits. Auf dem Braun drehte sich eine Scheibe von Lionel Hampton. Ich lag auf dem Sofa, rauchte und starrte an die Decke. Es war eine der Stunden, in denen man alles in Frage stellt. Das Leben, die Ethik, einfach alles.

Mein globales Brüten führte jedoch zu nichts. Abrupt riß ich mich von meinen tiefschürfenden Überlegungen los und setzte mich auf. Meine Gedanken wanderten zurück zu der Mordserie.

Ich kannte Lothar, und ich kannte ein Gutteil seiner Kollegen. Ihre Art zu denken war mir vertraut. Zusammen standen sie unter einem gewaltigen Erfolgszwang. Neun Morde in nicht einmal drei Monaten. Ein und derselbe Täter. Das hatte es in dieser Stadt noch nie gegeben.

Außerdem hatten sie sich frühzeitig auf eine Täterkategorie festgelegt. Den Geisteskranken. Also mußte es auch ein Geisteskranker sein. Der Kerl, den sie heute geschnappt hatten, hatte mit Sicherheit allerlei auf dem Kerbholz. Nur, war er wirklich der Sputnik?

Das, was ich herausgefunden hatte, sprach eher für einen nüchtern kalkulierenden und agierenden Geist. Nicht für einen Psychopathen. Obwohl es natürlich Fälle gab, in denen beides zutraf.

Der andere Punkt war, daß ich mir nach wie vor absolut sicher war, den Schlüssel gefunden zu haben. Der Knackpunkt war die Vergewaltigung der Kellnerin anläßlich der Abiturfeier auf dem Rheindampfer. Die Kripo wußte davon nichts. Daß sie auf anderen Wegen zum selben Ziel gelangt sein sollte, war im höchsten Maß unwahrscheinlich.

Im Becher war noch ein Rest von dem Kaffee, den ich mir aufgebrüht hatte. Er war inzwischen kalt und schmeckte bitter. Trotzdem trank ich ihn.

Dann faßte ich einen Entschluß. Solange ich keinen eindeutigen Beweis auf dem Tisch hatte, würde ich weitermachen. Das hatte nichts mit Ehrgeiz zu tun.

Aber vielleicht mit der Wahrheitssehnsucht kleiner Leute.

Samstag, 22. Mai 1965

Ich hatte wie gewöhnlich auf dem Sofa übernachtet, aber vergessen, das Fenster zu öffnen. Der Mief hatte mir einen Brummschädel eingebrockt. Aus der Küche drang Gemurmel herüber. Charlie und Christina saßen am Tisch, vor sich die Überbleibsel des Frühstücks.

»Haben wir Aspirin?«

»Zwei?«

»Zwei.«

Nach den Kopfschmerztabletten und der Morgentoilette fühlte ich mich besser. »Wie spät ist es eigentlich?« Meine Uhr war stehengeblieben.

»Kurz vor neun. Ich muß gleich in die Redaktion. Gegen Mittag bin ich aber wieder da.«

Ich goß mir Kaffee ein. Er war zu stark. Ich trank ihn trotzdem. »Wie war es mit der Queen?«

»Laß dir das von Christina erzählen«, sagte Charlie und hauchte mir einen Kuß auf die Wange. »Ich muß los.«

»Hast du heute keine Schule?«

Christina grinste. »Lehrerausflug.«

Während ich ein Brot mit Erdbeermarmelade kaute, hörte ich mir Charlies Wiesbaden-München-Erlebnisse an. Bundespräsident Lübke war anscheinend wirklich der Meister der unfreiwilligen Komik, wie man sich allgemein erzählte. Protokollchef von Holleben mußten mehrfach die nicht vorhandenen Haare zu Berge gestanden haben. Nur gut, daß die blaublütigen Briten nicht alles verstanden, was der Präsident daherquatschte.

Aus heiterem Himmel fiel Christina ein, daß sie mit einer Freundin verabredet war, was hieß, daß ich den Frühstückstisch allein abräumen durfte. Nachdem ich das Geschirr im Spülstein gestapelt hatte, knöpfte ich mir die Kopien der Karteikarten vor.

Diejenige, die ich von vornherein wegen ihres Alters ausgeklammert hatte, eine gewisse Elfriede Busch, wohnte in Meschenich. Laut dem auf der Karteikarte eingetragenen Geburtsdatum zählte sie mittlerweile vierundfünfzig Lenze. In der Spalte »Weitere Vermittlungen gewünscht« stand ein fettes »Nein«.

Eine andere Kellnerin hieß Maria Antonella Geyer, geborene Vicini. Sie war dreiundzwanzig. Vor fünf Jahren war sie achtzehn gewesen, das konnte hinkommen. Außerdem hörte sich der Name italienisch an, und von Gorleben hatte das Opfer als schwarzhaarig beschrieben. Wenn sie die Vergewaltigte war, hatte ich es womöglich mit einem rachsüchtigen italienischen Clan zu tun. Das konnte ja heiter werden.

*

An den Ampeln blätterte ich im Stadt-Anzeiger, der auf dem Beifahrersitz lag. Auf der Titelseite und im Kölner Teil ließ die Kripo sich feiern. Das Jahrhundertverbrechen war aufgeklärt. Sogar Lothar wurde namentlich erwähnt.

Die Kriegerhofstraße ging direkt hinter der Kirche am Ortseingang zu Fühlingen ab. Laut der Hausnummer mußte die italienische Serviererin mit dem deutschen Familiennamen auf der rechten Seite wohnen. Ich schaltete runter und stoppte vor einem noch unverputzten Neubau, dessen Vorgarten von einem Sandhaufen und einer Mischmaschine beherrscht wurde. Eine Nummer war nicht zu entdecken, aber wenn sie nicht willkürlich verteilt worden waren, war ich an der richtigen Adresse.

Ich stieg die Vordertreppe hinauf. Auf beiden Klingelschildern stand Geyer. Ich entschied mich für die Geyers im Erdgeschoß.

Die Frau, die öffnete, steckte in einem geblümten Hauskittel und war ausgesprochen attraktiv. Auch das Alter und der italienische Zungenschlag, mit dem sie »Ja, bitte?« fragte, paßten. Aber sie war blond.

Ich trug mein Anliegen vor.

»1960?« Sie zog die Brauen hoch. »Das ist lange her. Im Moment kann ich mich nicht an diese spezielle Fahrt erinnern.«

Das exakte Datum half ihr auch nicht weiter.

»Aber kommen Sie herein«, erlaubte sie und trat zur Seite. »Ich habe alle meine Vermittlungen in einem Buch notiert.«

Sie ging voran in ein Zimmer, aus dem plötzlich unbändiger Kinderlärm erscholl. Ein dunkelhaariges Temperamentsbündel war gerade damit beschäftigt, einem an einem Apfelstück kauenden kahlköpfigen Winzling einen gewaltigen Bauklotz auf den Kopf zu schlagen. Frau Geyer ging dazwischen.

Der Aggressor bekam einen Klaps auf die Windel, und der heulende Zwerg wurde auf den Arm genommen. Das hatte zur Folge, daß der Wüterich den Bauklotz in eine Ecke pfefferte und seinerseits zu plärren anfing. Er hatte alle Anlagen zu einem würdigen Nachfolger von Enrico Caruso. Meine Kopfschmerzen waren sofort wieder da, als seien sie nie woanders gewesen.

Mir wurde ein Sessel angeboten, auf dessen Armlehne ein rosa Plüschschwein thronte. Während Frau Geyer im Schrank nach ihrem Notizbuch suchte, entdeckte mich der Jungtenor. Er verstummte, stellte sich auf die Beine und kam auf mich zu. Ich schätzte ihn auf zwei

Jahre. In sicherer Entfernung blieb er am Tisch stehen und steckte sich einen Finger bis zum Anschlag in den Mund.

»Ist das dein Schwein?« fragte ich ihn.

Er drehte verschämt den Kopf zur Seite.

Ich packte das Ferkel an den Ohren und hielt es ihm in Reichweite hin. »Hat es einen Namen?«

Das machte ihn noch verlegener. Ruckartig drehte er sich um, verlor das Gleichgewicht und fiel um. Bevor ich eingreifen konnte, knallte er mit seinem kugelrunden Schädel gegen die Tischplatte. Auf dem Teppich gelandet, stimmte er ein markerschütterndes Geheul an.

Mir war das unangenehm, wie immer, wenn fremde Kinder in meiner Gegenwart Schaden nahmen. Manche Eltern setzen einfach blind voraus, daß man ein Auge auf ihren Nachwuchs hat, während sie sich um wer weiß was kümmern. Oder, schlimmer noch, sie verdächtigen einen, dem Kind etwas angetan zu haben.

Glücklicherweise zählte die Kellnerin zu keiner der beiden Kategorien. Sie tauschte die Kinder einfach aus und wog nun den älteren in ihren Armen.

»Sehen Sie unter dem Datum nach«, sagte sie, nachdem sie mir das Buch gegeben hatte.

Ich blätterte. Den Eintragungen zufolge hatte sie nur selten gearbeitet. Zuletzt 1962. Nach einigem hin und her fand ich, was ich suchte. Der Text hinter dem Datum war in Italienisch abgefaßt.

»Was bedeutet das?« schrie ich gegen das Gebrüll des Zweijährigen an und zeigte auf den Text.

Sie kniff die Augen zusammen, dann lachte sie. »Das sind Stichworte. Eine Art – wie sagt man – Tagebuch. Die wichtigsten Eindrücke eines Tages habe ich immer aufgeschrieben. Soll ich übersetzen?«

»Bitte.«

Heraus kam, daß ihr ein gewisser Luigi in der Kombüse einen wie auch immer gearteten Antrag gemacht hatte. Als Antwort hatte er sich eine Ohrfeige eingehandelt. Auf meine Nachfrage ergab sich, daß Luigi als Smutje auf dem Schiff gearbeitet hatte. Ansonsten war an dem Tag nichts von Bedeutung passiert.

»Aber Sie erinnern sich jetzt an diese Fahrt?« hakte ich nach.

»Gewiß doch«, versicherte sie.

»Mein Interesse gilt einer der Serviererinnen, die ich nicht namentlich kenne, von der ich lediglich weiß, daß sie in ihrem Alter sein muß und schwarze Haare hat. Diese Frau soll während dieser Reise von einer Gruppe betrunkener Schüler vergewaltigt worden sein. Ist Ihnen darüber etwas bekannt?«

»Denken Sie, ich bin diese Frau?«

»Sie sind blond.«

»Normalerweise habe ich schwarze Haare. Ich habe meine Haare nur meinem Mann zuliebe gefärbt.«

Damit wußte ich immer noch nicht, ob sie es nun war oder nicht. »Sind Sie diese Frau?« Meine Frage kam schärfer als beabsichtigt.

Der Schreihals hatte sich inzwischen beruhigt. Sie setzte ihn sich bequemer auf die Hüfte. »Nein, zum Glück nicht. Warum suchen Sie sie?«

Eine Notlüge mußte herhalten. »Diese Straftat ist nie zur Anzeige gebracht worden. Ich bin jedoch zufällig auf die Namen der Täter gestoßen. Daher versuche ich, der Frau nachträglich zu ihrem Recht zu verhelfen.« Ich schämte mich für diese Verdrehung der Tatsachen. Aber noch war ich mir nicht sicher, ob sie nicht doch die Betreffende war. »War denn außer Ihnen noch eine dunkelhaarige Kellnerin an Bord?« setzte ich nach.

Das Kind versuchte, ihr einen Finger in die Nase zu stecken. Sie schob seine Hand zur Seite. »Warten Sie. Ja, da war noch ein anderes Mädchen. Etwas größer als ich, aber auch mit langen, schwarzen Haaren. Aber sie war keine Ausländerin. Eine Deutsche.«

»Können Sie sich an den Namen erinnern?«

Die Antwort war negativ.

»Da fällt mir etwas ein.« Sie schnippte mit den Fingern. »Uno momento.«

Sie lief aus dem Zimmer und ließ mich mit dem jüngeren der Kinder allein. Ich hoffte nur, daß kein weiterer Unfall anstand. Aber alles ging gut. Der kleine Glatzkopf hantierte friedlich mit einem Gummiball. Eine Minute später war Signora Geyer zurück und hielt mir ein Foto vors Gesicht.

»Hier, sehen Sie. Das wurde an dem Abend aufgenommen. Das sind wir fünf Frauen von der Agentur.«

Es handelte sich ebenfalls um einen »rico«-Schnappschuß. Ich erkannte Maria Vicini. Die Frau daneben mußte die ältere Kollegin sein, die in Meschenich wohnte. Rechts außen stand die andere Schwarzhaarige. Eine hübsche, junge Frau. Ich tippte auf das Gesicht.

»Und Sie haben nicht mitbekommen, ob man dieser Frau während der Fahrt etwas angetan hat?«

Sie verneinte. »Wenn ich mich recht entsinne, hat sie in einem anderen Saal bedient.«

»Darf ich mir das ausleihen?«

»Sie können es sogar behalten. Das ist längst Vergangenheit.«

Ihre Gegenwart verabschiedete mich mit erneutem Gebrüll. Offenbar war der ältere Bengel traurig, daß ich wieder ging.

*

Petra Schudeick war die nächste auf der Liste. Im Slalom ging es durch das Straßengewirr von Kalk. Die Adresse gehörte zu einer dreistöckigen, mausgrauen Mietskaserne, der das Elend aus allen Mauerritzen lugte. Die Haustür stand offen. Ich trampelte auf der ausgelatschten Holztreppe bis in den zweiten Stock. Die Etagentür der Schudeickschen Wohnung war nur angelehnt. Ich klopfte.

»Peter?«

Meistens macht man sich anhand der Stimme eine Vorstellung der betreffenden Person. Das weibliche Organ, das »Peter« geplärrt hatte, konnte nur einer rotblonden Schlampe mit einer ausgeprägten Vorliebe für Liköre und Schnäpse gehören. Womit sie nicht die Gesuchte, sondern die auf dem Foto daneben Stehende wäre.

Um mich zu vergewissern, schob ich die Tür auf und ging hinein. Der Flur lag voller Unrat, und die Tapete hing in Fetzen von den Wänden. Der Gestank, der mir entgegenschlug, weckte Erinnerungen an das Affenhaus im Zoo.

Am Ende des Flurs gelangte man in eine Art Wohnzimmer. Zumindest deuteten die Anwesenheit eines schrottreifen Sofas und zweier verschossener Sessel dies an. Eine Frau wie eine Laufmasche hing in einem der Fauteuils. Ihre schlaffe, bleiche Haut kontrastierte mit den mohnroten Haaren, die ihr wirr vom Kopf abstanden. In der einen Hand hielt sie ein Wasserglas mit einer hellbraunen Flüssigkeit, in der anderen eine qualmende Kippe.

»Sind Sie denn?« lallte sie und raffte den Bademantel vor der Brust zusammen, wobei ihr Zigarettenasche in den Ausschnitt fiel.

»Kripo«, versetzte ich. »Ich brauche ein paar Auskünfte.«

»'n Bulle?« Sie nahm einen Schluck. »Haben Sie 'ne Marke?«

Ich wedelte mit dem Blechoval. Dann hielt ich ihr das Foto mit den fünf Frauen vors Gesicht. »Kennen Sie dieses Bild?«

Sie mußte ein Auge zukneifen. Diesmal landete die Asche auf der Sessellehne. »Bin ja ich«, stammelte sie, worauf ein wüster Hustenanfall folgte.

Geduldig wartete ich, bis wieder Ruhe eingekehrt war. »Ja, das sind Sie. Und wer ist die Frau links neben Ihnen?«

»'ne Kollegin.«

»Kennen Sie ihren Namen?«

Der restliche Inhalt des Glases verschwand in ihrem Schlund. Dann beugte sie sich vor, warf die bis auf den Filter heruntergerauchte Zigarette neben den Aschenbecher und langte nach der Flasche Jacobi, die mitten auf dem Tisch zwischen alten Zeitungen und Suppentellern mit Essensresten stand. Nach meiner Einschätzung war sie nur einen Fußbreit vom Vollrausch entfernt. Kurzerhand nahm ich ihr die Flasche weg.

»Soll das?« krakeelte sie.

»Erst den Namen. Wie heißt die Frau?«

Ein viehischer Rülpser entfuhr ihrer Kehle. »'tschuldigung. Hab 'nen Kleinen sitzen.« Wenigstens war sie ehrlich.

»Wie heißt die Frau?« echote ich.

Sie streckte mir das Glas entgegen. »Erst 'nen Schluck.«

»Erst die Antwort.«

Ihr dämmerte, daß der Name zwischen ihr und dem Weinbrand stand. Sie kurbelte ihr Gedächtnis an. Ihr Gesicht verzerrte sich unter der Anstrengung, mit der sie nachdachte. »Weiß nicht mehr.«

Die beiden verbliebenen Namen hatte ich noch im Kopf. Ich warf sie ihr hin. »Heißt sie vielleicht Irina Stoll? Oder Heidi Käfer?«

»Genau.«

Die Spannung eskalierte. »Wie nun?«

»Na, Stull. Sowieso Stull. Haben Sie doch gerade gesagt.«

Zur Belohnung füllte ich das Glas randvoll.

Im Flur prallte ich um Haaresbreite mit einem verfetteten Mittvierziger zusammen, dem an jeder Hand ein Einkaufsnetz mit Nachschub baumelte. Klirrend ließ er sich von mir zur Seite schieben. Er fragte nicht einmal, wer ich war.

Hinter der Anschrift, die Irina Stoll bei der Agentur Heugel angegeben hatte, verbarg sich eine Doppelhaushälfte im Bauhausstil in der Heinestraße in Lindenthal.

Die Fassade war recht proper, aber der Vorgarten bot sich als Kulisse für eine Neuverfilmung des Dschungelbuchs an.

Ich saß schräg gegenüber des Grundstücks im Wagen, beobachtete das Haus und dachte nach. Der Größe des Gebäudes nach zu urteilen, lebte Irina Stoll nicht allein. Ein frontales Vorgehen schien mir deshalb unvernünftig zu sein, denn wenn ich Pech hatte, war dies bereits die Höhle des Löwen.

Das Auftauchen eines Krankentransporters im Innenrückspiegel riß mich aus meinen Überlegungen. Der VW-Bully des Roten Kreuzes fuhr an mir vorbei und hielt genau vor dem Stollschen Grundstück. Zwei junge Männer kletterten aus dem Wagen, öffneten die seitlichen Klapptüren und hoben eine Person in einem Tragestuhl heraus. Ich konnte nicht ausmachen, ob es sich bei dem Kranken um einen Mann oder eine Frau handelte.

Danach entstieg eine ranke Frau, schätzungsweise Mitte fünfzig, dem Bus. Sie schloß die Pforte auf, und gemeinsam verschwand das Quartett hinter der Ecke der Hausfront. Fünf Minuten später kamen die beiden Sanitäter zurück, stiegen in das Fahrzeug und fuhren ab.

Ich verfiel wieder ins Grübeln. Sollte ich mich direkt als Privatermittler vorstellen? Damit wäre die Katze gleich aus dem Sack. Oder sollte ich lieber eine Nummer zum besten geben? Und wenn ja, welche? Eventuell die des Uncle Sam von jenseits des Großen Teichs? Die Rolle beherrschte ich aus dem Effeff. Die würde allerdings nur funktionieren, wenn Irina nicht zu Hause war.

Im Spiegel kontrollierte ich mein Aussehen. Die Schwellungen im Gesicht waren bereits auf dem Rückzug, und die blauen Stellen hatte ich sorgsam abgepudert. Außerdem hatte ich heute morgen ausnahmsweise nicht vergessen, mich zu rasieren. Doch, ich gab wieder eine ganz passable Erscheinung ab.

Ich stieg aus und überquerte die Straße. An dem Mauerpfosten neben dem Tor hing ein Messingschild voller Grünspan. Der Name war kaum zu entziffern. Aber ich wußte ja, wen ich suchte. Ich drehte an dem Knauf, das Tor war nicht abgesperrt. Drei Stufen führten mich zur Haustür.

Nach dem zweiten Läuten wurde zunächst überflüssigerweise die

Außenbeleuchtung eingeschaltet. Dann öffnete sich die Haustür, und die Mittfünfzigerin, die ich zuvor schon gesehen hatte, stand im Rahmen. Die Frau trug ein teures, aber inzwischen aus der Mode gekommenes Kostüm. Bitterkeit hatte tiefe Furchen auf ihrer Oberlippe hinterlassen.

»Bitte, Sie wünschen?« fragte sie und faltete die Hände.

Strahlend improvisierte ich wild drauf los. »Hi, ich bin Lenny Carmichael aus New York City. Ist Irina zu Hause?« Mein Deutsch war nahezu perfekt, aber der amerikanische Akzent war unüberhörbar.

Sie schien verblüfft. »Sind Sie ein Bekannter Irinas?«

»Yes. Irina und ich haben uns vor Jahren auf einem Riverboat kennengelernt. Sie sagte, falls ich wieder einmal nach Deutschland käme, solle ich sie unbedingt besuchen. Es hat lange gedauert, aber nun bin ich da.«

Verlegenheit huschte über ihr Gesicht. »Sie hat mir nie von Ihnen erzählt. Ich bin Irinas Mutter, müssen Sie wissen.«

»Die Mutter!« trompetete ich. »Natürlich, jetzt sehe ich die – wie sagt man – Kopie.«

»Ähnlichkeit«, verbesserte sie.

»Ähnlichkeit. Richtig.«

Ein gekünsteltes Lächeln legte sich um ihren Mund. »Leider ist Irina nicht da. Sie ist verreist. Vielleicht hätten Sie besser angerufen.«

»Oh, wie schade. Wohin ist sie denn gefahren?«

In ihren Augen blitzte Mißtrauen.

»Ich frage nur, weil ich eine Europareise mache«, fabulierte ich munter weiter. »Wenn sie in der Schweiz oder in Frankreich ist, könnte ich sie dort besuchen. Verstehen Sie?«

Die Situation war ihr äußerst peinlich, denn sie hatte mich belogen, und nun wußte sie nicht weiter. Gerade noch rechtzeitig fiel ihr etwas ein. »Sie ist in Holland. Bei Freunden.«

»Sehr gut«, freute ich mich. »Dann buche ich um. Anstatt in die Schweiz, werde ich nach Holland fahren. Sie brauchen mir nur ihre Adresse zu geben.«

Nun saß sie in der Falle.

Wie auf ein Stichwort ertönte plötzlich hinter ihrem Rücken das Summen eines Elektromotors. Sie trat zur Seite, und ein riesiger, batteriebetriebener Rollstuhl schob sich neben sie. Darin saß ein entsetzlich magerer Mann. Eine Strickjacke schlotterte um seinen Oberkörper.

Hüftabwärts war sein Körper von einer karierten Decke verhüllt. Aus tief in den Höhlen liegenden Augen stierte er mich an.

»Mein Mann«, sagte Frau Stoll und legte dem Kranken eine Hand auf die hängende Schulter.

Ich nickte ihm freundlich zu. Er bleckte die Zähne. »Wer ist das?« krächzte er.

»Ein Bekannter von Irina«, erklärte seine Frau.

»Was will er?«

»Er will sie besuchen. Sie kennen sich von früher.«

»Woher kennt er sie?«

»Er hat sie auf dem Schiff getroffen, auf dem sie früher gearbeitet hat. Du weißt doch.«

Sie redeten, als sei ich Luft.

»Er soll verschwinden!« kreischte der Magere plötzlich.

»Hermann, ich bitte dich«, zischte seine Frau.

»Er soll verschwinden!« beharrte er. Seine Stimme überschlug sich. Gleichzeitig begann er rhythmisch in seinem Stuhl zu wippen. Ich war schockiert.

»Mein Mann ist krank«, flüsterte sie in meine Richtung. »Sehr krank.«

Zu ihm gewandt sagte sie: »Bitte beruhige dich« und griff nach seiner rechten Hand. Dann sah sie wieder zu mir. »Vielleicht ist es besser, wenn Sie jetzt gehen. Ich fürchte, er bekommt einen Anfall.«

»Kann ich Ihnen irgendwie helfen?« bot ich mich an.

»Nein, nein! Bitte, gehen Sie nur. Ich werde Irina von Ihnen grüßen, wenn sie zurückkommt.«

»Er soll verschwinden!« schrie Stoll erneut. Der Mann war komplett hysterisch. Speichel rann ihm übers Kinn, und seine Augen machten Anstalten, aus den Höhlen zu treten. Frau Stoll warf mir einen verzweifelten Blick zu.

Es war sinnlos. Ich nickte ihr zu und zog mich zurück. Auf dem Bürgersteig drehte ich mich noch einmal um. Sie strich mit beiden Händen über den Kopf ihres Mannes und redete besänftigend auf ihn ein.

Im Wagen brach mir der kalte Schweiß aus, und tausend Fragen schossen mir durchs Hirn. War Stoll meschugge oder einfach nur krank? Oder hatten die beiden mir etwas vorgespielt? Wieso hatte mich seine Frau belogen? Wo war Irina wirklich?

Falls die beiden mich geleimt hatten, hatten sie jedenfalls einen bühnenreifen Auftritt hingelegt. Und ich alter Esel hatte die Chance vertan, irgend etwas Sachdienliches herauszufinden. Lenny Carmichael aus New York City. Lächerlich. Laut fluchend schob ich den Schlüssel ins Schloß. Ich hatte gerade auf Zündung geschaltet, als mir der Atem stockte.

Ein junges Paar trat durch die Pforte des Stollschen Gartenzauns und ging schräg über die Straße. Er sah aus wie die meisten, aber sie stach mir ins Auge.

Sie war einen knappen Kopf kleiner als er und trug einen cremefarbenen Helanca-Rolli zu einem knielangen hellblauen Rock. Lange, schwarze Haare fielen ihr über die Schultern. Bevor sie auf der Beifahrerseite eines graublauen Käfers mit amerikanischen Stoßstangen einstieg, blickte sie kurz in meine Richtung. Ein Irrtum war ausgeschlossen.

Die junge Frau war Irina Stoll.

Der VW fuhr in einem Tempo in Richtung Innenstadt, daß ich Mühe hatte, ihn nicht aus den Augen zu verlieren.

Die Fahrt ging über die Deutzer Brücke und weiter in Richtung Mülheim. Auf dem Pfälzischen Ring mußte ich mich zurückfallen lassen, da die Piste nur schwach befahren war. Bei Dunkelgelb bog der Käfer nach links in die Grünstraße ab. Ich kam natürlich zu spät. Fluchend schlug ich auf das Lenkrad. Nun war erst einmal der Gegenverkehr an der Reihe. Zu allem Überfluß hielt schräg gegenüber auch noch ein Streifenwagen, so daß ich keine Chance hatte, während der Rotphase um die Ecke zu brettern. Ich saß wie auf glühenden Kohlen.

Endlich sprang die Ampel um. Mit heulenden Reifen jagte ich den Opel über die Straßenbahnschienen. Hundert Meter weiter kroch ich im zweiten Gang durchs Viertel und blickte in jede Seitenstraße und in jede Einfahrt. Keine Spur von dem VW.

Das durfte nicht wahr sein!

Ich wollte schon aufgeben, als ich den Käfer plötzlich auf der Danzier Straße entdeckte, wo er mit laufendem Motor vor einer Bäckerei stand. Sekunden später kam Irina Stoll aus dem Laden, ein Brot und eine Papiertüte in den Händen. Sie stieg ein, und der VW rollte davon.

Diesmal schloß ich dichter auf, aber bereits zwei Straßen weiter verschwand der Luftgekühlte in einer Hofeinfahrt. Papageienstraße Nummer 4. Ich parkte hinter der nächsten Ecke und ging die paar Meter zurück. Hinter dem vierstöckigen Mietshaus gab es eine Reihe von Garagen. Weder von dem Wagen noch von Irina Stoll oder ihrem Begleiter war etwas zu sehen. Also versuchte ich es an der Haustür.

Das Haus beherbergte acht Parteien, aber kein Klingelschild trug den Namen Stoll. In dem Moment wurde die Tür von einer korpulenten, grauhaarigen Frau geöffnet. Ich gab vor, den graublauen VW in der Stadt beim Rangieren beschädigt zu haben, und fragte sie, ob sie den Besitzer kenne.

»Natürlich«, antwortete sie in breitem Dialekt. »Der gehört dem Herrn Becker. Dritte Etage.«

»Ich meine aber, eine junge Frau hätte am Steuer gesessen.«

»Dann war das sicher seine Freundin, das Fräulein Stoll. Gehen Sie ruhig durch.«

Sand knirschte unter meinen Schuhen, als ich die Steintreppe hinaufstieg. Geruch von frischer Farbe hing in der Luft. Da, wo einmal Wandleuchten gehangen hatten, schauten Drähte mit Lüsterklemmen aus dem Mauerwerk.

Im dritten Stock klingelte ich. Hinter der Tür waren erst Schritte und dann Gemurmel zu vernehmen. Vermutlich hatten sie mich durch den Spion ins Visier genommen. Dann wurde geöffnet.

Irina Stoll stand vor mir und machte ein amüsiertes Gesicht.

»Sieh an, mein amerikanischer Freund.« Ihre Stimme klang rauh und dunkel. »Wie war noch Ihr Name?«

»Smith. Jones. Ich hab's vergessen.« Ich grinste. »Schön, daß ich Ihnen nicht bis nach Holland hinterherreisen muß.«

Sie lehnte sich gegen das Türblatt und stemmte den anderen Arm in die Hüfte. Ihre Augen wurden schmaler. »Welche Art von Show ziehen Sie eigentlich ab? Haben Sie Schwierigkeiten, Frauen kennenzulernen?«

»Wenn das mein einziges Problem wäre, ginge es ja noch.«

Hinter mir wurde die andere Etagentür geöffnet. Eine Frau in einem Wollmantel und mit einer Einkaufstasche am Arm sagte »Guten Tag!« und stieg die Treppe hinab. Irina Stoll machte einen Schritt zur Seite.

»Kommen Sie herein. Es ist nicht notwendig, daß das ganze Haus unsere Unterhaltung mitbekommt.«

Die Wohnung war ungemütlich. An den Wänden klebte Rauhfaser, aber der Anstrich fehlte. In dem Raum, aus dem vermutlich mal ein Wohnzimmer werden sollte, baumelte eine nackte Glühbirne von der Decke. Drei hölzerne Klappstühle standen um einen Tapeziertisch herum und bildeten eine Art Eßecke. Ansonsten war der Raum leer. Von Irinas Begleiter war nichts zu sehen.

»Setzen Sie sich.« Sie deutete auf einen der Stühle. »Und dann erzählen Sie mir, was Sie eigentlich von mir wollen.«

»Darf ich rauchen?«

»Nur zu. Die Untertasse können Sie als Aschenbecher benutzen.« Sie plazierte sich mir gegenüber, und ich qualmte.

»Machen wir es kurz«, sagte ich trocken. »Ich bin zufällig auf die Männer gestoßen, die Sie vor Jahren auf einem Ausflugsdampfer vergewaltigt haben. Sie haben dieses Verbrechen nie zur Anzeige gebracht. Ich nehme an, weil Sie nicht wußten, wer die Täter waren. Ich könnte Ihnen mit den Namen dienen.«

»Wollen Sie damit ein Geschäft machen?«

»Unter Umständen.«

Sie atmete tief durch und setzte sich gerade. »Ich muß Sie enttäuschen. Daraus wird nichts. Die Sache ist für mich erledigt.«

»Wieso?«

Sie starrte mich an. »Sind Sie schon einmal vergewaltigt worden?«

»Ich bin auch noch nie von einem Hochhaus gefallen. Trotzdem habe ich Phantasie genug, mir das vorzustellen.«

»Das bezweifle ich. Mir wird heute noch schlecht, wenn ich daran denke.«

»Um so irritierender ist, daß Sie keine Anzeige erstattet haben. Nicht einmal gegen Unbekannt.«

»Was hätte das gebracht? Unzählige Vernehmungen, stundenlanges Blättern in Verbrecherkarteien, und gefunden hätten die Bullen diese Schweine doch nicht. Das waren Schüler. Mit Sicherheit alle ohne Vorstrafen, mit bestem Leumund und aus angesehenen Familien. Welche Chance hätte ich gehabt?«

»Das weiß ich nicht. Die Chance kann man erst bewerten, wenn man es versucht hat.«

»Pah! Wie naiv sind Sie?«

Ich drückte die Zigarette aus. »Haben Sie nie Rachegedanken gehegt?«

»Doch, zu Anfang. Irgendwann war das jedoch vorbei. Inzwischen will ich nur noch in Ruhe gelassen werden. Das ist alles.«

»Und da komme ich daher und bohre in alten Wunden.«

»Ich hätte es nicht besser formulieren können«, spottete sie.

Ich stand auf. »Trotzdem danke. Ich meine, obwohl wir kein Geschäft machen können.«

»Behalten Sie Ihren Dank für sich. Finden Sie allein hinaus?«

»Ja.« Auf halbem Weg hielt ich inne. »Eine Frage habe ich noch. Wieso hat Ihre Mutter Sie nach Holland gelogen?«

Sie drehte sich im Sitzen herum. »Sie hat ein Näschen für falsche Amerikaner. Ist Ihre Frage damit beantwortet?«

»Umfassend.«

Auch als ich die Wohnung verließ, blieb Becker unsichtbar. Die Haustür stand offen. Gebückt bearbeitete eine Frau in einem karierten Nylonkittel den Steinboden. Als ich mich vorbeizwängen wollte, rammte sie mir den Stiel ihres Schrubbers in die Seite. »Ich habe Sie gar nicht kommen hören«, entschuldigte sie sich und rückte den Putzeimer zur Seite.

»Kein Ursache. Die Rippe war ohnehin angebrochen.«

Humor schien nicht ihre Stärke zu sein. Dafür war sie neugierig, und das nicht zu knapp.

»Waren Sie bei Becker?« Schlagartig bekam ihr Gesicht einen listigen Ausdruck.

»Allerdings. Warum?«

»Sie sind doch von der Polizei, oder nicht?«

»Wie kommen Sie darauf?«

Sie schob sich näher heran und begann zu flüstern. »Ich bin diejenige, die angerufen hat.«

Ich hatte keine Ahnung, worauf sie hinauswollte. »Sie?«

»Ja.« Bedeutungsschwerer ließ sich das Wörtchen kaum aussprechen. »Wegen des Lärms, den er und seine sogenannte Verlobte regelmäßig veranstalten. Ich habe schon dreimal angerufen und mich beschwert.«

»Wegen des Lärms, den Herr Becker und Irina Stoll veranstalten?« murmelte ich, als seien wir Geheimbündler.

»Genau. Jeden Abend diese laute Musik. Bis nach Mitternacht. Als ich das Fräulein darauf angesprochen habe, hat sie mich angefahren, ich solle mich gefälligst um meine eigenen Angelegenheiten kümmern. Richtig unverschämt ist sie geworden. Können Sie sich das vorstellen?«

»Das ist ja unerhört. Sind Sie die Hausmeisterin?«

»Nur nebenbei. Frau Lückerath. Ich wohne im Erdgeschoß.«

»Eigentlich bin ich ja wegen einer anderen Sache gekommen. Aber ich werde weiterleiten, was Sie mir berichtet haben.« Ich zückte mein Notizbuch und malte ein Strichmännlein hinein. Sie rückte noch ein Stück näher. Ihre ohnehin heisere Stimme war kaum mehr zu verstehen.

»Was haben die denn sonst noch ausgefressen?«

»Darüber darf ich nicht sprechen, Frau Lückerath. Aber vielleicht können Sie mir noch ein paar ergänzende Auskünfte geben.«

»Ich werde mich bemühen.«

»Seit wann wohnt Irina Stoll in diesem Haus?« begann ich und verpaßte dem Männchen ein paar Segelohren und einen Groucho-Marx-Schnäuzer.

Sie zog einen Flunsch. »Wieso sagen Sie immer Irina? Sie heißt doch Olga.«

»Wie bitte?«

»Das Fräulein heißt Olga Stoll. Wußten Sie das nicht?«

»Sind Sie sicher?«

»Nun hören Sie mal. Ich werde doch die Leute kennen, die hier im Haus leben.«

In meinem Kopf begannen die verschiedensten Zahnräder zu rotieren. Außer metallischem Lärm kam dabei jedoch nichts heraus. »Und eine Irina Stoll gibt es hier nicht?«

»Hat es noch nie gegeben.«

Ich klappte das Buch wieder zu. »Dann werde ich mich noch einmal mit der Dame unterhalten müssen.«

»Vergessen Sie aber nicht, sie auf den nächtlichen Radau anzusprechen.«

»Keine Sorge«, versprach ich und zwinkerte ihr zu. »Wir wissen, was wir unseren V-Leuten schuldig sind.«

Zehn Sekunden später stand ich wieder vor der Stollschen Wohnungstür.

Diesmal öffnete er. »Was wollen Sie noch?« raunzte er mich an.

»Ich will wissen, warum sich Ihre Freundin einen falschen Vornamen zugelegt hat«, knurrte ich und machte einen Schritt auf ihn zu.

»Mann, hauen Sie ab!« brauste er auf. »Sonst wird es ungemütlich.«

»Fragt sich nur, für wen. Also, wo steckt sie?«

Er ließ das Türblatt los und ballte die Hände zu Fäusten. »Sie haben wohl lange keine Prügel mehr kassiert, wie?«

Wenn er gewußt hätte. Aber das Handgemenge wurde abgeblasen, denn die angebliche Irina tauchte an seiner Seite auf. »Laß gut sein, Heiner«, besänftigte sie ihn. »Ich werde es ihm erklären.«

Widerstrebend zog er sich zurück. Olga Stoll und ich gingen erneut in das karge Wohnzimmer.

»Wer hat es Ihnen gesteckt? Die Hausmeisterin?« wollte sie wissen.

»Das ist doch nebensächlich. Wer sind Sie, und wo ist Irina?«

Sie seufzte. »Ich bin Olga Stoll, Irinas Zwillingsschwester. Irina lebt seit drei Jahren in den USA. In Los Angeles.«

»Wieso geben Sie sich als Ihre Schwester aus?«

»Sie hat viel durchgemacht. Zuerst diese gräßliche Vergewaltigungsgeschichte. Ein Jahr danach ist ihr damaliger Freund bei einem Motorradunfall ums Leben gekommen. Das hat sie an den Rand des Wahnsinns getrieben. Als es ihr wieder besser ging, hat sie Deutschland verlassen, um noch einmal neu anzufangen.« Sie winkte ab. »Ich beantworte Ihre Frage, keine Sorge. Meine Eltern und ich, wir wollen nicht, daß sie je wieder an diese schrecklichen Vorfälle erinnert wird. Daher schützen wir sie, indem wir ihren Aufenthaltsort nicht preisgeben.«

»Das erklärt noch immer nicht, warum Sie die Rolle Ihrer Schwester spielen.«

»Das tue ich auch sonst nicht. Sie waren lästig, und da dachte ich, ich werde Sie am einfachsten los, indem ich mich als Irina ausgebe.«

»Kann ich Ihre Schwester telefonisch erreichen?«

»Theoretisch. Aber ich werde Ihnen keinesfalls die Nummer geben. Und versuchen Sie nicht, nach ihr zu suchen. Es wäre zwecklos. Sie hat inzwischen einen anderen Namen angenommen.«

Wenn die Geschichte stimmte, war ich Rumpelstilzchen. Nur hatte ich momentan nichts, womit ich sie aus der Reserve hätte locken können. Ich machte ein leidlich betretenes Gesicht und verabschiedete mich. Heiner hielt mir die Tür auf und gab mir noch einen bitterbösen Blick mit auf den Weg. Als ich aus dem Haus trat, begann es wieder einmal zu regnen. Der Mai war auch nicht mehr das, was er einmal war.

Ich schlug den Mantelkragen hoch und wünschte mir, ich hätte einen etwas weniger komplizierten Fall am Hals. Zum Beispiel die Suche nach dem Bernsteinzimmer.

Auf der Aachener Straße dachte ich für einen Moment, ich hätte den graublauen VW im Rückspiegel gesehen. Ich ging vom Gas und kontrollierte, was sich hinter mir tat. Kein Käfer, nicht einmal ein andersfarbener, tauchte auf. Ich hatte mich wohl geirrt.

Als ich bei FJ klingelte, öffnete überraschenderweise Inge, seine Sekretärin. Sie war in meinem Alter, schlank, blondiert und wie immer elegant gekleidet. Als ich ein wissendes Gesicht machte, wurde sie tatsächlich rot.

»Es ist nicht so, wie Sie denken«, sagte sie. »Gestern hat Dr. Hackländer mir den halben Tag freigegeben. Die Zeit hole ich heute nach.«

»Sie brauchen sich vor mir nicht zu rechtfertigen. Ist der Chef denn zu sprechen?«

»Er ist auf dem Golfplatz. Ein Klient hat ihn zu einer Runde eingeladen.«

Daß FJ nun auch noch Golf spielte, war mir neu. Das nächste Mal brachte ich am besten Möhren für das zu erwartende Polopferd mit.

»Kommen Sie doch rein. Möchten Sie einen Kaffee?«

»Sehr gern, obwohl ich eigentlich nur meinen Scheck abholen wollte.«

»Den erhalten Sie nur gegen Rückgabe eines gewissen Fotos.« Scherzhaft drohte sie mit dem Zeigefinger. »Ich bin auf dem laufenden.«

»Dachten Sie, ich wollte Sie austricksen?«

Sie lachte. »Milch und Zucker, wie immer?«

»Ja, bitte.«

Während ich rührte und schlürfte und einige Kekse knabberte, erzählte Inge von ihrem letzten Urlaub, einer Wanderung durch Nordschweden. So viel Abenteuergeist hatte ich ihr gar nicht zugetraut, ich hatte sie eher für einen Rivieratyp gehalten. Gerade als sie gestenreich schilderte, wie ein ausgewachsener Elchbulle das Verpflegungszelt attackiert hatte, schrillte das Telefon.

Inge hob ab und meldete sich. Dann deckte sie die Muschel mit der Hand ab. »Für Sie. Eine Frau Müller. Soll ich das Gespräch nach nebenan legen?«

»Nein, geben Sie her.«

Ich meldete mich. »Tut mir leid, Leo, aber aus dem Abendessen wird heute nichts«, sagte Dagmar.

»Woher wußtest du, daß ich hier bin?«

»Charlie hat mir den Tip gegeben.«

»Wo hast du sie erreicht? Zu Hause?«

»Ja. Warum?«

Ich blickte auf die Uhr. Tatsächlich, es war bereits halb eins. »Schon gut. Wie ist es denn gestern gelaufen?«

»Bestens. Erst hat Lothar sich entschuldigt, dann habe ich ihm tränenreich verziehen. Alles ist wieder in Butter.«

»Da fällt mir glatt ein Stein vom Herzen.«

»Nur das Essen muß ausfallen. Lothar ist vollauf mit der Vernehmung dieses Serienmörders beschäftigt. Sie haben ihn gestern geschnappt. Du hast doch sicher schon davon gehört?«

»Ja. Phantastisch.«

»Aber wir holen das Essen nach, sobald er etwas mehr Luft hat. Einverstanden?«

»Prima. Melde dich.«

»Mach ich. Tschö.«

Als ich den Hörer zurückgab, fiel mein Blick auf Inges Aschenbecher, der umlaufend mit kleinen Flaggen verziert war. Union Jack, Trikolore und Stars and Stripes. Stars and Stripes. Die Sterne und Streifen brachten mich auf eine Idee.

»Sagen Sie, Inge, haben Sie noch immer Kontakt zu diesem Harry Sowieso von der amerikanischen Botschaft?«

»Finden Sie Ihre Frage nicht ein wenig indiskret?«

»Ich habe nicht gefragt, weil ich an Ihrem Privatleben interessiert bin. Ich bräuchte eine Auskunft, sofern das möglich wäre.«

Sie zog ihre schmalgezupften Brauen hoch. »Eine Auskunft welcher Art?«

»Ob eine gewisse Irina Stoll innerhalb der letzten fünf Jahre ein Visum zur Einreise in die USA beantragt hat.«

»Über solch einen Vorgang darf Harry Ihnen keine Auskunft geben, Leo.«

»Ich weiß. Mir nicht.«

Sie taxierte mich wie einen potentiellen Ehemann. Ich hielt es aus. Schließlich lächelte sie. »Haben Sie nähere Angaben zu dieser Person?«

Ich nannte ihr das Geburtsdatum und die Anschrift. Inge schrieb mit. Dann wickelten wir unseren Tauschhandel ab, und ich fuhr heim.

Ohne ein Versprechen.

*

Auf dem Küchentisch lag ein Zettel.

Charlies beste Freundin Hanna hatte uns überraschend für heute abend eingeladen, um uns den Mann vorzustellen, den sie in Kürze heiraten wollte. Nun war Charlie unterwegs, um sich noch schnell die Haare machen zu lassen. Für Christina war gesorgt. Sie würde bei einer Freundin übernachten. Aus einem ruhigen Abend zu zweit würde also wieder nichts werden.

Da ich außer dem morgendlichen Marmeladenbrot noch nichts gegessen hatte, setzte ich eine Kanne Kaffee an, anstatt in die Flasche zu gucken. Während die verkalkte Maschine asthmatisch röchelte, ging ich die Post durch. Sie enthielt nichts von Bedeutung. Werbung, die ich in den Papierkorb stopfte, und diverse Rechnungen, die ich in das dafür vorgesehene Körbchen legte.

Ein letztes, heiseres Husten signalisierte, daß der Kaffee fertig war. Ich schenkte mir eine Tasse ein. Den Filter ließ ich in den Müllkübel plumpsen. Dabei fiel mein Blick auf eine merkwürdige Skizze, die in dem Blecheimer steckte.

Ich zog sie heraus. Die feuchte Filtertüte hatte das Papier zum Teil verfärbt, aber ich erkannte dennoch, worum es sich handelte.

Das war eine jener Pausen des Kölner Stadtplans, die ich angefertigt hatte, um darauf die Fundorte der acht beziehungsweise neun Leichen einzuzeichnen. Die mit Kreuzen markierten Fundstellen waren durch Linien verbunden worden. Offenbar hatte Christina auf dem Blatt herumgemalt. Daraus entstanden war ein wirres Muster von sich überlagernden Quadraten, Dreiecken, Rauten und Parallelogrammen.

Da sie nahezu jeden Punkt mit dicken Bleistiftstrichen mit allen anderen verbunden hatte, war der Gesamteindruck konfus. Dennoch konnte man dem Bild eine gewisse Symmetrie nicht absprechen. Mir war das nie aufgefallen, denn ich hatte den Stadtplan stets so hingelegt, daß Norden oben und Süden unten gewesen war. Drehte man das Blatt jedoch um zirka vierzig Grad nach links, so daß oben mehr oder weniger Nord-Ost war, ergab sich eine völlig andere Perspektive.

Fasziniert stellte ich die Kaffeetasse zur Seite und kramte in der Küchentischschublade nach einem unbeschmierten Abzug. Ich fand einen relativ blassen, auf der noch nicht einmal die Fundstellen eingezeichnet waren. Die trug ich zunächst einmal nach.

Dombergs Leiche hatte man am Hohenzollernring Ecke Friesenplatz gefunden, Schröders Überreste an der Einmündung der von-Werth-Straße auf den Gereonshof. Die weiteren Fundorte waren die Friesenstraße, die Zeughaustraße, der Gerhard-Winkler-Hof, die Benesisstraße, die Schweizer Ladenstadt, Auf dem Berlich und die Zeppelinstraße gewesen.

Das Lineal ließ sich problemlos anlegen. Die Fundorte der Opfer zwei, vier, acht und sieben lagen auf einer Linie. Ebenso ließen sich die Fundorte von Domberg und Ott verbinden. Und auch Mangold und Bötticher lagen auf einer Linie. Noch dazu lagen alle drei Geraden parallel zueinander. Hatte das eine Bedeutung? Denkbar. Aber welche?

Einzig Dettmers fiel aus dem Rahmen. Die Benesisstraße, wo man ihn gefunden hatte, lag abseits. Ich drehte das Blatt in alle Richtungen, aber das Kreuzchen für Dettmers wollte so gar nicht in das zutage getretene Muster passen. Wilde Überlegungen schossen mir durch den Kopf. Hatte der Täter etwa versucht, durch gezielte Deponierung der Leichen Markierungspunkte zu setzen? Das wäre abartig. Andererseits, was konnte man von jemandem erwarten, der seinen Opfern die Geschlechtsteile abtrennte?

Mir wurde siedendheiß. Ich steckte mir eine Zigarette zwischen die Lippen und starrte aus dem Fenster. Eine kräftige Brise rüttelte an den Platanen der Weißenburgstraße. Schleppend begann sich das Wirrwarr in meinem Kopf aufzulösen, und langsam entstand wieder Raum für klare Gedanken.

Ich drückte den Glimmstengel aus und konzentrierte mich erneut. Egal, wie ich die Skizze betrachtete, sie erschien unvollständig. Nur deshalb, weil der Sputnik noch nicht alle ermordet hatte, die auf seiner Liste standen? Oder hatte ich einen falschen Ansatz gewählt?

Ich lehnte mich zurück und sah zur Decke. Wo war der Knackpunkt?

Plötzlich hatte ich eine Eingebung. Bisher hatte ich die Fundorte miteinander verbunden, ohne die Chronologie der Morde zu berücksichtigen. Es war ja keineswegs so, daß die jeweils durch eine Gerade Verbundenen nacheinander ermordet worden waren Im Gegenteil. Zuerst hatte es Domberg, dann Schröder, dann Mangold, dann Ott und so weiter erwischt. In dieser Abfolge.

Der Radiergummi tilgte die Parallelen, und ich setzte den Bleistift neu an. Nach oben, schräg nach unten, schräg nach oben, gerade nach unten. Ich fühlte mich an eines dieser Kinderrätsel erinnert, bei denen man die Zahlen von eins bis hundert verbinden soll, um zu erfahren, welches Tier sich dahinter verbirgt. Meistens kam dabei ein grinsendes Kamel heraus. In diesem Fall ergaben die ersten vier Linien ein M.

Ich fuhr fort. Der Strich zwischen den Kreuzen fünf und sechs machte alles kaputt. Ich radierte ihn aus, ebenso den zwischen sechs und sieben. Jetzt hatte ich ein M und einen Haken oder eine Pfeilspitze, je nach Betrachtungsweise, gebildet von den Fundorten sieben, acht und neun. Das ergab zwar keinen Sinn, aber es mochte der Anfang eines weiteren Buchstaben sein. Nur welches?

Nach wie vor außen vor blieb der Fundort von Michael Dettmers' sterblichen Überresten. War sein Leichnam vielleicht an einer falschen Stelle deponiert worden? Und wenn ja, wieso? Die einzige Erklärung, die mir einfallen wollte, war, daß der Täter an dem eigentlich vorgesehenen Ort gestört worden war. Womöglich hatte er sich beobachtet gefühlt. In seiner Not hatte er Dettmers' Leiche dann an der nächstbesten Stelle aus dem Fahrzeug geworfen.

Ich legte den Stift zur Seite und trank einen Schluck Kaffee. Der war inzwischen kalt. Fluchend sprang ich auf und lief auf und ab. Ich war mir sicher, daß das, was ich entdeckt hatte, kein Zufall war. Nur wollte mir ums Verrecken nicht die Bedeutung aufgehen.

Das Telefon machte meinem Grübeln und meiner Wanderung ein Ende. Die Anruferin war Inge.

»Das ging aber schnell«, sagte ich.

»Harry hatte Dienst, und er war allein. Der Idealfall.« Inge hüstelte. »Pardon. Sie hatten recht mit Ihrer Vermutung, Leo. Irina Stoll hat tatsächlich einen Antrag auf ein Einreisevisum gestellt. Im Juni 1962.«

»Wurde ein Visum erteilt?«

»Problemlos. Zumal die junge Dame nur in die USA reisen wollte, um sich dort behandeln zu lassen.«

»Wie darf ich das verstehen?«

»Sie fand Aufnahme im Privatsanatorium eines Doctor Ed Fisher in La Jolla, Kalifornien. Dort blieb sie bis zu ihrem Tod im September letzten Jahres.«

Ich traute meinen Ohren nicht. »Sie ist tot?«

»Bedauerlicherweise. Sie war noch jung, keine zweiundzwanzig.«

»Wurde sie in den USA beigesetzt?«

»Nein, der Leichnam wurde nach Deutschland überführt.«

»Wissen Sie, wo sie bestattet ist?«

»Nein. Allerdings habe ich Harry auch nicht danach gefragt. Hilft Ihnen das trotzdem weiter?«

»Sehr. Danke. Ich werde versuchen, es bei Gelegenheit gutzumachen.«

»Lieber nicht«, sagte sie und legte auf.

Was das nun wieder bedeuten sollte, fragte ich mich erst gar nicht.

Obwohl es bereits zwanzig vor acht war, war Charlie keineswegs fertig. Halbnackt lief sie durch die Wohnung, während ich gestiefelt und gespornt im Sessel hing.

Um vor Langeweile nicht einzuschlafen, prüfte ich, ob der Drehverschluß der Weinbrandflasche funktionierte. Er funktionierte. Da er nun einmal ab war, prüfte ich auch gleich den Inhalt. Er hinterließ einen zufriedenstellenden Eindruck.

Zehn Minuten später kam Charlie, noch immer nur mit einem Spitzenhöschen bekleidet, ins Wohnzimmer getänzelt, um ihre Freundin telefonisch über unser Zuspätkommen zu unterrichten. Ich lümmelte derweil im Sessel und genoß die Aussicht. Mit knapp halbstündiger Verspätung schafften wir es schließlich.

Hanna Ostrowski war gut und gern zehn Jahre jünger als Charlie, was man ihr aber nicht ansah. In meinen Augen sprach das allerdings weniger gegen Hanna als vielmehr für Charlie. Die war übrigens nicht nur neu frisiert, sondern trug auch Garderobe, die ich zum ersten Mal sah. Eine kunstseidene Hemdbluse, einen ärmellosen Wildlederkittel und flache Schuhe.

Hannas angehender Ehemann, ein kaufmännischer Angestellter aus Siegburg, war von der stillen Sorte und taute nur langsam und unter Alkoholeinfluß auf. Der erstklassige Weißwein, der zum Essen serviert wurde, sowie die nachfolgende Flasche Calvados machten ihn geradezu geschwätzig und mich erschreckend müde. Es wurde über die bevorstehende Hochzeit, die geplante dazugehörige Reise und alles mögliche andere palavert. Ich beteiligte mich nur zurückhaltend und mußte ständig gähnen, was jedoch niemanden zu stören schien.

Da Hanna und ihr Zukünftiger Nichtraucher waren, ging ich auf den Balkon. Bereits nach dem zweiten Zug bemerkte ich, daß ich mittlerweile knüppelhart betrunken war. Unscharf sehend und von undefinierbarem Gedudel aus der Nachbarwohnung berieselt, paffte ich still vor mich hin, als es plötzlich im Wohnzimmer hinter mir Lärm gab. Der Siegburger war bei dem Versuch aufzustehen unvermittelt vom Sofa gekippt und lag nun rücklings, hilflos wie ein Käfer, auf dem Teppich.

Gemeinsam schafften wir ihn in das neu eingerichtete Schlafzimmer, wo er die taubenblaue Auslegware vollkotzte. Hanna heulte vor Scham und Wut, was mich dazu veranlaßte, Charlie zum Aufbruch zu überreden. Wir mußten noch eintausend und eine Entschuldigung und eine Einladung zu einem Essen ohne Alkohol über uns ergehen lassen, bis sich schließlich die Wohnungstür hinter uns schloß.

Im Treppenhaus erlitt ich einen infantilen Lachanfall. Gackernd und mit Tränen in den Augen lehnte ich mich gegen die Wand und ließ die Szene, als der künftige Angetraute sich über den Rand des Bettes gebeugt und in hohem Bogen gespien hatte, noch einmal Revue passieren. Charlie schimpfte mich einen Idioten und zog mich hinter sich her. Als mir auf der Straße die kalte Nachtluft ins Gesicht schlug, verflog meine Albernheit wie ein Furz im Orkan.

Charlie hakte sich bei mir ein. Irgendwo am Ende der Straße stand mein Wagen.

Ich weiß nicht mehr, wie es anfing. Eine Wahrnehmung mit den normalen Sinnesorganen war es jedenfalls nicht. Da war kein Geräusch und auch kein Geruch, und zu sehen war erst recht nichts. Und dennoch. Mit steigender Intensität kroch eine unheilvolle Ahnung in mir hoch. Irritiert registrierte ich, daß sich trotz der Kälte Schweißperlen auf meiner Stirn sammelten. Schlagartig war ich nüchtern.

Mit der rechten Hand knöpfte ich den Trenchcoat und das Sakko auf und tastete nach meiner Kanone.

»Was ist?« flüsterte Charlie. »Wieso hast du deine Pistole dabei?«

»Psst!«

Keine dreißig Meter vor uns lag ein kleines, unbebautes Grundstück. Auf der Freifläche, unmittelbar am Bürgersteig, stand eine Wellblech- oder Holzbude, die sich mit allerlei Werbetafeln als Kiosk kostümiert hatte. Im schwachen Schein einer weiter entfernten Straßenlaterne waren die Umrisse der Bude nur verschwommen auszumachen. Ich verzögerte meinen Schritt und löste mich langsam von Charlie. Gleichzeitig schob ich sie näher an die am Straßenrand geparkten Fahrzeuge heran. Sie begriff, daß etwas in der Luft lag. Ein Vibrieren, ähnlich den Schwingungen von Eisenbahnschienen beim Herannahen eines Zuges, lief durch ihren Körper. Bei mir verkrampfte die Bauchmuskulatur. Das war das untrüglichste aller Zeichen.

Was dann passierte, spielte sich in Sekundenbruchteilen ab, obwohl ich jede einzelne Phase wie in Zeitlupe wahrnahm. Ein mit einer Lederkombi und einem Halbschalenhelm bekleideter Mann sprang plötzlich hinter der Bude hervor. In seinen Händen lag eine doppelläufige, abgesägte Schrotflinte. Er zielte nur unsauber auf uns, aber das war bei der Waffe egal.

Ich stieß Charlie zur Seite, so daß sie zwischen zwei abgestellte Wagen segelte. Während sie kreischend zu Boden ging, riß ich die Luger aus dem Halfter und hechtete nach rechts auf die freie Rasenfläche. Mitten im Flug sah ich den Blitz. Gleichzeitig feuerte ich blind, was meine Kanone hergab. Ein infernalisches Prasseln und Bersten folgte.

Ich knallte hart auf den Boden und wälzte mich wie ein Schwalbe markierender Stürmer durch Unrat und Gestrüpp. So schnell wie möglich war ich wieder auf den Beinen und lief auf den Kiosk zu. Mein Fuß blieb an irgend etwas hängen, und ich schlug der Länge nach hin. Die Pistole wurde mir aus der Hand gerissen.

Noch während ich nach der Waffe tastete, vernahm ich das Klappern von Stiefeln auf dem Asphalt. Der Schütze türmte.

Ich bekam die Pistole zu fassen und sprang auf. An die Seitenwand der Bude gepreßt, lugte ich um die Ecke. Weit entfernt, jenseits der Laterne, kletterte der Mann auf ein bereitstehendes Motorrad. Der Kickstarter wurde getreten, dann blubberte ein Motor. Fauchend und unbeleuchtet schoß die Maschine davon. Dem Motorengeräusch nach war es eine BMW mit offenen Vergasertüten.

Mit wenigen Sätzen war ich bei Charlie. Sie lag, noch immer die Hände über dem Kopf, bäuchlings zwischen den Wagen und war von Glassplittern übersät. Der Wagen zu ihrer Rechten hatte sämtliche Scheiben eingebüßt. Ihre Handtasche lag auf der Fahrbahn. Ich half ihr auf. Sie zitterte wie Espenlaub.

»Bist du verletzt?«

Sie schüttelte den Kopf. Dann schossen ihr Tränen in die Augen, und sie erlitt einen Weinkrampf. Heftig schluchzend lehnte sie sich gegen mich. Wir hatten Schwein gehabt, daß der Attentäter beide Läufe gleichzeitig abgefeuert hatte. Nicht auszudenken, was passiert wäre, wenn er weniger hastig vorgegangen wäre. Hinter mehreren Fenstern flammten Lichter auf.

»Laß uns verschwinden«, drängte ich.

Sie riß sich zusammen. Ich schnappte mir ihre Handtasche, und wir legten den restlichen Weg im Galopp zurück. Trotz meiner Promille hatte Charlie nichts dagegen, daß ich fuhr. Erst als ich zu Hause unter der Dusche stand, bemerkte ich, daß meinen rechten Arm eine tiefe Fleischwunde zierte. Die konnte allerdings kaum von der Schrotflinte herrühren. Wahrscheinlich hatte ich sie mir bei der Landung auf dem Acker an einer rostigen Konservendose zugezogen. Minutenlang plagten mich Visionen von Blutvergiftungen und Amputationen. Mit einem eiskalten Schauer machte ich ihnen den Garaus.

Im Schlafzimmer wurde ich bereits erwartet. Charlie lag, den Kopf auf den Arm gestützt und mit einem Nichts aus Seide am Leib, auf dem Laken. Ich ließ das Badetuch von meinen Hüften gleiten und pirschte mich an.

Sonntag, 23. Mai 1965

Der nächste Morgen sah mich mit blassem Gesicht und dicken Tränensäcken am Küchentisch sitzen. Während ich lustlos auf einer Leberwurststulle herumkaute, bediente Charlie die Kaffeemaschine.

Ihre Frage kam eher beiläufig. »Hast du eine Ahnung, wer das vergangene Nacht gewesen sein könnte?«

Ich schüttelte den Kopf. »Null.«

Als ich letzte Nacht zu ihr ins Bett gekrochen war, hatte sie den Schock bereits überwunden gehabt. Das Nervenkostüm der Dame verdiente Respekt.

Sie kam mit der Automatenkanne und einem Blatt Papier in der anderen Hand an den Tisch.

»Was ist das für ein Zettel?«

Die Fotokopie des Stadtplans mit dem M und der Pfeilspitze flatterte neben meinen Teller.

»Woher hast du den?«

»Der ist aus deinem Mantel gefallen.«

»Wühlst du etwa in meinen Taschen?«

»Bist du taub?« fuhr sie mich an. »Ich habe gesagt: herausgefallen. Und zwar, als ich das verdreckte Ding heute morgen ausgebürstet habe. Willst du noch Kaffee?«

Ich wollte. »Das ist eine mysteriöse Geschichte.«

Sie stellte sich neben mich und legte eine Hand auf meine Schulter. »Haben das M und dieser Haken eine Bedeutung?«

»Vermutlich. Ich weiß aber nicht, welche.« Ich erklärte ihr ansatzweise, worum es ging.

»Soll das etwa heißen, du glaubst, Lothar und Co. haben den Falschen geschnappt?« fragte sie ungläubig.

»Darauf läuft es letztendlich hinaus.«

Sie setzte sich mir gegenüber. Die Vollblutjournalistin, ihr Alter ego, erwachte. »Wenn das entgegen alle Wahrscheinlichkeit stimmen sollte«, raunte sie wie in Trance, »wäre das die Story des Jahrhunderts.«

»Und brächte dir den Pulitzerpreis ein«, ergänzte ich.

»Mindestens. Erzähl mir mehr darüber.«

»Einen Käse werde ich tun. Du weißt doch genau, daß ich nicht aus dem Nähkästchen plaudere. Außerdem bist du mit deiner Queen voll ausgelastet. Was macht die eigentlich heute?«

»Das Wochenende verbringen Elisabeth und Philip privat in Salem. Morgen sind sie dann in Stuttgart. Und am Dienstag kommen sie unter anderem nach Köln.«

»Heißt das etwa, daß du morgen nach Stuttgart mußt?«

»Nein. Aus Stuttgart wird meine Kollegin Margret Kämpf berichten. Ich bin erst am Dienstag wieder dran.«

Irgendwie hatten wir den Faden verloren. Zumindest ich. Charlie wußte noch immer, was sie wollte. »Du trittst doch auf der Stelle«, lockte sie. »Vielleicht kann ich dir helfen.«

»Vergiß es.«

Sie griff nach meiner Hand. »Ganz im Ernst, Leo. Frag mich doch mal, was dieser Haken bedeuten könnte.«

Ich verdrehte die Augen, tat ihr aber den Gefallen.

»Er könnte der Anfang eines Sigma sein.«

»Sigma?«

»Ein Buchstabe des griechischen Alphabets. In dem Fall wäre das M auch kein M, sondern ein My.«

»Aha.«

»Oder aber ...«

»Ich bin ganz Ohr.«

»Falls das M doch ein M sein sollte, dann könnte der zweite Buchstabe ein E sein. Ein E kann man ohne abzusetzen oder eine Linie doppelt zu ziehen nämlich nur schreiben, wenn man es wie ein Sigma schreibt.« Sie malte mit dem Finger auf den Tisch, was sie meinte.

Ich hatte verstanden. Der Ansatz war gar nicht schlecht. »Und was sagt uns das? M, E?«

Charlie zwinkerte mir zu. »Das wäre eine schöne Aufgabe für Guido, Thereses Sohn.«

»Nie von ihm gehört.«

»Doch. Zumindest an Therese müßtest du dich erinnern. Metzgerei Heidkamp in Holweide.«

»Ist das die mit der eins a Flöns?«

Charlie nickte. »Guido ist ein Genie. Er löst jede Woche das Kreuzworträtsel in der Times. Binnen einer Stunde. Er könnte mal die Möglichkeiten durchexerzieren, die M und E bieten. Was hältst du davon?«

Ich wollte schon ablehnen, zögerte dann aber doch. Warum eigentlich nicht? Was hatte ich zu verlieren? Herzlich wenig.

»Also gut.« Mit vorgestreckten Händen bremste ich ihre Euphorie.

»Unter folgenden Bedingungen. Erstens, du und deine Fotografen, ihr bleibt mir von der Pelle. Zweitens, du gibst kein Wort in Druck, bis der Fall abgeschlossen ist. Einverstanden?«

»Dafür bekomme ich deine Story exklusiv?«

»Wer hat denn bisher über die Mordserie geschrieben?«

»Björn Held.«

»Ist das nicht der, der gestern diesen hirnrissigen Artikel über Marihuanakonsum verfaßt hat?«

»Genau der.«

»Um Gottes willen. Was ist nun: Akzeptierst du die Bedingungen?«

»Selbstverständlich.«

Ich traute ihr nicht. Ihre Hände lagen zwar auf dem Tisch, aber ich wußte, daß sie die seltene Gabe besaß, die Zehen kreuzen zu können. Betont auffällig schaute ich unter den Tisch. Ihre Füße steckten in Pantoffeln.

»Suchst du was?« amüsierte sie sich.

Anstatt darauf einzugehen, löffelte ich Zucker in meine Tasse. Während ich rührte, servierte ich ihr die Geschichte von A bis Z.

Nie zuvor hatte ich Frau Dorn mit derart großen Augen und Ohren gesehen. Rotkäppchens wölfische Großmutter war ein Witz dagegen.

»Ich kann das noch gar nicht glauben«, murmelte sie, nachdem ich geendet und mir eine Zigarette angesteckt hatte. »Wer kommt deiner Meinung nach als Täter in Frage?«

Ich zuckte die Achseln. »Da sind einmal die Eltern der Zwillinge. Er ist offensichtlich schwer krank und reichlich überspannt. Seine Frau wirkte einigermaßen normal, aber das muß ja nichts heißen. Ich bin mir allerdings nicht sicher, ob die beiden die Energie hätten, sich einen so teuflischen Plan auszudenken und ihn dann umzusetzen. Zumindest können sie es nicht allein getan haben, dazu fehlen ihnen nicht zuletzt die körperlichen Voraussetzungen.«

»Was ist mit der Schwester und ihrem Freund?«

»Die schon eher.«

Es klingelte. Wir sahen uns an, aber keiner von uns erwartete Besuch. Und Christina wollte erst abends zurück sein. Ich raffte mich auf und ließ wen auch immer ins Haus. FJ kam die Treppe herauf, immer zwei Stufen auf einmal nehmend.

»Magst du nicht allein frühstücken?« fragte ich.

»Ich muß dich sprechen«, sagte er ein wenig außer Atem. »Sofort.«

Wir setzten uns in die Küche. Charlie hatte sich ins Bad zurückgezogen. Ich bot FJ Kaffee an, aber er lehnte ab.

»Ich habe von Inge erfahren, daß du nach wie vor am Fall Dettmers arbeitest und jetzt sogar eine heiße Spur hast. Ist dem so?«

»Warum fragst du?«

FJ räusperte sich. »Leo, ich bin hier, um an deine staatsbürgerliche Verantwortung zu appellieren. Das, was du herausgefunden hast, könnte ein Treffer ins Schwarze sein. Daher fordere ich dich auf, deine Informationen der Mordkommission zur Verfügung zu stellen.«

»Wie bitte?« platzte es aus mir heraus. »Hältst du mich für bescheuert? Als ob ich den Pennern die Früchte meiner Arbeit überlassen würde.«

Beschwichtigend hob er eine Hand. »Beruhige dich. Im Verlauf des gestrigen Abends sind mir Informationen zugegangen, die diesen Schritt unumgänglich machen, sollen Chaos und Anarchie verhindert werden. Das Vertrauen der Bevölkerung in unsere Ermittlungsbehörden steht auf dem Spiel. Das ist es, was mir Sorgen bereitet.«

»Könntest du das präzisieren?« Mir schwante etwas.

Er räusperte sich schon wieder. »Das möchte ich eigentlich nicht, solange ich nicht deine Einwilligung habe, daß du deine Informationen preisgibst.«

Auch sein treuherziger Augenaufschlag konnte mich nicht täuschen. Ich wußte schlagartig, was Sache war. Aber so leicht würde ich es ihm nicht machen. »Das kann ich nicht so ohne weiteres«, schwafelte ich. »Ich habe zunächst einmal die Interessen meiner Klientin zu wahren. Solange sie mich nicht von meinem Mandat entbunden hat –«

»Klientin!« brauste er auf. »Ich weiß, für wen du arbeitest und daß du dafür keinen roten Heller siehst. Der Vertrag mit Fräulein Meynhardt ist doch eine Farce.«

Ich fragte ihn nicht, woher er das schon wieder wußte. »Aber er existiert. Willst du ihn sehen?«

Tief durchatmend sammelte er sich. »Also gut, wenn es denn sein muß. Ich habe gestern abend erfahren, daß dein Freund Müller und seine Kollegen von der Sonderkommission kurz vor der Strafversetzung nach Helgoland stehen. Der Mann, den sie verhaftet haben, ist nicht der sogenannte Sputnik. Er hat für mindestens zwei der gerichtsmedizinisch festgestellten Tatzeiten einwandfreie Alibis.«

»Ist das wahr?« In gespieltem Entsetzen schlug ich die Hand vor den Mund. »Wie konnte das denn nur passieren?«

FJ lief rot an. »Jetzt ist nicht die Zeit für dumme Witze. Hier steht entschieden mehr auf dem Spiel als die lächerliche Fehde mit deinem Ex-Busenfreund Müller. Hier geht es um das Ansehen der Kriminalpolizei bei den Bürgern dieser Stadt. Alle verantwortlichen Kräfte dieser unserer Gesellschaft sind aufgerufen, zur Schadensbegrenzung beizutragen. Will das nicht in deinen Schädel?«

»Bist du eigentlich noch bei Sinnen?« Mit einer eindeutigen Geste verlieh ich meiner Frage Nachdruck. »Was soll dieses Politikergeschwätz?«

»Die Situation ist ernst«, beharrte er. »Äußerst ernst.«

»Das mag sein, mein Guter, aber das ist nicht der Punkt. Hast du dich schon mal gefragt, wieso es überhaupt so weit kommen konnte?«

Da er schwieg, beantwortete ich meine Frage selbst. »Ich habe Müller gleich zu Anfang die Zusammenarbeit angeboten. Meine Offerte hat er schnöde abgelehnt. Statt dessen geht er hin und verhaftet den erstbesten getürmten Klapsmühleninsassen und brüstet sich damit, er habe den Sputnik erwischt. So etwas stellt man sicher, bevor man damit an die Öffentlichkeit tritt.«

»Du hast ja recht«, räumte FJ ein. »Das war ein Fehler. Aber das entbindet uns nicht von unseren staatsbürgerlichen Pflichten.«

»Das ist doch Hühnerkacke!« zeterte ich. »Hör mit diesem pseudostaatsmännischen Gewäsch auf! Glaubst du etwa, ich reiße mir hier den Arsch auf, lasse mich beleidigen, zusammenschlagen und beinahe erschießen, nur um zu guter Letzt so mir nichts dir nichts meine Ergebnisse abzuliefern?«

»Wann wurde auf dich geschossen?« Das war ihm neu.

»Gestern abend.«

»Weißt du, wer es war?«

»Nein.«

»Hast du den Vorfall wenigstens gemeldet?«

»Wozu? Außer einigen Schrotkugeln hätten die Bullen ja doch nichts gefunden.«

»Denkst du, das Attentat steht in Zusammenhang mit deinen derzeitigen Ermittlungen?«

»Woher soll ich das wissen?«

»Wenn dem so wäre, wäre das ein klarer Beweis, daß du auf der richtigen Fährte bist.« Er schüttelte den Kopf. »Das gefällt mir gar nicht, Leo. Der Fall nimmt Formen an, die alles übersteigen, was mir in meiner bisherigen Praxis untergekommen ist.«

»Tröste dich, mir geht es nicht anders«, pflichtete ich ihm bei. »Aber das ist für mich kein Grund, klein beizugeben. Noch etwas. Wenn die Jungs von der Sonderkommission sich nicht so dämlich angestellt hätten, dann könnten sie inzwischen über die gleichen Informationen verfügen wie ich. Dann wären eventuell noch ein oder zwei der Ermordeten am Leben. Vielleicht sogar der Sohn deiner Franziska. Aber es mußte ja unbedingt ein Geisteskranker sein. Ein Supereigentor, das sie da geschossen haben.«

Er musterte mich wie ein unverständiges, renitentes Kind. »Du hast nichts verstanden, Leo. Nicht das Geringste. Du bist nicht in der Lage, über den Tellerrand deiner Eitelkeit hinauszublicken. Müller und seine Leute haben dich gekränkt, und nun willst du es ihnen heimzahlen. Ich bin von dir zutiefst enttäuscht.«

So guckte er auch. Dann fragte er unvermittelt: »Weißt du eigentlich, daß Irina Stoll Selbstmord begangen hat?«

Ich war perplex. »Woher hast du die Information?«

»Ich habe in dieser Klinik in Kalifornien angerufen. Dort wollte man mir natürlich keine Auskunft geben. Aber man hat mir immerhin den Namen des Bestattungsunternehmens mitgeteilt, das die Überführung aus den Vereinigten Staaten nach Köln arrangiert hat.«

»Ein Kölner Unternehmen?«

»Pietät Salzmann. Der Inhaber, Peter Salzmann, ist ein guter Bekannter von mir. Er kannte auch die Krankengeschichte der jungen Frau. Sie war nach der Vergewaltigung zunächst in ambulanter psychiatrischer Behandlung. Vor vier Jahren wurde sie schließlich als suizidgefährdet eingestuft und eingewiesen. Zunächst in das Landeskrankenhaus. Später wurde sie auf Wunsch ihrer Familie in dieses Privatsanatorium in den USA verlegt. Aber offenkundig konnte man ihr auch dort nicht helfen. Vor zwölf Monaten hat sie dann ihrem Leben ein Ende gesetzt.«

»Fremdverschulden ist ausgeschlossen?«

»Ja, absolut. Sie hat sich nachts aus dem dritten Stock in den Hof gestürzt und war sofort tot.«

»Wo wurde sie beigesetzt?«

»Auf Melaten. Verstehst du nun? Deine Möglichkeiten sind damit ausgeschöpft. Jetzt müssen die Tatverdächtigen verhört und unter Druck gesetzt werden. Und das kann die Kripo aufgrund ihrer Befugnisse allemal besser als du.«

FJ sah, daß ich angeschlagen war. Zum wiederholten Mal warf er einen Blick auf seinen Schweizer Präzisionschronometer. »Ich muß los, Leo«, sagte er und erhob sich. »Kann ich darauf zählen, daß du mich heute um siebzehn Uhr zum Polizeipräsidium begleiten wirst?«

»Mal sehen.«

An der Tür drehte er sich noch einmal um. »Ich werte das als Zusage. Und überlege es dir zwischenzeitlich nicht wieder anders. Es wäre ohnehin sinnlos. Ich werde in jedem Fall eine Aussage machen.«

Ich wedelte mit einer Hand und ließ ihn ziehen.

Als FJ verschwunden war, kam Charlie herein. Sie war inzwischen angezogen. »Was wollte er?«

»Er hat mich belehrt. So etwas kann er besonders gut.« Ich gab ihr einen kurzen Abriß der Neuigkeiten. Sie staunte nicht schlecht.

»Ich fürchte, Hackländer hat recht. Aber bis siebzehn Uhr ist es ja noch ein Weilchen.« Charlie küßte meinen Hinterkopf. »Ich habe mit Therese telefoniert. Ich kann gleich kommen.«

»Und ich mache einen Spaziergang«, sagte ich. »Ich brauche frische Luft.«

Als ich über den stillen Friedhof schritt, wurde mir meine Ohnmacht erst richtig bewußt. Dabei hatte ich, gleich als ich den Fall übernahm, nichts anderes als ein Scheitern erwartet. Der Fall war einfach etliche Nummern zu groß für einen Privatschnüffler ohne Befugnisse.

Außerdem war es wirklich höchste Zeit, die Kripo über meine Ermittlungsergebnisse zu informieren. Weniger wegen dem dummen Zeug, das FJ dahergeredet hatte. Auch nicht weil ich allein nicht weiterkommen würde. Nein, es ging um die rund achtzig jungen Männer, deren Namen sich noch auf der Liste des Sputnik befinden mußten. Sie alle schwebten in höchster Gefahr, jeder von ihnen konnte das nächste

Opfer werden. Wenn ich eine Verantwortung hatte, dann ihnen gegenüber. Vielleicht würde es mir leichter fallen, meine Niederlage zu akzeptieren, wenn ich mir Irina Stolls Grab ansah.

Die Hände tief in den Manteltaschen vergraben folgte ich der Wegbeschreibung, die mir der Mann am Eingang gegeben hatte. An dem birkenbestandenen Rondell links ab, hatte der Mann gesagt. Dann das zweite Grab linker Hand. Ich bog um die Ecke. Verblüfft hielt ich inne. Das hatte ich nun nicht erwartet.

Die Grabstätte war riesig, die reinste Familiengruft. Die Einfassung wie die Gruftplatte, auf der ein Ewiges Licht brannte, waren aus schwarzem Marmor gefertigt. Ebenso das hochaufragende Kreuz. Blendend weißer Kies bildete den Kontrast zu dem Stein. Hier war der Gegenwert eines Luxuswagens verbaut worden.

Die Inschrift war schnörkellos ausgeführt. Lediglich Irinas Name sowie ihre Geburts- und Sterbedaten prangten in goldenen Lettern. Blumen oder Ziersträucher gab es keine. Einzig eine kleine Buchsbaumhecke wahrte den floralen Anstand.

Der krasse Gegensatz zu dem Zustand des Stollschen Grundstückes in Lindenthal irritierte mich. Ich fragte mich, wie die Stolls sich solch einen Aufwand hatten leisten können. Zuerst ein Privatsanatorium, dann dieses Grab. Offenbar hatten sie ihr gesamtes Geld für Irina ausgegeben. Ich kramte eine Zigarette aus der zerdrückten Packung. Es war die letzte. Wenn das keinen symbolischen Charakter hatte.

Ruhig rauchend ließ ich die vergangenen Tage noch einmal Revue passieren. Eigentlich konnte ich stolz auf die geleistete Arbeit sein. Binnen sechs Tagen war ich weiter gekommen als die Kripo mit ihrer Sonderkommission in all den Wochen.

»Entschuldigen Sie«, sagte eine rauhe Stimme zu meiner Linken. »Sind Sie ein Verwandter der Familie?«

Aufgeschreckt blickte ich zur Seite. Ein mit einem abgetragenen Mantel bekleideter Mann stand keine zwei Meter entfernt und drehte verlegen einen Hut in seinen großen, rissigen Händen.

»Beinahe. Warum fragen Sie?«

Offensichtlich war ihm peinlich, was er loswerden wollte, denn er trat von einem Bein aufs andere. »Nicht, daß Sie mich falsch verstehen«, brabbelte er. »Es ist wegen der Grabpflege.«

»Das sieht doch alles bestens aus. Sind Sie der Friedhofsgärtner?«

»Ich habe den Pflegeauftrag für das Grab Stoll.« Er kam einen Schritt näher. »Heute bin ich aber privat hier. Ich dachte, wenn Sie zur Familie gehören, kann ich Sie ruhig einmal ansprechen.«

»Was haben Sie denn auf dem Herzen?«

Er wand sich; es war kaum mitanzusehen. »Es ist wegen der Bezahlung, wissen Sie«, quetschte er schließlich heraus. »Die Rechnung vom ersten Quartal.«

»Was ist damit?«

»Nun ja, wie soll ich sagen ...« Er rückte noch ein Stückchen näher und senkte die Stimme. »Nehmen Sie es mir nicht übel, aber sie ist noch nicht beglichen worden.«

»Für das erste Quartal diesen Jahres?«

Er nickte.

»Da kommt sicherlich einiges zusammen, so wie das Grab in Schuß ist. Haben Sie die Stolls denn nicht gemahnt?«

Verblüffung und Enttäuschung überzogen sein Gesicht. »Ich dachte, Sie wüßten Bescheid.«

Ich schaltete blitzschnell. »Wollen Sie damit etwa andeuten, daß jemand anderes die Pflegekosten übernimmt?«

»Wußten Sie das gar nicht?«

»Nein, wie sollte ich. Mir gegenüber haben die Stolls immer so getan, als ob sie dafür aufkämen. Wer zahlt denn nun?«

»Wahrscheinlich hätte ich besser nichts gesagt«, wand er sich wieder. »Nachher bekomme ich nur Ärger.«

»Ach was. Sagen Sie mir, wer Ihnen das Geld schuldet, und ich sehe, was ich für Sie tun kann.«

»Meinen Sie?«

»Ja, natürlich.«

Er beugte sich ein wenig vor. »Die Tante der Verstorbenen.«

»Eine Schwester von Herrn Stoll?«

»Nein, nein. Die Schwester von Frau Stoll. Die französische Dame. Frau von Bomont.«

Ich machte nach wie vor ein verständnisloses Gesicht. Er bezog das darauf, wie er den Namen ausgesprochen hatte, und versuchte es noch einmal.

»Frau de Bomont. Die Dame, die jeden Nachmittag an das Grab kommt.«

»Natürlich«, dehnte ich und schlug mir sanft vor die Stirn. »Jetzt weiß ich, wen Sie meinen. Und sie hat die Pflege von Anfang an bezahlt?«

»Eigentlich ja. Wie gesagt, für dieses Jahr steht die Bezahlung bisher aus.«

»Sagten Sie, sie kommt jeden Nachmittag hierher?«

»Ja. Jeden Tag pünktlich um sechzehn Uhr. In Begleitung ihres Chauffeurs.«

»Wieso sprechen Sie sie nicht selbst an?«

»Ich wollte es schon zweimal tun. Aber sie sieht immer so traurig aus, wissen Sie. Da habe ich es einfach nicht übers Herz gebracht. Aber wenn Sie vielleicht eine günstigen Zeitpunkt ...«

Ich zwinkerte ihm aufmunternd zu. »Keine Sorge. Ich werde Sie nicht vergessen.«

Er bedankte sich, stülpte sich den verbeulten Hut auf den Kopf und kehrte schwerfällig zurück zu einer Frau, die am Rondell auf ihn gewartet hatte.

Die ersten Schritte in Richtung Ausgang legte ich gemächlich zurück. Dann wurde mir klar, daß mir nur noch vier Stunden blieben, bis FJ mit mir zum Polizeipräsidium wollte.

Ich fiel in Trab.

An der nächsten Telefonzelle hielt ich an, um die Anschrift von Irinas Tante herauszusuchen. Die Schreibweise des Namens mußte, wenn der Gärtner nicht komplett daneben gelegen hatte, de Beaumont sein. Netterweise war die betreffende Seite in dem Telefonbuch noch vorhanden. Dafür gab es aber unter de Beaumont keinen Eintrag. Ich wählte die Nummer der Auskunft.

Das Fräulein prüfte die umliegenden Ortsnetze, aber nirgendwo war »de Beaumont« eingetragen. Wenn sie Telefon hatte, dann mit einer Geheimnummer oder unter einem anderen Namen. Ich ärgerte mich maßlos, daß ich den Gärtner nicht gefragt hatte, an welche Anschrift er seine Rechnungen zu schicken pflegte. Fluchend fuhr ich heim.

Zu meinem Erstaunen war Jupp allein im Haus Weißenburg. Gottlob war nicht viel zu tun, bei mehr als fünf Gästen pflegte er nämlich die Übersicht zu verlieren.

»Wo ist Erika?« fragte ich ihn.

»Der haben Sie doch für heute freigegeben, Chef. Wissen Sie das nicht mehr?«

Das war mir in der Tat entfallen. »Soll ich Frau Linnich fragen, ob sie Zeit hat, auszuhelfen?«

»Lassen Sie mal, ich komm schon klar.« Dann schlug er sich gegen die Stirn. »Hätte ich fast vergessen, Chef: Die Chefin hat angerufen. Sie sollen sofort kommen.«

»Wohin?«

Jupp machte ein betretenes Gesicht. »Das hat sie nicht gesagt. Ehrlich.«

Ich glaubte ihm.

*

Das Geschäft lag an der Ecke Bergisch-Gladbacher- und Buschfeldstraße. Therese, die in die Metzgerei eingeheiratet hatte, und Charlie kannten sich bereits seit Volksschultagen. Zweimal im Jahr trafen die beiden sich zu einem Stadtbummel, ansonsten bestand kein Kontakt zwischen den Familien. Dafür erinnerte ich mich um so besser an die Blutwurst, die Charlie vor Jahren einmal mitgebracht hatte. Nie zuvor oder danach hatte ich eine bessere Flöns gegessen.

Die Heidkamps wohnten im Stockwerk über der Metzgerei. Der Hausherr war ausgeflogen, zur Jagd in der Eifel, wie mir Charlie mitteilte. Trophäen an den Wänden bezeugten, daß er mit einer Flinte umzugehen verstand. Auf dem Tisch standen Kaffee und selbstgebackener Apfelstrudel.

»Für ein Stück Kuchen müßt ihr euch die Zeit nehmen«, bat Therese, die mir gleich das Du angeboten hatte. »Guido kommt sofort.« Damit verschwand sie.

»Wie alt ist der Bursche eigentlich?« fragte ich Charlie.

»Über Guido sage ich nichts. Laß dich überraschen.«

Die Tür ging auf, und zunächst einmal sah ich niemanden, da ich lediglich auf den oberen Teil des Türrahmens geachtet hatte. Eine Etage tiefer kam ein höchstens zwölfjähriger Bengel mit wirrer, flachsblonder Mähne und einer Brille auf der Nase hereinspaziert. Er begrüßte Charlie mit einem Wangenkuß und mich mit Handschlag. Unter seinem linken Arm klemmte ein blaues Ringbuch.

Mit etwas gutem Willen konnte man ihn für die Miniaturausgabe eines zerstreuten Professors halten, aber daß er das Genie sein sollte, das zur Lösung meines Falls beitragen könnte, versetzte mir einen Schlag. Ich warf Charlie einen schrägen Blick zu, aber sie reagierte nur mit einem amüsierten Zwinkern.

Guido nahm uns gegenüber Platz und begann, seine Brille zu putzen. Seine Mutter brachte ihm einen Becher und eine Kanne Kakao und schenkte uns Kaffee ein. Dann ermunterte sie uns zuzugreifen.

Der Kleine klappte sein Buch auf, schob die Brille zurecht und legte los. »Tante Charlotte, Herr Saalbach, Mutter – die von Tante Charlotte gestellte Aufgabe lautete, alle Begriffe aller in Frage kommenden Schriften und Sprachen zu ermitteln, deren Anfänge aus der Buchstabenkombination ME bestehen und die eine kriegerische, mörderische oder allgemein gewalttätige Bedeutung haben«, dozierte er. »Dazu galt es zunächst einmal zu bestimmen, welchen Schriften diese Buchstaben zugehörig sein könnten. Spontan hätte man vier in Erwägung ziehen können. Die griechische, die lateinische und die kyrillische Schrift sowie die Runen.«

Erleichtert stellte ich fest, daß er nicht über unser Sonnensystem hinausgeschossen war. Seelenruhig steckte er derweil seine Nase in den Kakaobecher und handelte sich einen braunen Schnurrbart ein. »Griechisch konnte schnell als nicht zutreffend ausgeschlossen werden«, fuhr er lippenleckend fort. »Der erste Buchstabe, das M, entspricht zwar dem griechischen My, und unser E dem griechischen Epsilon, aber ebenso gibt es in der griechischen Sprache das Sigma, jenes – wie Tante Charlotte es formulierte – ohne abzusetzen geschriebene E. Zweifellos hätte ein Grieche, um einer Verwechslung von Epsilon und Sigma vorzubeugen, das E in der Art geschrieben, daß er eine Linie doppelt gezogen hätte.«

Er sah fragend zu mir herüber, ob ich seinen Ausführungen wohl folgen konnte. Offenbar war sein Eindruck negativ, denn er schob mir die Kladde zu. »Bitte, sehen Sie selbst.«

In einer Art Tabelle waren sämtliche griechischen Schriftzeichen erfaßt. Die ersten vier kannte ich noch aus dem Mathematikunterricht von vor dreißig Jahren, ebenso das Pi. Guido hatte recht.

Nachdem er sich erneut mit Trinkschokolade gedopt hatte, waren die Runen an der Reihe. Im Gegensatz zur Rune M, die umgeschrieben unserem E entspricht, tauchte unser E bei den Runen gar nicht erst auf, womit diese Schrift gleich ad acta gelegt wurde. Das Ganze war etwas verwirrend, aber ich bemühte mich, den Anschluß nicht zu verlieren.

Nachdem er seinen Kakaopott leergekübelt hatte, ging es weiter. »Im russischen Alphabet entspricht das kyrillische M unserem M, bei gleichlautender Aussprache. Die Schreibweise des E ist mit der unseren identisch, es wird jedoch ›je‹ ausgesprochen.«

Er musterte mich erneut über den Rand seiner Brille, und ich nickte wie ein dummer Schüler, der zwar nichts verstanden hat, der sich aber scheut, seine Ignoranz einzugestehen.

»Nunmehr galt es alle Sprachen, die sich der verbliebenen Schriften bedienen, nach dem Wortfragment zu untersuchen. Die Ergebnisse entnehmen Sie bitte dieser Auflistung.«

Diesmal waren es drei einzelne Blätter, die er mir in die Hand gab. Jede Seite hatte er in drei Spalten unterteilt. In der ersten standen immens viele fremdsprachige Begriffe untereinander, die allesamt mit ME anfingen. In der zweiten war vermerkt, aus welcher Sprache das jeweilige Wort stammte. Zu guter Letzt, in Spalte drei, fand ich die entsprechende deutsche Übersetzung.

Mein suchender Zeigefinger schwebte über Wörter wie das spanische »mercenario«, was übersetzt Söldner hieß. Es gab auch den Begriff »medo«, was nichts anderes hieß als Angst. Aber das war bereits Portugiesisch. Sämtliche romanischen Sprachen waren vertreten, aber auch Mittel-, Nord- und Osteuropa kamen nicht zu kurz. So steuerten die Niederländer einen »mensenhater« bei, einen Menschenhasser, sowie einen »messteek«, einen Messerstich. Ich klapperte die gesamte Kolonne ab, aber abgesehen vom französischen »meurtre« für Mord sprang mir kein Begriff ins Auge. De Beaumont und meurtre, ein französischer Name und ein französisches Wort. Eine etwas wackelige Verbindung, aber immerhin.

Gegen Ende der Auflistung, und klammheimlich bereits wegen der Zeitverschwendung fluchend, stieß ich auf einige russische Wörter, die ich wie ein Depp vor mich hin murmelte, während mein Finger über die korrespondierenden deutschen Übersetzungen glitt.

Plötzlich hielt ich inne. In der gleichen Zeile wie das unaussprechliche russische Wort MECTb kauerten rechts außen die deutschen Begriffe Rache und Racheakt.

Rache. Rache für Irina. Oder wie auch immer.

Die Namensliste war ja noch nicht abgearbeitet, der Sputnik konnte noch allerlei Markierungen setzen, wenn er wollte. Charlie beugte sich herüber. »Hast du etwas gefunden?«

»Hier, dieses russische Wort mit dem kleinen b am Ende.« Ich deutete darauf. »Sieh dir mal die Übersetzung an.«

»Entschuldigen Sie, wenn ich interveniere«, mischte sich der kleine Klugscheißer ein. »Das, was Sie als kleines b bezeichnen, ist in Wirklichkeit ein Weichheitszeichen, welches zur korrekten Aussprache benötigt wird.«

»So wie ein Akzent im Französischen?«

»So in etwa.«

»Hm«, machte Charlie. »Ansonsten gibt die Aufstellung nichts her?«

»Nichts, was ähnlich ins Auge springt.«

Das war es. Guido verweigerte standhaft die Annahme eines kleinen Scheins, den ich ihm zustecken wollte, und auch seine Mutter legte heftigen Protest ein. Charlie raunte mir zu, sie werde das bei Gelegenheit erledigen. Also bedankten wir uns schlicht, lobten den Apfelstrudel, und Therese begleitete uns zur Tür.

Auf dem Weg zum Auto stieß Charlie mich an. »Und, was sagst du? Ist er nicht phantastisch?«

»Allerdings. Gegen ihn war Einstein ein Kretin.«

»Bleib auf dem Teppich, mein Süßer. Was denkst du, bringt dich das weiter?«

»Eher nicht«, sagte ich und hielt ihr den Wagenschlag auf. »Aber der Tag ist ja noch jung. Wer weiß, was er noch bereithält.«

Wir standen an einer Ampel, kurz vor dem Wiener Platz.

»Es ist schon seltsam«, murmelte Charlie.

»Was?«

»Ausgelöst wurde die Mordserie mutmaßlich durch die Vergewaltigung eines Mädchens namens Irina, das ist ein russischer Vorname. Die Kripo gibt dem Täter den Namen Sputnik, und nun könnte die russische Übersetzung des Wortes Rache eine entscheidende Rolle spielen.«

»Du vergißt, daß der Name Sputnik willkürlich vergeben wurde.«

»Trotzdem ist das eigenartig.«

Ich berichtete von meinem Besuch auf Melaten und gab wieder, was der Gärtner mir über die Tante der Stoll-Zwillinge erzählt hatte. Als der Name de Beaumont fiel, wurde Charlie nachdenklich.

»Sag bloß, du kennst die Dame?«

»Ich überlege. Irgendwo ist mir der Name schon einmal begegnet. Und wenn ich mich recht entsinne, war der Zusammenhang unerfreulich.«

»Erst kürzlich?« versuchte ich ihr auf die Sprünge zu helfen.

»Ich weiß es nicht mehr. Ich glaube, im letzten halben Jahr. Sofern es sich überhaupt um dieselbe Frau handelt.« Plötzlich schnippte sie mit den Fingern. »Ich glaube, ich weiß wo. Fahr mich schnell in die Redaktion.«

»Nun sag schon, was du im Sinn hast.«

»Nein«, wehrte sie ab. »Ich will erst sicher sein. Im sehe im Archiv nach und rufe dich sofort an.«

»Du kannst mich nicht anrufen, ich fahr nämlich noch einmal zum Friedhof. Wenn stimmt, was der Gärtner gesagt hat, taucht die Dame um vier am Grab ihrer Nichte auf.«

Charlie legte eine Hand auf meinen Unterarm. »Bitte sei vorsichtig, Leo. Ich habe ein ungutes Gefühl.«

»Keine Angst. Ich kann schon auf mich aufpassen.«

Sie zog ihre Hand zurück. »Vergangene Nacht wäre es auch um ein Haar schiefgegangen.«

In der Nähe des Verlags ließ ich sie aussteigen und fuhr weiter nach Melaten.

*

Ich folgte den mir inzwischen bekannten Wegen zur letzten Ruhestätte von Irina Stoll. Das Opernglas steckte in meiner Manteltasche.

Leichter Regen hatte eingesetzt. Ich zog den Kopf ein und schlug den Mantelkragen hoch. Hoffentlich hatte der Gärtner sich nicht geirrt, und die Tante wagte sich nur bei schönem Wetter aus dem Haus. Oder sie mußte heute ausnahmsweise zum Friseur, zum Arzt oder sonstwohin. Mir blieb nur wenig mehr als eine Stunde, bis ich mit FJ am Waidmarkt erscheinen sollte. In so kurzer Zeit hatte ich nur einmal einen Fall gelöst. Dabei hatte es sich um einen angeblich gestohlenen, in Wirklichkeit jedoch nur verlegten Ring gehandelt.

Der Friedhof war gut besucht. Von Irinas Grab aus warf ich einen Blick in die Runde, um mir einen geeigneten Observierungsposten auszugucken. Jenseits des Rondells mit seinen neun Birken ging ein schmaler, von hohen Bäumen und dichtem Gestrüpp gesäumter Weg ab. Das war optimal. Ich lief in den Schutz des Grüns, nahm das kleine Fernglas aus der Tasche und justierte die Entfernung. Die Letter der Grabinschrift erschienen zentimeterhoch vor meinem Auge. Jetzt hieß es Geduld und Ruhe bewahren.

Der Sekundenzeiger meiner Uhr schleppte sich wie ein fußkrankes Känguruh dahin, und mit jedem Hopser wurde die Gier nach einer Zigarette stärker. Schließlich siegte die Nikotinsucht über die Angst, daß ich mich durch Rauchzeichen verraten könnte. Ich inhalierte bis zu den Hacken. In der hohlen Hand bot ich der Lucky Strike Schutz vor den dicken Regentropfen, die von den Bäumen herabfielen.

Plötzlich berührte mich etwas am Bein. Vor Schreck ließ ich den Glimmstengel fallen. Eine dicke Katze strich um mich herum. Schon eigenartig, daß die fettesten immer die Friedhofskatzen sind. Ich scheuchte sie davon. Gerade noch rechtzeitig, denn auf dem Hauptweg tat sich etwas.

Ich nahm das Glas vors Auge und regulierte die Entfernung noch einmal nach. Zwei Personen kamen den Weg herauf. Ein Mann und eine Frau, beide schwarz gekleidet. Mir stockte schier der Atem.

Die Frau sah aus, als sei sie einem Titelbild der VOGUE entsprungen. Graziös und doch lässig, wie sich nur ausgebildete Models bewegen können, kam sie daher. Unter einer offenen, schwarzen Pelzjacke trug sie ein exzellent geschnittenes schwarzes Kostüm, das ich locker auf die Jahresmiete für eine Dreizimmerwohnung taxierte. Auf ihrem Kopf saß ein breitkrempiger, schwarzer Hut. Ich konzentrierte mich auf ihr Gesicht.

Ein gekonntes Make-up betonte die gleichen ebenmäßigen Züge, wie ich sie bei Irina auf dem Foto und bei Olga in natura gesehen hatte. Die Verwandtschaft war nicht zu leugnen. Nur wirkte Frau de Beaumont perfekter und reifer. Ich schätzte sie auf Anfang vierzig. Eine faszinierend schöne Frau. Bis auf die Augen. Sie waren hellblau wie die eines Huskys und wirkten kalt und starr. Regungslos waren sie auf einen Punkt in der Ferne gerichtet. Es folgte ein Wimpernschlag wie in Zeitlupe. Als die Lider wieder nach oben glitten, hatten die Pupillen die Richtung geändert. Für Sekundenbruchteile sah sie mich direkt an. Ein eiskalter Schauer lief mir über den Rücken.

Auf den zweiten Blick war auch der Mund keineswegs makellos. Die zusammengepreßten Lippen gaben ihm etwas Verzerrtes, wie bei Menschen, die Schmerzen durch reine Willenskraft unterdrücken.

Ich konnte es natürlich nicht lassen und senkte das Fernglas, um noch schnell ihre Beine in Augenschein zu nehmen. An denen war nun wirklich nichts auszusetzen. Was unter dem knapp knielangen Rock hervorragte, war schlank und wohlgeformt. Sie trug schwarze Seidenstrümpfe und Pumps.

Über meine Versunkenheit in ihren Anblick hätte ich beinahe ihren Begleiter vergessen. Gerade noch rechtzeitig, bevor das Duo vom Hauptweg abbog, erinnerte ich mich, daß ich nicht zum Vergnügen hier war. Ich schwenkte auf den Mann um.

Er war einen Kopf größer als Frau de Beaumont, und sie war schon recht lang geraten. Ich schätzte ihn auf knapp unter zwei Meter. Über seine breiten Schultern spannte sich die Jacke einer Chauffeuruniform. Eine dazu passende, mit Lack verzierte Mütze thronte auf einem kantigen Schädel. Seine Gesichtszüge wirkten wie aus Stein gemeißelt und erinnerten mich eher an ein Produkt aus Arno Brekers Atelier denn an ein Wesen aus Fleisch und Blut. Der Schirm, den er über seine Herrin hielt, hatte in etwa den Durchmesser unseres Eßtischs.

Mittlerweile waren sie vor dem Grab angelangt und drehten mir den Rücken zu. Er blieb etwas zurück, reckte nur den Arm mit dem Schirm nach vorn, während sie an die Grabplatte herantrat. Dann ging sie in die Hocke und entnahm ihrer Handtasche einen kleinen Gegenstand. Um was es sich dabei handelte, konnte ich nicht ausmachen, hatte aber den Eindruck, daß sie ihn auf oder unmittelbar neben der Marmorplatte deponierte. Nachdem sie sich wieder erhoben hatte, verharrte sie unbeweglich. Die Zeit verrann, und das kleine Opernglas wurde zum Mühlstein. Ich setzte es ab.

Auf einmal waren hinter mir schlurfende Schritte zu vernehmen. Ich fuhr herum. Eine alte, gebeugte Frau hatte sich dem Grab unmittelbar hinter mir genähert. Aus einer fadenscheinigen Einkaufstasche zog sie eine kleine Harke und begann damit das Erdreich zwischen den Pflanzen zu lockern.

Das hatte mir noch gefehlt. Hoffentlich zettelte sie keinen Krawall an, weil ich so unverdächtig zwischen den Bäumen herumlungerte. Aber sie schenkte mir keine Beachtung.

Ich lugte erneut durchs Glas. Frau de Beaumont und ihr Begleiter standen nach wie vor regungslos an ihren Plätzen. Gedankenfetzen schwirrten mir durch den Kopf wie ein Schwarm Hornissen.

War es möglich, daß ich dem Ziel näher war, als ich dachte? Dem Monstrum von Chauffeur traute ich alles zu, aber konnte die bildschöne Adelige eine zigfache Mörderin sein? Das konnte ich mir einfach nicht vorstellen. Dann kamen mir wieder ihre Augen in den Sinn, und ein Frösteln überlief mich.

Die Anspannung hatte mein Gehirn derart vernebelt, daß ich die alte Frau erst bemerkte, als sie mir ihre Harke in die Seite stieß.

»Sie, junger Mann«, plärrte sie, daß ich zusammenfuhr. »Sind Sie taub?«

»Was wollen Sie?« entfuhr es mir unwirscher als angebracht.

»Sie sollten sich auch so ein Ding zulegen«, sagte sie in einer Lautstärke, daß die Toten sich um ihre verdiente Ruhe betrogen fühlen mußten. Dabei zeigte sie auf das Hörgerät, das hinter ihrem rechten Ohr klemmte.

»Seien Sie um Himmels willen leise«, raunte ich ihr zu. »Brauchen Sie Hilfe?«

»Genau.« Sie war so laut wie zuvor. »Ich komme immer so schlecht an das Stück rund um den Stein, wissen Sie. Könnten Sie –«

»Psst!« Ich riß ihr förmlich die Harke aus der Hand. »Ich helfe Ihnen, aber halten Sie den Mund.«

Sie starrte mich erschrocken an. Ohne weiter auf sie zu achten, machte ich mich an die Arbeit. Das Erdreich war naß und blieb an den Zinken kleben. Ich mußte immer wieder meine freie Hand zu Hilfe nehmen. Der Mantel war dabei hinderlich wie eine Zwangsjacke. Schnaufend harkte ich, was das Zeug hielt. Endlich hatte ich es geschafft.

»Da links haben Sie vergessen zu harken«, erscholl ihre Nebelkrähenstimme erneut.

Ich versorgte auch noch die linke Ecke. Keuchend richtete ich mich auf und hielt ihr das Werkzeug hin.

»Na ja«, dröhnte sie. »Das habe ich auch schon besser gesehen.«

Ohne auf ihre Unverschämtheit einzugehen, warf ich einen hastigen Blick in Richtung Irinas Grab.

Frau de Beaumont und der Chauffeur waren verschwunden!

Fluchend rannte ich los. Auf dem Hauptweg blickte ich hektisch in alle Richtungen. Keine Spur von den beiden. Wenn ich besonders viel Pech hatte, hatte sie das Gekrächze der Alten auf mich aufmerksam gemacht, und sie waren vorsichtshalber querbeet getürmt.

Ich fegte in Richtung Ausgang. Völlig ausgepumpt trudelte ich an der Pforte aus, gerade rechtzeitig, um einen schneeweißen Silver Cloud davongleiten zu sehen. Wer im Fond saß, konnte ich nicht erkennen, da die Scheiben verhangen waren. Aber hinter dem Volant saß der monströse Chauffeur. Für lange Überlegungen blieb keine Zeit. Ich lief zu meinem Wagen. Der Schlüsselbund rutschte mir aus der Hand und segelte unter die Karosse. Jetzt fehlte nur noch, daß ich über einem Gully geparkt hatte.

Ohne Rücksicht auf Reinigungskosten warf ich mich auf den Boden, robbte unter das Chassis und fischte die Schlüssel wieder hervor. Als ich endlich mit qualmenden Reifen davonschoß, fiel mir ein, daß ich vergessen hatte nachzusehen, was die Beaumont auf Irinas Grab gelegt hatte.

Egal, es würde schon nichts Wichtiges sein.

Wie zu erwarten, war von dem weißen Rolls-Royce weit und breit nichts zu sehen. Aber wozu hatte ich meine grauen Zellen.

Meine brüchige Logik basierte auf der spontanen Eingebung, daß man sich mit einem solchen Wagen nicht gern in Nebenstraßen herumtrieb. Das reduzierte die in Frage kommenden Möglichkeiten auf ein halbes Dutzend. Ein zweiter, halbgarer Geistesblitz besagte, daß sich niemand freiwillig Tag für Tag in einen Stau stellte. Wenn Frau de Beaumont stadtauswärts im Westen wohnen würde, hätte sie ihren tagtäglichen Friedhofsbesuch folgerichtig auf den späten Vormittag gelegt.

Dagegen mochte sprechen, daß sie als Halbtagskraft bei Stüssgen arbeitete. Das Risiko erschien mir vertretbar.

Da zudem fast alle Betuchten im Süden wohnten, knüppelte ich den P2 die Universitätsstraße entlang. Wie Toni Sailer zu seinen besten Zeiten ging ich im Slalom zwischen den anderen Fahrzeugen hindurch und ließ Legionen empört Hupender zurück. An der Kreuzung Zülpicher Straße bescherte eine rote Ampel meinem Höllenritt eine kurze Zäsur.

Links und rechts von mir hielten Fahrzeuge, die ich zuvor brutal geschnitten hatte. Die Fahrer krakeelten, was die Stimmbänder hergaben. Die Schmalzlocke zur Rechten machte sogar Anstalten, ihr Sportcoupé zu verlassen. Dabei verpaßte der Fahrer, wie die Ampel auf Gelb umsprang. Mit durchgetretenem Gaspedal schoß ich davon. Die Laternenpfähle flogen am Seitenfenster vorbei wie Fahrleitungsmaste an einem Trans Europa Expreß.

Als ich die Unterführung am Ende der Weißhausstraße passierte, sah ich am Horizont ein weißes Wagendach schimmern. Eine wilde Minute später war klar, daß ich den richtigen Riecher gehabt hatte.

Die Fahrt ging wie vermutet in Richtung Süden, die Gürtel entlang bis zum Rhein und dann über das Oberländer Ufer nach Rodenkirchen. Ich hielt mich drei Fahrzeuge hinter dem Rolls, gerade genug für die teilweise sparsamen Ampelphasen. Gemächlich schwenkte das weiße Schlachtschiff nach links ab und rollte zum Rheinufer. Ich blieb auf Tuchfühlung.

Das Ziel war eine Villa an der Uferstraße. Wie von Geisterhand öffnete die Garage ihren Schlund und verschluckte den Rolls. Keine fünfzig Meter weiter stoppte ich und atmete erst einmal durch.

Es war kurz vor fünf. Um den Termin auf dem Präsidium wahrzunehmen, war es bereits zu spät. Meine Abwesenheit würde FJ jedoch nicht daran hindern, alles auszuplaudern, was er wußte. Und das war nur unwesentlich weniger, als ich selbst hätte berichten können.

Mich wurmte, daß mir noch ein Glied in der Kette fehlte. Wo war die Verbindung zu MECTb, dem russischen Wort, das ich bei Guido entdeckt hatte? Andererseits, ermahnte ich mich, war es blödsinnig, daß ich mich auf dieses eine Wort versteifte. Wenn ich Pech hatte, handelte es sich bei den beiden Buchstaben um eine von keinem Außenstehenden nachzuvollziehende Abkürzung.

Ich verspürte leichtes Bauchgrimmen, aber es half alles nichts. Wenn ich noch den Hauch einer Chance haben wollte, mußte ich jetzt mit Frau de Beaumont reden.

*

Im Gegensatz zum Garagentor befand sich der Hauszugang in der Moltkestraße. Mein Zeigefinger setzte eine unhörbare Klingel in Gang. Nach wenigen Sekunden wurde ich über die Gegensprechanlage angesprochen.

»Mein Name ist Saalbach«, verkündete ich. »Ich würde gern zu Frau de Beaumont.«

»In welcher Angelegenheit?«

Die Übertragungsqualität verhinderte, daß ich entscheiden konnte, ob es sich um eine Frau oder einen Mann handelte.

»Es geht um eine der Nichten Frau de Beaumonts.«

Ich verstand so etwas wie »Einen Moment, bitte!« und stand mir die Beine in den Bauch. Nach Minuten summte der Öffner, und ich trat durch die Pforte. Ein gekiester Weg führte mich zur Haustür, die von einer grauhaarigen Frau in einem zur Haarfarbe passenden Kostüm geöffnet wurde. Ohne ein Wort zu sagen, gab sie den Weg frei, schloß hinter mir die Tür und ging dann voran.

Quadratmetergroße Ölgemälde an den Wänden, ein riesiger Spiegel mit barockem Goldrahmen und Unmengen von Teppichen verbreiteten ein Fluidum von Reichtum.

Der Empfang durch die Hausherrin fand in einem Zimmer mit Panoramablick über den Fluß statt. Frau de Beaumont saß, die Beine übereinandergeschlagen, mit dem Rücken zum Fenster auf einem Chippendale-Sofa. Ich stoppte knapp vor dem ovalen Couchtisch und wiederholte mein Sprüchlein.

Ohne sich zu erheben, deutete sie auf einen der beiden Sessel. »Bitte, nehmen Sie Platz.« Das gleiche dunkle Timbre wie bei Olga Stoll klang durch den Raum. Allerdings etwas weicher, da unverkennbar ein französischer Akzent mitschwang. »Um welche meiner Nichten handelt es sich?«

»Um Irina«, antwortete ich ohne Umschweife.

»Irina.« Sie sprach den Namen aus, als habe sie Schwierigkeiten sich zu erinnern, wer das war. Die dann folgende Frage klang makaber. »Hat sie etwas angestellt?«

»Sie ist tot«, informierte ich sie. »Entschuldigen Sie, daß ich Ihnen das so unvermittelt mitteile.«

Ein kurzes, spöttisches Grinsen spielte mit ihren Lippen. »Wie ich sehe, haben Sie inzwischen Ihre Hausaufgaben gemacht. Sie sind doch der gleiche Mann, der bereits meine Nichte Olga belästigt hat, oder?«

Mit ihren langen Fingern entnahm sie dem silbernen Kästchen, das auf dem Tisch stand, eine Zigarette, die wie ein Zigarillo aussah. Das massive Tischfeuerzeug blitzte auf. »Bedienen Sie sich, wenn Sie rauchen möchten.«

»Nein, danke.« Ersatzweise klopfte ich eine Lucky aus der zerdrückten Packung. Das Feuerzeug wog mindestens ein Kilo. »Ich glaube nicht, daß man meinen Besuch bei Ihrer Nichte als Belästigung bezeichnen kann. Ich habe ihr lediglich meine Hilfe angeboten.«

»Gegen Bezahlung, versteht sich.« Sie blies Rauch zur Decke. »Und da Sie bei Olga keinen Erfolg hatten, haben Sie weitergeschnüffelt und sind auf mich gestoßen.«

»Ihre Art zu formulieren setzt mich in kein gutes Licht«, sagte ich. »Es stimmt, ich habe Informationen, die für Sie von Wert sein könnten.«

»Glauben Sie das wirklich? Sie wissen doch, daß Irina nicht mehr lebt.«

»Das ändert doch nichts daran, daß das Verbrechen, das an Ihrer Nichte begangen wurde, bisher nicht gesühnt worden ist.« Ich beugte mich vor, um den Aschenbecher zu erreichen. »Ist Ihnen nicht daran gelegen, daß die Täter dingfest gemacht werden?«

In ihren Augen blitzte es fast unmerklich. Mit der linken Hand betätigte sie einen Schalter, der an der Seite des Tischchens, das neben dem Sofa stand, angebracht war. »Es ist kurz nach fünf. Um diese Zeit nehme ich immer meinen Tee. Möchten Sie auch eine Tasse?«

»Gern.«

Hinter mir tat sich etwas.

»Tee für zwei Personen«, bestellte Frau de Beaumont an mir vorbei.

Fast lautlos verschwand die angesprochene Person.

»Ihnen mag es seltsam erscheinen, Herr Saalbach, aber ich bin der Ansicht, daß die Täter nicht strenger bestraft werden können, als sie es ohnehin schon sind.«

Der spätnachmittägliche Himmel im Hintergrund wirkte wie ein Weichzeichner auf ihre Konturen. »Sie müssen zeitlebens mit der Erinnerung an ihre Schandtat leben. Niemand wird sie je erlösen, denn die einzige Person, die sie lossprechen könnte, ist tot.«

»Ein interessanter Gedanke«, räumte ich ein. »Denken die übrigen Angehörigen ebenso?«

»Die Zeit heilt zwar keine Wunden, wie oft behauptet wird, aber man lernt, mit den Schmerzen zu leben. Lediglich mein Schwager ist dazu nicht fähig, sondern lebt seine Trauer aus, indem er sich in eine eingebildete Krankheit flüchtet.« Sie drückte ihre Zigarette aus. »Vielleicht sind Frauen in dieser Hinsicht einfach stärker.«

Ich hakte nach. »Heißt das, Ihr Schwager ist gar nicht behindert? Er kann laufen?«

»Er könnte«, korrigierte sie. »Wäre seine Seele nicht krank, könnte er aufstehen und gehen. Aber so ist er blockiert. Er sitzt herum, zerfleischt sich mit Selbstvorwürfen und wird von Tag zu Tag weniger.«

»Bedauerlich«, war alles, was mir dazu einfiel.

Sie führte das Gespräch sehr geschickt, das mußte man ihr lassen. Andererseits gab sie bereitwillig und, soweit ich es beurteilen konnte, auch ehrlich Auskunft. Mein ohnehin nicht sehr ausgeprägter Verdacht, sie könne in irgendeiner Weise mit der Mordserie zu tun haben, verflüchtigte sich wie Spiritus. Ihr faszinierendes Äußeres tat ein übriges, mich einzulullen.

»Aber kommen wir doch zurück zu Ihrem Anliegen«, nahm sie den Faden wieder auf. »Ihre Bemühungen sollen nicht unhonoriert bleiben.«

Ihre Offerte überraschte mich. Wieso bot sie mir nun doch Geld an? »Sie irritieren mich.« Das war die Wahrheit. »Wollen Sie Ihr Geld zum Fenster hinauswerfen?«

Sie lachte kurz auf. »Nein, dazu bin ich viel zu sehr Geschäftsfrau. Aber ich weiß eine solide Leistung zu schätzen. Es kann für Sie nicht leicht gewesen sein, all diese Informationen zusammenzutragen.«

»Was verlangen Sie im Gegenzug?«

Wieder sprühten ihre Augen Funken, als brenne dort eine Wunderkerze. »Sie erzählen mir alles, was Sie in Erfahrung gebracht haben«, sagte sie sehr bestimmt, »und verpflichten sich, über Ihre Erkenntnisse gegen Dritte zu schweigen.«

»Entschuldigen Sie«, stellte ich mich dumm. »Aber ich sehe noch nicht, was Sie davon hätten.«

»Ist das für Sie wichtig?«

»Wie man es nimmt. Zumindest weiß ich gern, worauf ich mich einlasse.«

»Nun gut, dann will ich es Ihnen erläutern.« Sie setzte sich zurecht.

»Betrachten Sie mich einfach als das Familienoberhaupt, obwohl meine Schwester einige Jahre älter ist als ich. Ich bin daran interessiert, Schaden von der Familie, beziehungsweise von dem, was von ihr übriggeblieben ist, fernzuhalten. Ich möchte einfach vermeiden, daß Sie durch die Gegend laufen und womöglich die seinerzeitigen Vergewaltiger erpressen, da Sie sonst nicht auf Ihre Kosten kommen. Einer der Täter könnte sich gezwungen sehen, zur Polizei zu gehen, und dann würde die Geschichte doch noch in der Presse breitgewalzt. Das möchte ich meiner Schwester und ihrem Mann ersparen. Ist das klar genug?«

»Ja. Aber was sollte mich hindern, nicht trotzdem bei den Tätern abzukassieren?«

»Ihr Versprechen. Sollten Sie es brechen, würde ich durchaus in der Lage sein, die notwendigen Maßnahmen zu ergreifen.«

Das Lächeln, mit dem sie ihre Antwort unterstrich, hatte etwas Wölfisches. Wehe dem, der diese Frau zum Gegner hatte. »Haben Sie noch Fragen?«

Bevor ich antworten konnte, wurde der Tee gebracht. Wortlos stellte die Frau im grauen Kostüm ein silbernes Tablett auf den Tisch, nahm die Kanne zur Hand und schenkte ein. Eine Winterlandschaft mit einer Zwiebelturmkirche zierte das Porzellan.

»Danke.« Ich nahm der Frau die Tasse ab.

Dann bediente sie Frau de Beaumont. Als sie ihre Tasse entgegennahm, bedankte sie sich ebenfalls. Obwohl sie gedämpft sprach, hallten ihre Worte wie Donnerschläge in meinem Kopf.

»Spassiwa, Katarina Sergejewa«, sagte sie.

Nachdem das Echo ihrer Worte verklungen war, überrollte mich die Erkenntnis wie eine Lawine. Schlagartig sah ich meine Umgebung mit anderen Augen.

Die riesige, bauchige Zinnkanne auf dem Beistelltisch war nichts anderes als ein Samowar, die kleinen Bilder an den Wänden waren Ikonen, und das vermeintliche Familienfoto an der Wand rechts von mir zeigte niemand anderen als Nikolaus den Zweiten, den letzten Zaren, und seine Sippe.

Meine Augen wanderten zurück zu Frau de Beaumont. Über den Rand meiner Teetasse starrte ich sie wie hypnotisiert an. Sie nahm meinen Blick auf und spielte ihn zurück. Ihre unbeweglichen Augen wuchsen, kamen auf mich zu, sprangen mich an. Schließlich hatten sie das Format einer Kinoleinwand. So mußte sich ein Kaninchen beim Anblick einer Schlange fühlen. Sie war es, ich wußte es. Und sie wußte, daß ich es wußte.

»Sie können Ihren Tee ruhig trinken, Herr Saalbach«, sagte sie leichthin. »Er ist nicht vergiftet.«

Ich pustete wie ein Idiot. »Er scheint heiß zu sein.«

»So wird er getrunken.« Sie stellte ihre Tasse ab. Mit einer fließenden Bewegung verschwand ihre rechte Hand hinter dem neben ihr plazierten Sofakissen und kam umgehend mit einer 22er Automatik zurück. Die Waffe war vernickelt und machte einen gepflegten Eindruck. Der Sicherungshebel klickte.

»Legen Sie Ihre Waffe auf den Tisch.« Ihre Worte kamen leise, aber scharf wie Rasierklingen. »Langsam, und mit der linken Hand.«

Ruhig tat ich, was sie verlangte.

»Rein interessehalber, wodurch habe ich mich verraten?«

Wenigstens hatte sie sich bei aller Kaltschnäuzigkeit etwas weibliche Neugier bewahrt. »Sie hätten nicht russisch sprechen dürfen«, antwortete ich so gelassen, wie es die Situation erlaubte.

»Weil die Polizei mir den Namen Sputnik gegeben hat?«

»Nein, wegen MECTb. Ich hoffe, ich habe das Wort richtig ausgesprochen.«

»Sagen Sie bloß, Sie haben den Anfang der Botschaft entziffert?«

»Scheint so.«

»Wer weiß noch davon?«

»Drei, vier Personen.«

»Die Polizei?«

Ich sah auf meine Uhr. »Wenn Sie Pech haben, ist sie schon unterwegs.«

»Sie bluffen.«

»Wenn Sie es sagen. Es ist Ihr Spiel.«

Sie drückte auf den Klingelknopf. Die Grauhaarige erschien, und Frau de Beaumont gab einige Anweisungen auf russisch. Ich verstand kein Wort, aber ich mutmaßte, daß ihre Instruktionen sich auf Vorbereitungen für eine kurzfristige Abreise bezogen. Blieb die Frage, wohin meine Reise gehen würde.

»Das gibt uns die Gelegenheit, noch ein wenig zu plaudern«, wandte sie sich wieder an mich, nachdem die Hausdame gegangen war. »Ihnen gehen doch sicher allerlei Fragen im Kopf herum.«

»Allerdings.« Ich schluckte, wie ich hoffte, unauffällig. »Hätten Sie alle noch verbleibenden achtzig Männer umgebracht?«

»Es sind noch vierundachtzig«, verbesserte sie mich. »Ja, keine Frage.«

»Und Sie hätten weiter geschrieben?«

»Ja. Zunächst einmal ›Rache für Irina, die Unschuldige‹. Danach hätte ich weitergesehen.«

»Ihre Schreiberei hätte Sie bis in den Westerwald geführt!«

»Ja, und?«

Ich schüttelte fassungslos den Kopf. »Warum?«

Ihr Gesicht verzerrte sich. »Das wissen Sie doch genau. Diese Männer haben Irina auf dem Gewissen. Meine Irina.«

»Aber es waren nur fünf Täter. Und die leben noch. Alle bisherigen Opfer hatten nichts mit der Vergewaltigung Ihrer Nichte zu tun, wie ich herausgefunden habe.«

»Sie waren dabei«, fauchte sie. »Wenn sie schon nicht beteiligt waren, so haben sie doch zumindest unterlassen, ihr zu helfen. Wenn sie nicht sogar dabeigestanden und zugeschaut haben. Außerdem, wer sagt denn, daß es nur fünf waren? Die Täter selbst?«

»Der Mann, mit dem ich gesprochen habe, hat mich nicht belogen. Es waren lediglich fünf.«

»Lediglich fünf!« Haß deformierte ihre Züge zu einer unschönen Fratze. »Wissen Sie, was es heißt, fünfmal hintereinander vergewaltigt zu werden? Und dazu noch unter Drogeneinfluß zu stehen? Wissen Sie, was das aus der Seele eines Mädchens macht?«

Vorsichtig schüttelte ich den Kopf. »Nein, und ich will auch nichts beschönigen. Aber dennoch bin ich der Meinung, daß diese Schrekkenstat keinen wie von Ihnen inszenierten Rachefeldzug rechtfertigt. Haben Sie je daran gedacht, wieviel Leid Sie über Mütter, Väter, Geschwister und Anverwandte gebracht haben?«

»Wer hat sich in den vergangenen Jahren um unser Leid gekümmert?« konterte sie. »Hat einer von denen gefragt, was Irina durchleiden mußte, was ich durchlitten habe?«

»Niemand konnte Mitleid mit Ihnen haben, weil niemand davon wußte. Sie hätten den Vorfall zur Anzeige bringen müssen.«

»Damit Irina vor Gericht noch einmal die Qualen dieser Stunden durchlebt hätte?« Sie spie mich fast an. »Pah! Solche Probleme löst man in meiner Familie auf eine andere Art.«

Sie mußte wahnsinnig sein, das war klar. Vor mir saß eine kaltblütige, gewissenlose, vielleicht sogar kranke Mörderin. In meinem Kopf kreiste die Frage, wie ich hier herauskommen sollte. Die Antwort, die ich mir selbst gab, war deprimierend.

»Haben Sie es allein getan?« Ich wollte das Gespräch nicht abreißen lassen.

»Erschossen habe ich sie nicht, das haben die Männer selbst getan. Ich habe sie nur gezwungen, ein Spiel zu spielen. Ein Spiel, das man Russisches Roulette nennt.«

»Wobei die Waffe manipuliert war.«

»Selbstverständlich. Sie kennen die Regeln?«

Ich nickte.

»Bei meiner Variante des Spiels waren fünf von sechs Kammern geladen. Außerdem war die freie Kammer markiert.«

»Sie haben sich selbst die Waffe zuerst an die Schläfe gesetzt?«

Sie nickte. »Ein kalkuliertes Risiko. Wie gesagt, gerichtet haben sie sich selbst, aber ich war es, die den Kerlen die Schwänze abgeschnitten hat.« Ein teuflisches Grinsen begleitete ihre letzten Worte. »Heute ärgere ich mich, daß ich das nicht getan habe, solange sie noch lebten.«

»Wer hat die Leichen weggeschafft?« Meine Stimme klang blechern.

»Wassilij, mein Chauffeur.« Sie stützte den Arm mit der Automatik auf ihrem Knie ab. »Ich habe den Lockvogel gespielt. Mit einer blonden Perücke. Ich habe jeweils eine günstige Gelegenheit abgepaßt, dann habe ich sie angesprochen und ihnen vorgegaukelt, ich sei an einer schnellen Nummer interessiert. Keiner von ihnen hat nein gesagt, alle waren scharf auf mich. Als wir dann im Wagen saßen, hat Wassilij sie von hinten k.o. geschlagen. Es ist so simpel, Männer in eine Falle zu locken.«

»Wissen Irinas Eltern, was Sie getan haben?«

Ein triumphierendes Lächeln zerrte an ihren Mundwinkeln. »Schön, daß Sie doch nicht alles herausgefunden haben. Irina war meine Tochter.«

Das war allerdings eine Überraschung.

»Und Olga? Ich dachte, die Mädchen seien Zwillinge.«

»Das sind sie auch. Ich habe beide geboren, als ich siebzehn war. Ein Skandal war das damals. Ein zweifacher, wenn Sie so wollen.« Sie lehnte sich zurück. »Meine Eltern sind kurz nach der Oktoberrevolution auf abenteuerlichen Wegen mit meiner Schwester aus Rußland nach Frankreich emigriert. Ich wurde 1925 geboren und heiße eigentlich Valentina Tschelanskaja. Als ich acht Jahre alt war, hat mein Vater seine Aktivitäten nach Berlin verlegt. Damals ließen sich gut eingeführte Geschäfte günstig übernehmen. Ende der dreißiger Jahre heiratete meine Schwester ihren Mann, konnte jedoch keine Kinder bekommen. Statt dessen habe ich mich von einem mittellosen Dichter, einem hinreißenden Kerl, schwängern lassen und die Zwillinge zur Welt gebracht. Das war 1942, mitten im Bombenhagel. Für meine Eltern, die inzwischen die deutsche Staatsbürgerschaft angenommen hatten und der NSDAP beigetreten waren, brach eine Welt zusammen. Ich wurde gezwungen, die Mädchen meiner Schwester zu überlassen. Dann wurde mir vorzeitig mein Erbteil ausgezahlt, allerdings unter der Bedingung, daß ich meine Kinder nie wiedersehe. Ich hatte damals keine andere Wahl, also akzeptierte ich und ging nach Paris.«

Sie machte eine Pause und nahm einen Schluck Tee, ließ mich jedoch keine Sekunde aus den Augen. »Dort lernte ich meinen späteren Mann, den Comte de Beaumont, kennen. Er hatte Geld, und das war mir wichtig, denn nur so konnte ich mich an meinen Eltern rächen. Nach unserer Hochzeit änderte ich meinen Vornamen in Valentine, die französische Schreibweise. Mit der Hilfe eines Strohmannes gründete ich Anfang der fünfziger Jahre in Berlin ein Konkurrenzunternehmen zur aus den Trümmern wiederauferstandenen Trikotagenfabrik meines Vaters. Mit Dumpingpreisen machte ich ihm in kurzer Zeit sämtliche Kunden abspenstig. Binnen zwei Jahren war er erledigt, bankrott. Ganz wie ich es geplant hatte, verkraftete er das nicht und erhängte sich. Nur wenige Wochen später hat sich auch meine Mutter mit einer Überdosis Schlaftabletten das Leben genommen. Meine Schwester und mein Schwager zogen später mit den Mädchen nach Köln. Vor sieben Jahren, nach dem Tod meines Mannes, verkaufte ich das Unternehmen, zog ebenfalls hierher und beschränkte mich auf einige wenige, aber einträgliche Geschäfte. Hier konnte ich die Mädchen so oft sehen, wie ich wollte.«

»Haben Sie es ihnen nie gesagt?« fragte ich nach.

»Daß ich ihre leibliche Mutter bin?«

Ich nickte.

»Nein. Ich habe mich an die Abmachung gehalten. Meine Schwester war ihnen eine gute Mutter. Außerdem machte es keinen Unterschied. Wir waren so oder so eine Familie.« Ihre Augen verdüsterten sich. »Bis das mit Irina passiert ist. Da war alles zu Ende.«

Vor dem Haus produzierte ein Motorradmotor kreischende Geräusche. Dann wurde er abgestellt. Frau de Beaumont kniff die Augen zusammen. »Gestern abend hatten Sie Glück, daß nicht ich an dem Kiosk auf Sie und Ihre Begleiterin gewartet habe. Ich hätte Sie erwischt.«

Hinter mir flog die Tür auf. Schwere Schritte polterten heran. Ich wagte nicht, mich umzudrehen, aber im Fenster zum Fluß spiegelten sich die Umrisse von zwei Männern. Der eine war Wassilij, der kantige Chauffeur. Der andere war der Motorradfahrer, der auf Charlie und mich geschossen hatte. Er entpuppte sich als Heiner Becker, Olga Stolls Freund.

»Schafft ihn in den Keller«, kommandierte Frau de Beaumont.

Wassilij und Becker rissen mich rüde an den Oberarmen auf die Füße. Zwischen den beiden großen Männern eingeklemmt wurde ich zur Tür bugsiert. Wenn ich noch eine Chance hatte, dann jetzt.

Während der Chauffeur eine Hand an der Türklinke hatte, stieß ich den Knaben in der Lederkombi zur Seite und schlug zu. Meine Faust erwischte das Monstrum von Chauffeur mitten im Gesicht. Mir war, als prügelte ich auf Granit, aber er wankte. Dem anderen verpaßte ich einen Tritt vors Knie und schickte ihn mit einem Faustschlag aufs linke Ohr zu Boden.

Dann sprang ich zur Seite, so daß Wassilij zwischen mir und seiner Herrin mit der entsicherten Automatik zu stehen kam. Er streckte beide Arme aus und machte zähnefletschend einen ungelenken Schritt in meine Richtung. Ich tauchte ab und rammte ihm den Kopf in den Magen, wobei ich ihm gleichzeitig beide Fäuste in die Weichteile drosch. Er brüllte auf wie ein waidwunder Wisent, und wir gingen gemeinsam zu Boden.

Mein Fehler war, daß ich mich nicht aus der Reichweite seiner Arme brachte. Auf ihm liegend schlug ich ihm erneut ins Gesicht. Das beeindruckte ihn aber nicht. Vielmehr packte er meinen Kopf mit seinen gewaltigen Händen und preßte ihn zusammen, daß die Schädeldecke sich wölbte. Kraftlos langte ich nach seinen Handgelenken und zerrte daran. Seine Arme waren wie Schraubstöcke. Tränen schossen mir in die Augen, und Blut quoll aus meiner Nase.

Ich wollte schreien, aber meine Stimmbänder waren wie gelähmt.

Völlig überraschend riß er plötzlich an meinen Ohren und schnellte gleichzeitig mit dem Kopf nach oben. Seine Panzerplattenstirn krachte gegen mein Jochbein. In meinem deformierten Schädel explodierte ein Feuerwerk, das Rhein in Flammen zu einer drittklassigen Veranstaltung degradierte. Millionen bunter Sterne tanzten vor meinen Augen.

Halb betäubt sank ich auf Wassilijs gestärkte Hemdbrust hinab. Während die letzten Böller verrauchten, knallte irgend etwas mit der Wucht einer rotierenden Eisenbahnschwelle an meinen Hinterkopf. Ein riesiger, schwarzer Schlund tat sich auf, und ich verlor den Halt. Kopfüber segelte ich auf den offenstehenden Rachen des Mannes unter mir zu. Mein letzter Gedanke war, daß er mich bei lebendigem Leib verschlingen würde.

Dann wurde es finstere Nacht.

Das erste, was ich registrierte, als ich erwachte, war die Kälte. Mir war, als hätte man mich in der Kühlkammer des Schlachthofs abgelegt. Die Dunkelheit in dem Raum verstärkte diese Empfindung noch.

Fröstelnd hob ich den Kopf und ließ ihn sofort wieder sinken. Ein stechender Schmerz raste durch meinen Schädel. Ich schloß die Augen; mein rasselnder Atem ging flach und schnell. Langsam flaute der Schmerz ab und wich einem rhythmischen Pochen, als schlage ein zweites Herz hinter meiner Stirn.

Nach einiger Zeit versuchte ich es noch einmal. Behutsam schob ich die Lider hoch. Irgendwo hinter mir, weit oberhalb meiner Lagerstatt, fiel ein dünner Lichtstrahl ein. Ich folgte ihm. Schemenhaft stellte sich mir der Raum vor. Soweit ich es beurteilen konnte, maß er höchstens drei mal vier Meter und war leer. Abgesehen von mir und der Matratze, auf der ich lag.

Nach einer weiteren Pause drehte ich mich vorsichtig, auf den Ellbogen gestützt, zur Seite. Zaghaft überprüfte ich die Funktion meiner Muskeln. Von den meisten kam eine positive Rückmeldung, also beschloß ich, es zu wagen. Jedes Zeitgefühl kam mir abhanden. Mir schien, als habe es Stunden gedauert, bis ich mich endlich Stück für Stück an der Wand hochgezogen und aufgerichtet hatte. Keuchend lehnte ich mich mit dem Rücken an das klamme Mauerwerk.

Meine Uhr. Sie hatten mir meine Uhr gelassen. Ich hielt mir das fluoreszierende Zifferblatt einen Zentimeter vor die Augen. Es war Viertel vor sieben. Wenn ich nicht die Nacht durchgeschlafen hatte und es bereits Morgen war, waren seit dem Gerangel im Salon des de Beaumontschen Hauses keine dreißig Minuten vergangen.

Schnaufend schob ich mich an der Wand entlang zu der Stelle, wo das Licht einfiel. Direkt unterhalb der Decke – in Augenhöhe, wenn ich mich auf die Schuhspitzen stellte – befand sich ein schätzungsweise zwanzig mal dreißig Zentimeter großes Fenster. Die Scheibe saß allerdings am Ende eines Lichtschachts, der sich über die gesamte Tiefe des Mauerwerks erstreckte. Selbst wenn ich auf einem Podest gestanden hätte, hätte ich unmöglich mit den Händen hinlangen können.

Mir fiel mein Messer ein. Ich tastete den linken Unterschenkel ab, aber die Scheide war verschwunden. Auch meinen Mantel hatte man mir abgenommen. Ansonsten war ich jedoch vollständig bekleidet, wenn sich auch sämtliche Taschen als geleert erwiesen. Nicht einmal ein Taschentuch hatte man mir gelassen.

Was hatten sie mit mir vor? Wollten sie mit mir, wie mit den anderen, Russisches Roulette spielen und mich bei Nacht und Nebel irgendwo in der Innenstadt ablegen? Womöglich ebenfalls mit abgetrenntem Penis?

Bei dem Gedanken wurde mir schlagartig übel. Nicht, daß der meine etwas Besonderes gewesen wäre, aber er hatte mir immerhin all die Jahre gute Dienste geleistet. Zitternd faßte ich mir zwischen die Beine. Noch war er da.

Ich lauschte. Kein Geräusch von draußen oder aus den Geschossen über mir drang an mein Ohr. Das sprach für die Isolierung des Raums, machte gleichzeitig jedoch jedes Gebrüll von vornherein sinnlos.

Wenn sie mich nicht durch eine Bodenluke in mein Verlies hinabgelassen hatten, mußte irgendwo eine Tür sein. Langsam und tastend schob ich mich an der Wand entlang. Da war sie. Eine Stahltür.

Ich ließ meine Finger am Rahmen entlanggleiten. Das Türblatt war mit Gummi umfaßt und saß millimetergenau. Ich ließ mich auf die Knie hinab. Auch unten, zum Steinboden hin, war die Tür mit einem Gummiwulst abgedichtet. Kein Lufthauch wehte herein. Die Tür schloß hermetisch. Die Scharniere waren vermutlich außen angebracht. Eine Klinke gab es nicht, nur einen Knauf, und den konnte man nicht bewegen. Nicht einmal ein Schlüsselloch hatten sie vorgesehen. Vorsichtig klopfte ich an den Stahl. Er war dick wie ein U-Boot-Schott.

Langsam kam Verzweiflung in mir hoch. Wenn die lausige Schießscharte und diese verdammte Stahltür die einzigen Zugänge zu dem Raum waren, konnte ich hier sitzen, bis ich verweste. Oder bis sie mich holen kamen. Den Tränen nah kroch ich zurück zur Matratze. Was war ich doch für ein Esel! Anstatt brav mit FJ zur Kripo zu marschieren, wie es abgesprochen gewesen war, hatte ich natürlich auf eigene Faust weitermachen müssen. Blind war ich in die Löwengrube gestiefelt. Und selbst als ich kapiert hatte, was Sache war, hatte ich zu langsam reagiert.

Seit wann ziehen irgendwelche Valentina Tschelenskajas alias Valentine de Beaumonts ihre Waffe schneller als der mit allen Wassern gewaschene Leo Saalbach? Ich schlug mir mit der flachen Hand vor die Stirn. Ein Schmerz, wie ich ihn bisher nur aus Büchern gekannt hatte, zuckte wie ein Feuerschwert durch mein Hirn und verteilte sich dann gleichmäßig im gesamten Körper. Mir wurde todschlecht.

Übergeben konnte ich mich nicht, dafür hatte ich zu wenig gegessen. Also würgte ich nur ein bißchen, was in dem leeren Raum grauenhafte Resonanzen erzeugte, und sank zur Seite. Dabei schlug ich mit dem ausgestreckten rechten Arm gegen einen Gegenstand aus Metall, der neben der Matratze an der Mauer befestigt zu sein schien. Wieso hatte ich ihn vorher nicht bemerkt?

Von Wellen der Übelkeit durchflutet, rappelte ich mich erneut hoch. Da war ein mehr als armdickes Rohr, das senkrecht vom Boden bis zur Decke lief. Auf halber Höhe befand sich ein Handrad, mit dem man vermutlich ein Ventil innerhalb des Rohrs öffnen und schließen konnte. Was konnte das sein?

Trotz der trüben Lichtverhältnisse entdeckte ich unterhalb des Rades einen kleinen Kran, der von dem Rohr abzweigte. Das Ende des Krans war mit einer Verschlußmutter gesichert, an der ein Kettchen hing. Das andere Ende der kleinen Kette war seinerseits an dem Hahn befestigt.

War das eventuell die Hauptwasserleitung?

Meine Installationskenntnisse waren gleich Null. Ich klopfte an das Rohr. Kein Hall, nichts. Also vielleicht wirklich Wasser. Dann diente der Kran vermutlich als eine Art Zapfstelle. Aber wozu?

Eigentlich war das egal. Vielmehr überlegte ich krampfhaft, was sich damit anfangen ließ. Ich lehnte mich gegen die Wand, und wilde Ideen schossen mir durch den Kopf. Die meisten verrauchten wie Kometen, aber eine blieb hängen. Ich wog alle Vor- und Nachteile ab, aber es blieb dabei. Das Unternehmen war riskant. Wenn ich Pech hatte, ersoff ich dabei wie eine Ratte.

Zunächst einmal kroch ich herum und suchte den Boden nach dem obligatorischen Abfluß ab. Ich stöberte in allen Ecken, auch unter der Matratze, aber vergeblich. Der Raum hatte einfach keinen. Mir sollte es recht sein.

Zurück am Rohr packte ich die Verschlußmutter mit einer Hand und versuchte, sie zu drehen. Nichts tat sich, außer daß mir wieder übel wurde. Ich atmete durch und setzte erneut an. Sie rührte sich keinen Millimeter. Fluchend trat ich gegen das Rohr. Ein Himmelreich für einen Schraubenschlüssel! Wütend versuchte ich es ein drittes Mal. Der Erfolg war der gleiche.

Was wäre, wenn ich versuchen würde, den Kran einfach abzureißen? Er machte zwar einen stabilen Eindruck, aber mit dem Mut der Verzweiflung …

Gerade noch rechtzeitig pfiff ich mich zurück. Wenn das wirklich gelingen würde, würde das Wasser hereinströmen, bis der Speicher des Wasserwerks leer war. Und der hatte vermutlich mehr Kapazität als dieses Kellerloch. Ich warf erneut einen Blick auf meine Armbanduhr. Inzwischen war es kurz vor sieben. Fieberhaft dachte ich nach.

Der Gürtel! In meiner Hose steckte noch der Gürtel mit der großen versilberten Schnalle, eines der wenigen Geschenke meiner Ex-Gattin, die ich nicht in die Mülltonne gepfeffert hatte. Hastig zog ich ihn aus den Schlaufen. Wenn ich Glück hatte, würde die Schnalle sich als Schraubenschlüsselersatz verwenden lassen.

Beim ersten Versuch rutschte ich ab und riß mir den Handrücken an der Wand auf. Die Schnalle war zu groß.

Ich entledigte mich meines Sakkos und zerrte das Hemd aus dem Hosenbund. Mit Hilfe der Zähne trennte ich einen Streifen Stoff ab und wickelte ihn um die Verschlußmutter. Jetzt paßte die Gürtelschnalle wie angegossen. Kraftvoll, das Leder des Gürtels um die Hand geschlungen, begann ich zu ziehen.

Zunächst dachte ich, der Stoffetzen drehe durch, aber dann merkte ich, daß die Mutter kam. Sie löste sich. Langsam, aber kontinuierlich.

Insgesamt mußte ich sechsmal neu ansetzen, dann hatte ich sie vom Gewinde heruntergedreht. Erschöpft stützte ich mich an der Mauer ab. In meinem Kopf hämmerte es wie wild.

Nachdem der Radau unter meiner Frisur ein wenig abgeebbt war, machte ich mich über das Handrad her. Dabei kam mir mein jahrelanges Training an Verschlußdeckeln von Gurken-, Senf- und Marmeladegläsern zugute. Bereits im zweiten Anlauf bewegte es sich. Ein müdes Rinnsal bahnte sich den Weg aus dem Hahn und tröpfelte auf die Matratze. Ich drehte weiter. Der Strahl schwoll an. Nach wenigen weiteren Umdrehungen sprudelte das Wasser nahezu horizontal und mit doppelter Daumenstärke heraus. Vor Erleichterung schickte ich ein Stoßgebet zum Himmel. Dann gönnte ich mir erst einmal einen Schluck. Das Wasser war kalt und erfrischend.

Jetzt hing alles davon ab, wieviel Zeit mir noch bleiben würde.

Meine Phantasie ging mit mir durch. Ich malte mir in allen Details aus, wie einer der Verbrecher die Tür öffnen würde, nachdem der Raum bis auf die paar Zentimeter, die ich zum Atmen brauchen würde, vollgelaufen war. Da die Tür nach außen aufging, würde sie ihm mit voller Wucht vor den Körper knallen. Während er danach in den gurgelnden Fluten wie die Titanic versinken würde, würde ich sanft von den Wogen durch die Kellerräume bis zur Treppe getragen werden. Spätestens ab da würde ich improvisieren müssen, aber dafür hatte ich ja ein Händchen.

Plötzlich realisierte ich, wie langsam das Wasser stieg. Es war bereits eine Viertelstunde vergangen, und der Boden war gerade einmal naß. Ich schlurfte zurück zum Rohr. Da ich keinerlei Vorstellung von den Druckverhältnissen hatte, war schwer einzuschätzen, wieviel Liter in welcher Zeit aus dem Kran gerauscht kamen. Wenn ich es mit der Zapfgeschwindigkeit im Haus Weißenburg verglich, mochten es vielleicht vier Liter in fünf Sekunden sein. Vier Liter in fünf Sekunden. Ich rechnete, daß mir der Kopf qualmte.

Wenn ich davon ausging, daß der Raum in etwa zwölf Quadratmeter Grundfläche hatte und zirka zwei Meter hoch war, so kam ich auf vierundzwanzig Kubikmeter. Ein Kubikmeter entsprach wieviel Litern? Richtig. Eintausend. Also müßten hier rund vierundzwanzigtausend Liter Wasser hereinströmen, bis der Raum voll wäre. Etwas weniger, da ich ja noch atmen wollte. Vier Liter in der Sekunde machte zweihundertvierzig Liter in der Minute. Zweihundertvierzig mal sechzig ergab vierzehntausendvierhundert. Und das pro Stunde.

Ich kam nicht auf den exakten Wert, bis die Bude voll sein würde, aber er lag bei etwas mehr als anderthalb Stunden. So lange würde es mindestens dauern, bis mir das Wasser bis zum Hals reichen würde. Das konnte nie und nimmer gutgehen. Immerhin hatte ich gegenüber Valentine de Beaumont damit gedroht, daß die Polizei eventuell schon unterwegs war.

Was wäre, wenn ich das Ventil am Rohr schließen würde? Damit würde sich wahrscheinlich der Druck auf den Kran erhöhen. Andererseits, wenn irgendwer im Haus auf die Idee kommen sollte, Kaffee zu kochen oder sich die Hände zu waschen, würde das sofort auffallen, und der Überraschungseffekt wäre zum Teufel. Voller Kummer kauerte ich mich in eine Ecke. Das leise Plätschern des Wassers lullte mich ein.

Plötzlich horchte ich auf. Das Rauschen war erheblich lauter geworden. Die Matratze trieb umher und dämpfte nicht länger den Aufprall des Wasserstrahls auf der Oberfläche meines kleinen Sees. Außerdem saß ich bereits mit dem Hosenboden, der auf meinen Fersen ruhte, in den kalten Fluten. Wenn das keine dreißig Zentimeter Wasserstand waren!

Ich stand auf und knickte einfach weg. Der Länge nach klatschte ich in den See und schlug hart mit den Ellbogen auf den Boden. Meine Beine waren taub und hatten mir keinen Halt geboten. Das konnte ja heiter werden.

Nach allerlei alberner Gymnastik wagte ich es, mich wieder aufzurichten. Schlotternd und mit vor der Brust gekreuzten Armen preßte ich mich in die Ecke neben der Tür. Falls sie vorzeitig kommen sollten, hatte ich von hier aus immer noch die größten Chancen auf einen Angriff.

Die Zeit verrann quälend langsam. Alle paar Minuten kontrollierte ich mit Hilfe der Uhr die Fortschritte meiner Aktion. Sie waren deprimierend. Irgendwann gab ich es auf. Leise jammernd versuchte ich mich warm zu halten, indem ich mit Armen und Beinen schlenkerte. Aber auch das war sinnlos. Frierend versank ich in Kindheitserinnerungen.

Wie mich mein Vater, ein dickbäuchiger, rothaariger Mann, mit zum Fischen genommen hatte. Wir waren auf die Schlei rausgefahren, hatten den kleinen Treibanker geworfen und die Leinen mit den Haken ausgelegt. Während wir darauf warteten, daß die Fische bissen, spielten wir Karten, oder Vater erzählte mir haarsträubende Geschichten aus seiner Zeit bei der christlichen Seefahrt. Dazu trank er immer einen Kümmel, den wir zusammen mit meiner Limonadenflasche in einem Netz zum Kühlen außenbords gehängt hatten. Nichts sei ekelhafter als warmer Kümmel, hatte er mir immer wieder gepredigt. Ich hatte das auf alle Schnäpse bezogen, was dazu führte, daß ich in den ersten Jahren selbst teuren Cognac im Kühlschrank aufzubewahren pflegte.

Und ich erinnerte mich an meine Mutter, eine Schönheit mit langen blonden Haaren. Rein optisch hatte sie so gar nicht zu Vater gepaßt, der kaum größer als sie gewesen war, dafür aber mindestens das dreifache Volumen gehabt hatte. Sie hatte immer elegant und beherrscht gewirkt, war nie laut geworden. Egal, ob Vater betrunken nach Hause kam oder ich als knapp Sechsjähriger vom Dach des Schuppens fiel.

Und dann war da noch die Geschichte, als ich mir heimlich Vaters Schrotflinte geschnappt und damit auf die alte Eiche am Wegkreuz geschossen hatte. Der Rückschlag war so stark, daß mir der Kolben zwei Vorderzähne ausschlug. Anstatt mir den Hintern zu versohlen oder mich bei Vater anzuschwärzen, tröstete und verarztete sie mich, und ich kam mit wenigen ermahnenden Worten davon.

Ich sah sie, als sei es erst gestern gewesen, wie sie in ihrem Sonntagskleid auf der Terrasse stand, den köstlich duftenden, noch warmen Apfelkuchen aufschnitt und mir mit einem Zwinkern gleich zwei Stücke auf den Teller legte.

Beide waren schon lange tot, und gerade in diesem Augenblick vermißte ich sie unendlich. Wie wohl hätten mir jetzt ein paar tröstliche Worte meiner Mutter oder der starke Arm meines Vaters um die Schultern getan. Aber so stand ich allein in diesem nassen Loch, am vorläufigen Ende eines weitgehend verpfuschten Lebens. Würde mich überhaupt jemand vermissen, wenn ich hier und heute ersaufen würde?

Doch, Charlie, meine große Liebe. Und vielleicht mein Kreditberater bei der Bank. Denn der schuldete ich noch Geld.

Ich weiß nicht, ob es an den paar Tränen lag, die ich bei meiner Reise durch die Vergangenheit vergossen hatte, jedenfalls reichte mir der Pegel bereits bis zur Brust. Ein Kontrollblick auf die Uhr sagte mir, daß sie inzwischen den Wetterbericht der Tagesschau verlasen. Mein Gott, wie die Zeit galoppiert war.

Was hatten die Beaumont und ihre Leute da oben nur vor? Wollten sie nicht türmen? Oder waren sie bereits abgehauen und hatten mich einfach zurückgelassen?

Mit den Armen rudernd arbeitete ich mich durch die trübe Brühe und erschrak fürchterlich, als ich gegen die dümpelnde Matratze stieß. Sie war mittlerweile aufgequollen. Ich schob sie zur Seite. Mit der linken Hand hielt ich mich am Rohr fest und drehte mit der rechten probehalber an dem Kran. Er ließ sich problemlos schließen und wieder öffnen. Darum brauchte ich mir also keine Sorgen zu machen. Zudem war positiv, daß ich mich offensichtlich verkalkuliert hatte, denn das Wasser stieg schneller als erwartet.

Aber meine Gesundheit stand auf dem Spiel, das wurde mir langsam klar. Wenn die Wassertemperatur bei fünfzehn Grad lag, war das viel, und ich stand seit anderthalb Stunden in dem kalten Naß. Kräftig paddelnd und tretend begann ich Runden zu drehen. Die imaginäre Ziellinie passierte ich jeweils, wenn ich an dem kleinen Fenster vorbeikam. Mir wurde dadurch zwar nicht wärmer, aber ich war beschäftigt und empfand die Kälte daher als weniger beißend.

Bei Runde vierundvierzig schwappte mir zum ersten Mal Wasser in den Mund. Anstatt zu Schreiten drückte ich mich nun jedesmal vom Boden ab und machte mit den Armen Schwimmbewegungen. Rein gefühlsmäßig kam ich dadurch auf bessere Zeiten. Ungefähr zwanzig Runden später verzählte ich mich und kam aus dem Takt. Anstatt mich wie zuletzt mit den Ballen abzustoßen, ging ich unter. Die Wogen schlugen über mir zusammen. Prustend und wild rudernd kam ich wieder hoch. Es war höchste Zeit, das Ventil zu schließen.

Wie in der Schwerelosigkeit hüpfend arbeitete ich mich bis zum Rohr vor. Mittlerweile stand das Wasser so hoch, daß ich tauchen mußte, wollte ich an das Schließrad des Krans gelangen. Ich atmete zweimal kräftig durch, hielt die Luft an und versenkte mich. Mit einem Griff hatte ich das Rad in der Hand. Ich drehte es nach rechts, beziehungsweise ich wollte es drehen.

Es ließ sich nicht bewegen! Es rührte sich keinen Millimeter!

Voller Panik schoß ich nach oben und knallte mit dem Kopf gegen die Decke. Glücklicherweise verlor ich weder die Besinnung noch brach ich mir das Genick.

Eben hatte es doch noch funktioniert, und nun das!

Ich startete einen zweiten Versuch und faßte diesmal mit beiden Händen zu. Nichts tat sich. Wie wild zerrte ich an dem verdammten Rad, aber das Ergebnis blieb das gleiche. Es bewegte sich überhaupt nicht.

Als ich erneut zum Luftholen auftauchte, mußte ich den Kopf bereits schräg legen, um mein Kinn aus dem Wasser zu bringen. Eine grenzenlose Angst bemächtigte sich meiner Gedärme. Das war das Ende.

Das Fenster!

Halb tauchend, halb schwimmend tobte ich durch den Raum zu der kleinen Schießscharte und steckte den rechten Arm in den Lichtschacht. Mit den Fingerspitzen konnte ich das Glas gerade so berühren, aber weiter kam ich nicht, meine Schulter war im Weg. Gurgelnd zog ich mir den Schuh vom rechten Fuß und benutzte ihn als Verlängerung. Aber so sehr ich auch mit dem Absatz gegen die Scheibe schlug, sie erwies sich als unzerstörbar.

Heulend vor Wut und Angst ließ ich ihn los und versuchte, mein Bein in den Schacht zu pressen. Ich verrenkte mir sämtliche Glieder und schaffte es schließlich, mit dem dicken Zeh an die Scheibe zu klopfen, aber das war es auch schon. Kurz vor dem Ertrinken zog ich das Bein wieder heraus. Was nun, um Himmels willen?

Bei aller Panik hatte ich dann doch eine klare Sekunde. Wieso war ich nicht sofort darauf gekommen?

Ich ging erneut auf Tauchstation und tastete nach der Verschlußmutter, die immer noch an dem Kettchen baumeln mußte. Ein paar grauenhafte Momente lang dachte ich, sie sei verschwunden, dann bekam ich sie zu fassen. Aber der Wasserdruck war zu stark, ich konnte sie nicht auf den Kran aufsetzen. Als ich es dann beinahe doch geschafft hatte, ging mir die Luft aus.

Diesmal mußte ich zum Atmen bereits den Kopf in den Nacken legen. Viel Zeit blieb mir nicht mehr. Ich riß mir den Socken vom Fuß und drehte ihn zu einer Wurst. Dann stieß ich wieder hinab in die Dunkelheit. Tatsächlich gelang es mir, das eine Ende der Strumpfwurst in den Wasserkran zu praktizieren. Hektisch schob ich mit dem Mittelfinger nach und schälte mir die Haut bis auf die Knochen herunter. Als ich ihn knapp zur Hälfte verstaut hatte, mußte ich auftauchen.

Zurück vor Ort, saß er noch immer in dem Loch. Versiegt war der Zufluß nicht, aber nachdem ich auch den Rest des Sockens hineingestopft hatte, hatte der Druck derart nachgelassen, daß ich die Mutter mühelos aufschrauben konnte. Halb besinnungslos, weil ich meine Arbeit nicht schon wieder unterbrechen wollte, kam ich nach oben. Den Kopf weit zurückgelegt und die Hände im rauhen Putz der Decke verkrallt, sog ich meine Lungen bis zum Anschlag voll. Das war geschafft.

Aber die nächste Panik ließ nicht lange auf sich warten. Während ich toter Mann spielend dicht unter der Oberfläche trieb und nur mein Gesicht aus dem Wasser ragte, überschlug ich, zunächst mehr spaßeshalber, die Menge Sauerstoff, die mir aufgrund meiner Flutungsaktion noch verblieben war. Das Ergebnis traf mich so hart, daß ich auf der Stelle unterging. Unter Wasser verlor ich die Orientierung und rammte bei dem Versuch, wieder nach oben zu kommen, eine der Wände oder den Boden. Erst nachdem ich mit der Stirn die Tür eingebeult hatte, wußte ich, wo es langging. In letzter Sekunde kam ich wieder an die Oberfläche.

Möglichst nicht bewegen und möglichst flach atmen. Wie einen Gebetsspruch skandierte ich diese beiden Überlebensregeln wieder und wieder. Ein monotones Glucksen lieferte mir dazu die Begleitmusik.

Allmählich wurden meine in die Decke verkrallten Finger taub, und ich hatte das Gefühl, daß mir die Hose von den Beinen glitt. Gerade wollte ich eine Hand lösen und nach ihr greifen, um wenigstens nicht ohne Beinkleid herumzuschwimmen, wenn es ans Ende ging, als sich plötzlich etwas Ungeheuerliches ereignete.

Auf einen ohrenbetäubenden Knall, als ob sämtliche Düsenjäger dieser Erde gleichzeitig die Schallmauer durchbrochen hätten, folgte ein Brausen, Rauschen und Tosen, das die Niagarafälle vor Neid hätte erblassen lassen.

Wie von einem überdimensionalen Staubsauger gepackt wurde ich weggerissen. Die Fluten schlugen über mir zusammen, und ich wurde gnadenlos umhergewirbelt. Mein Schädel wurde rücksichtslos gegen eine Mauer geschmettert, und die Arme drohten auszukugeln. Meine nächste Wahrnehmung war, daß ich irgendwo durchflutschte.

Dann wurde ich zu meiner Überraschung unvermittelt nach oben gespült, und eine gigantische Flutwelle trug mich mit atemberaubender Geschwindigkeit durch einen hellerleuchteten Raum. Hilflos den Gewalten ausgeliefert schoß ich auf einen riesigen, dampfenden und fauchenden Kessel zu. Obwohl ich die Arme nach vorn riß, kam ich zuerst mit dem Kinn an. Um mich herum brodelte und zischte es. So mußte die Welt am Jüngsten Tag aussehen.

Wieder wurden mir die Beine weggerissen. Ich rutschte auf dem Hosenboden ins Abseits und wurde an einer Wand geparkt. Die zurückflutenden Wogen zerrten noch einmal kurz an mir, um sich dann schnell in ein stehendes Gewässer zu verwandeln, auf dem allerlei Unrat dümpelte.

Ich sah mich um und entdeckte an meiner Seite eine offenstehende Tür. Durch die mußte ich in den Heizungskeller hineingespült worden sein. Von dem riesigen Heizkessel, der auf einem Betonsockel ruhte, stieg Dampf auf und nebelte den Raum ein. Ich stemmte mich hoch und watete durch den Türrahmen in einen Flur, der den Heizungsraum und mein ehemaliges Verlies trennte. Die massive Stahltür war aus ihren Angeln gerissen worden und lag wie ein geknickter Pappdeckel am Ende des Gangs. Von dem Chauffeur, oder wer sonst die Tür geöffnet hatte, war nichts zu sehen.

Rechter Hand, keine fünf Meter entfernt, befand sich eine Holztreppe. Plötzlich begann das Licht zu flackern, verlosch aber gnädigerweise nicht. Gerade als ich mich in Bewegung setzen wollte, ertönte von oben ein spitzer Schrei, dann wurden Anweisungen gebrüllt. Holz splitterte, und etwas Gläsernes ging zu Bruch. Was war da los?

Während die Kampfgeräusche über mir an Intensität zunahmen und dann unvermittelt in ein wildes Weiberkreischen übergingen, machte ich mich auf den Weg. Kurz vor der Treppe, die ins Erdgeschoß führte, kam mir eine umhertreibende Holzlatte in die Quere. Ich nahm sie an mich; sie würde eine vortreffliche Waffe abgeben.

Vorsichtig setzte ich einen Fuß auf die unterste Stufe, als plötzlich ein Schuß fiel. Gleichzeitig verstummten das Geschrei und die Kampfgeräusche, und das Licht im Keller verlosch. Brachte das Pack sich gegenseitig um?

Bis auf das Glucksen des Wassers zu meinen Füßen drang kein Laut mehr an mein Ohr. Langsam und vorsichtig hangelte ich mich am Treppengeländer hoch und hielt die Latte zum Zuschlagen bereit. Eine Stufe eher als erwartet stieß ich auf die Kellertür. Geräuschlos ließ ich meine freie Hand über das lackierte Holz gleiten, bis ich die Türklinke gefunden hatte. Ich hatte gerade die Fingerkuppen aufgelegt, als ich spürte, wie die Klinke behutsam nach unten gedrückt wurde. Einer von der Bande stand vor der Tür!

Ich zog die Finger zurück und faßte die Latte mit beiden Händen wie einen Baseballschläger. Jetzt kam es darauf an. Die Tür wurde aufgerissen, und ein grelles Licht stach mir in die Augen. Ich war geblendet und konnte nicht erkennen, wer mir gegenüberstand. Aber das war absolut gleichgültig. In diesem Moment hätte ich es auch mit Dschingis-Khans Horden aufgenommen.

Brüllend wie ein Stier stürmte ich voran und schlug blind zu. Den ersten hatte ich satt getroffen, aber da waren noch mehr. Wie von Sinnen wirbelte ich die Latte herum, aber meine Schläge gingen ins Leere.

Plötzlich stand ich einem wild aussehenden Kerl gegenüber, den ich zuvor noch nie gesehen hatte. Er schwang ebenfalls eine Keule, und gleichzeitig holten wir aus. Ich legte alles, was ich noch an Kraft besaß, in diesen einen Schlag und erwischte ihn voll. Mit einem trommelfellzerreißenden Knall zerbarst der Spiegel mit dem barocken Goldrahmen in tausend Scherben.

Irritiert starrte ich auf die von mir freigelegte Wand, als eine mir wohlvertraute Stimme plötzlich hinter mir sagte: »Laß gut sein, Leo. Die Sache ist ausgestanden.«

Langsam drehte ich mich um und stand im Halbdunkel der Halle einem wie immer zerzaust aussehenden Lothar Müller gegenüber.

*

Zehn Minuten später saß ich tropfend, mit verarztetem Finger und in eine Decke gehüllt auf der untersten Stufe der Treppe, die ins Obergeschoß der Villa führte. Dutzende von Kriminalbeamten wirbelten Hektik verbreitend umher. Den einen oder anderen kannte ich.

Die Männer von der Spurensicherung stürmten mit ihren Köfferchen an mir vorbei in den ersten Stock, kamen aber umgehend zurück, da sie erst das Erdgeschoß untersuchen sollten. Lothar stand, wie Kapitän Ahab auf der Brücke, mitten in dem Durcheinander und brüllte seine Anweisungen.

Zwei Sanitäter trugen den besinnungslosen Bornscheid auf einer Bahre aus dem Haus. Er war der Bedauernswerte, dem ich einen zusätzlichen Scheitel verpaßt hatte, nachdem er die Tür zum Keller aufgerissen hatte.

Auf einer zweiten Trage, mit käseweißem Gesicht und am Tropf, wurde Valentine de Beaumont fortgebracht. Einer der Beamten hatte sie angeschossen, und offenbar rang sie um ihr Leben. Die russische Hausdame, Olga Stoll und ihr Freund wurden in Handschellen abgeführt. Als die drei an mir vorbeigeschoben wurden, spuckte die junge Frau in meine Richtung und warf mir einen haßerfüllten Blick zu. Mir war das herzlich egal.

Neben der Haustür stand Charlie mit umgehängtem Tonbandgerät und hielt einem mir unbekannten Mann ein Mikrofon unter die Nase, während ihr Leibfotograf wie ein Derwisch herumsprang und pausenlos blitzte. Nachdem Lothar mir den Prügel, mit dem ich Bornscheid erlegt hatte, abgenommen hatte, war sie mir zunächst um den Hals gefallen und hatte mich stürmisch geküßt. Keine zehn Sekunden später hatte sie sich ihrer Karriere erinnert und von mir abgelassen, um allen möglichen Leuten Löcher in die Bäuche zu fragen.

Auch FJ fehlte nicht. In seinen dunkelblauen Kammgarnmantel gehüllt, mit hochgeschlagenem Kragen, stand er abseits und erörterte mit sonorer Stimme die Ereignisse mit einem blassen Menschen, den ich aus dem Büro der Staatsanwaltschaft kannte. Ein halbes Dutzend Uniformierter war in den Keller hinabgestiegen und watete mit gezogenen Waffen durch das knöcheltiefe Wasser, denn der Chauffeur wurde noch vermißt. Vermutlich hatte ihn die Stahltür erschlagen.

Ich schloß die Augen und träumte von einem heißen Bad, trockener Wäsche und einer Flasche Cognac. Eine Hand streichelte meinen Kopf. Ich klappte die Augen auf und erkannte Charlie, die sich neben mir auf den Stufen niederließ.

»Wie geht es dir, Seemann?« fragte sie.

»Ich bin müde. Unendlich müde.« Ich mußte mich räuspern. »Wie seid ihr eigentlich hierhergekommen?«

»Das ist eine lange Geschichte. Willst du sie wirklich hören?«

»Ich habe momentan nichts Besseres zu tun.«

Sie rückte ein Stück näher und setzte sich zurecht. »Ich bin im Archiv fündig geworden. Es war genau so, wie ich vermutet hatte. Diese Valentine de Beaumont war mir nicht unbekannt. Ihr Mann, der Comte André de Beaumont, galt in den fünfziger Jahren als einer der größten Waffenhändler Frankreichs. Nach seinem Tod im Jahr '59 hat sie die Geschäfte weitergeführt. Zwar in kleinerem Umfang, aber keineswegs weniger einträglich. Vor knapp einem Jahr hat der Generalstaatsanwalt gegen sie ermittelt, aber es konnte ihr nichts nachgewiesen werden. Aber dadurch habe ich mich an sie erinnert.«

»Du meinst, sie war eine Waffenschieberin?«

»Ihre Geschäfte hat sie über ein Büro in Luxemburg abgewickelt. Hier in Deutschland hat sie sich nie etwas zuschulden kommen lassen. Zumindest konnte man ihr nichts anhängen.«

»Mir hat sie erzählt, sie hätte in Trikotagen gemacht.«

»Das hat sie auch, eine Zeitlang. Kurz nach ihrer Heirat mit diesem französischen Adligen.« Sie rückte noch enger an mich heran.

»Paß auf, du versaust dir deine Klamotten«, warnte ich sie.

»Das ist doch egal. Kuschel dich an.«

Ich gehorchte.

»Jedenfalls fand ich unter anderem einen Artikel, den damals ein Kollege vom Wirtschaftsressort verfaßt hat«, fuhr sie fort. »In dem hieß es, Frau de Beaumont sei eine gebürtige Tschelanskaja. Ich habe den Kollegen sofort angerufen, und er hat mir bestätigt, daß sie russischer Abstammung ist. Da war für mich sofort klar, daß du auf der richtigen Spur bist und dich in höchster Gefahr befindest. Ich habe es vor Sorge nicht mehr ausgehalten und bin zu Müller gefahren. Der saß gerade mit Hackländer zusammen und war ganz Ohr, als ich ihm von meiner Entdeckung berichtete.«

Ich mußte niesen.

»Gesundheit!«

»Danke. Und dann seid ihr mit einer Hundertschaft ausgerückt und habt das Haus gestürmt?«

»Noch nicht. Zunächst ist Müller mit zwei Kollegen hierhergefahren und hat Frau de Beaumont befragt. Sie hat abgestritten, dich überhaupt zu kennen. Die drei Beamten mußten unverrichteter Dinge wieder abziehen. In der Zwischenzeit hatte ich aber deinen Wagen entdeckt. Das habe ich Müller sofort mitgeteilt, und er hat daraufhin Verstärkung angefordert.«

Sie griff nach meiner Hand, die ich ihr bereitwillig überließ. »Die

Kripo hat das Haus dann eine Zeitlang beobachtet, aber nichts tat sich. Ich war in heller Panik, daß sie dich inzwischen aufschlitzen oder sonst etwas mit dir anstellen würden, so daß ich ein riesiges Theater angezettelt habe. Hackländer hat mich übrigens dabei unterstützt. Müller mußte schließlich nachgeben. Er hat das Einsatzkommando angefordert, und nachdem die Männer in Position gegangen waren, hat er die Villa stürmen lassen. Den Rest kennst du ja.«

»Allerdings«, murmelte ich.

»Sag, wie bist du nur auf diese aberwitzige Idee gekommen, den Kellerraum unter Wasser zu setzen? Du hättest dabei ertrinken können, ist dir das eigentlich klar?«

Bevor ich ihr auf diese dämliche Frage antworten konnte, tauchte ein großgewachsener, breitschultriger Mann in einem erstklassig geschnittenen, graumelierten Anzug auf. Er war schätzungsweise Ende fünfzig. Mit stechenden Augen sah er sich um, wobei er das massige Kinn unter den wulstigen Lippen vorreckte. Arroganz schien sein Markenzeichen zu sein. Mit einer affektierten Bewegung rückte er die massive Hornbrille, die auf seiner Hakennase thronte, zurecht. Ohne Umwege schritt er auf Lothar zu, der sich ihm auch sofort widmete.

»Das ist Meynhardt«, raunte Charlie mir zu.

Ich war erschüttert. Wie konnte ein solcher Kotzbrocken der Erzeuger einer so hübschen Frau wie Judith Meynhardt sein?

»Bleib hier. Ich will versuchen, ob ich ihm eine Stellungnahme entlocken kann.«

Wieder wurde ich alleingelassen, aber nur für kurze Zeit. Der Polizeipräsident ließ Charlie überhaupt nicht zu Wort kommen und scheuchte sie wie eine lästige Fliege weg. Dann zeigte Lothar auf mich, und sein Vorgesetzter musterte mich aus der Distanz. Offensichtlich gefiel ihm nicht, was er sah, denn er stülpte die Lippen vor und sah ungehalten aus. Schließlich gab er sich einen Ruck und kam auf mich zu.

»Herr Präsident, darf ich vorstellen, das ist –« Weiter kam Lothar nicht.

Grollend fuhr Meynhardt ihm in die Parade. »Sie sind also der Chaot, der dieses Tohuwabohu zu verantworten hat.« Die Stimme paßte zu seiner Visage. »Sie sind sich hoffentlich darüber im klaren, daß das Konsequenzen haben wird?« Er sah auf mich herab, als sei ich ein Haufen Kehricht.

»Ja«, strahlte ich ihn an. »Ich werde berühmt.«

Zornesröte schoß ihm in die fleischigen Wangen. »Ihre dummen Sprüche werden Ihnen noch vergehen. Dafür werde ich persönlich sorgen. In meiner Stadt spielen Privatschnüffler nicht Räuber und Gendarm. Am besten sehen Sie sich schon einmal nach einer anderen Arbeit um.«

Bevor ich die hochkarätige Beleidigung loswerden konnte, die mir auf der Zunge lag, hatte er sich bereits abgewendet. Mit Lothar im Schlepptau verschwand er im angrenzenden Salon. Charlie, die aus dem Hintergrund mitangehört hatte, was der präsidiale Fleischberg mir angedroht hatte, trat auf mich zu.

»Mach dir nichts daraus. Er ist ein Arschloch. Alle hier wissen das.«

Ich rappelte mich hoch. »Solange er das selbst nicht weiß, wird das wenig nützen.«

Noch immer schwach im Schenkel, wankte ich, auf meine Lebensretterin gestützt, zur Haustür, als sie gerade Wassilij, den Chauffeur, die Kellertreppe heraufschafften. Sie hatten ihn hinter der Kartoffelkiste gefunden. Er lebte, aber sein einst klassisches Gesicht sah aus, als habe er damit versucht, einen Güterzug zu stoppen.

Montag, 24. Mai 1965

Am Vorabend war ich nach einer ausgiebigen Dusche und zwei doppelten Cognacs ins Bett gefallen und sofort eingeschlafen. Nicht einmal Charlies hüllenlose Gegenwart hatte mich noch zu irgendwelchen Taten anspornen können. Am Morgen hatte sie mich dann um kurz nach neun geweckt.

Inzwischen saß ich sorgfältig rasiert am Frühstückstisch. Der Frost war aus meinen Knochen gewichen, aber ganz der alte war ich noch nicht. Wer weiß, ob ich das je wieder werden würde.

»Beeil dich«, trieb Charlie mich an. »Müller erwartet dich um zehn Uhr zur Vernehmung.«

»Was soll ich denn anziehen?«

»Ich habe dir alles rausgelegt.«

Das Hemd war weiß und schlicht, der Anzug braun wie die Halbschuhe. Auf eine Krawatte verzichtete ich. Charlie selbst schlüpfte in ihr schwarzes Allzweckkleid und den knielangen Regenmantel. Derart ausstaffiert kamen wir kurz nach der Zeit im Präsidium am Waidmarkt an.

»Ich warte hier«, rief sie mir zu, als ich an Lothars Tür pochte, und besetzte einen der Stühle im Gang.

Auf Lothars »Herein!« trat ich ein, durfte mich setzen und bekam einen Kaffee angeboten. Lothar wirkte übernächtigt, war aber guter Dinge und benahm sich, als sei nie etwas zwischen uns vorgefallen.

»Da wir gerade allein sind«, sprach er mich leise an und schaute zur Tür, aber da war niemand. »Dagmar läßt fragen, ob ihr, Charlie und du, morgen abend zum Essen kommen wollt.«

»Ob Charlie morgen Zeit hat, weiß ich nicht. Die Queen ist doch in Köln. Aber ich komme gern. Das heißt, wenn du nichts dagegen hast.«

Er wurde doch tatsächlich rot.

»Was anderes«, wechselte ich das Thema. »Habt ihr meinen Wagen mitgenommen, oder steht er noch in Rodenkirchen?«

Lothar zog die Schublade auf und schob mir die Wagenschlüssel, meine Luger und mein Messer zu. Was ich sonst noch in den Taschen gehabt hatte, steckte in einer durchsichtigen Plastiktüte. »Der Wagen steht auf dem Parkplatz neben dem Haus. Du kannst ihn gleich mitnehmen.«

»Und wo ist mein Mantel?«

»Einen Mantel haben wir nicht gefunden.«

»Einen grauen Trenchcoat.«

»Ich sagte doch, wir haben keinen gefunden.«

»Mensch, das Ding hat fast zweihundert Mark gekostet!«

»Stell ihn deiner Klientin in Rechnung«, grinste er. »Oder noch besser, buch den Verlust auf das Konto Lehrgeld.«

Ich war sauer. Ein zweiter Beamter kam herein. Er hieß Ewers und sah aus wie das blühende Leben.

»Ein paar Worte noch, bevor wir zum offiziellen Teil kommen«, sagte Lothar und hielt Ewers zurück, der schon das Tonband einschalten wollte. »Ich habe gestern abend zusammen mit Franz Hackländer noch einmal mit dem Präsidenten gesprochen. Er hat eingesehen, daß wir ohne deine Hilfe den Fall nicht so schnell hätten lösen können, und will die Sache damit auf sich beruhen lassen.«

»Wie lieb von ihm«, äffte ich. »Sag mir lieber, wie es Bornscheid geht.«

»Glücklicherweise war es kein Schädelbruch. Er hat nur eine Platzwunde und eine Gehirnerschütterung davongetragen. Über Nacht haben sie ihn zur Beobachtung in der Universitätsklinik behalten. Morgen wird er wahrscheinlich schon wieder entlassen.«

»Es tut mir leid, daß ich ihn niedergeschlagen habe.« Das meinte ich ehrlich.

»Sei froh, daß er die Tür aufgezogen hat, und nicht die Jungs vom Einsatzkommando. Die hätten dich glatt erschossen.«

»Was trinkt er denn gern?«

Lothar gab die Frage an Ewers weiter. Der sagte: »Pfefferminzlikör.«

»Pfefferminzlikör?«

»Ja.«

»Nun gut. Er bekommt eine Kiste.«

Lothar schaltete das Tonband ein, und ich erzählte ihm die Story von Anfang bis Ende, zumindest das, was für offizielle Ohren bestimmt war. Er unterbrach mich selten, eigentlich nur, wenn es um die genauen Daten oder Uhrzeiten ging. Nachdem ich geendet hatte, gönnte er sich ein Zigarillo, und ich steckte mir eine Zigarette an.

»Wie geht es der de Beaumont?« wollte ich wissen und nahm den zweiten von Ewers angebotenen Kaffee dankend an.

Lothar schüttelte seinen Wuschelkopf. »Sie ist vor drei Stunden gestorben. Die Kugel hatte eine Arterie erwischt.«

»Erwarte nicht, daß mir das leid tut.«

»So war das auch nicht gemeint.« Gedankenverloren starrte er in die Glut seines Stumpens.

Ich nahm einen Schluck Kaffee. »Habt ihr die anderen schon verhört?«

»Der Chauffeur ist noch nicht soweit«, antwortete Lothar, und sein Blick wurde wieder klar. »Ihm mußten sie letzte Nacht erst einmal die Kiefer zusammenflicken. Hat wohl mehrere Meter Draht gekostet. Aber dieser Heiner Becker, der Kerl, der auf dich und Charlie geschossen hat, singt wie ein Vogel.«

»Was singt er denn?«

»Tausend Melodien.« Eine trällerte er kurz an. »Planung, Organisation, Durchführung, einfach alles. Er war bis ins Detail eingeweiht, hat aber nach eigener Aussage nur die Kennzeichen und die Wagen gestohlen, mit denen sie die Leichen an die späteren Fundorte gefahren haben.«

»Hat er auch die Ermordung Lautenschlägers erwähnt?«

»Ja. Den Wagen soll damals Wassilij Jenajew gefahren haben. Becker hat dann den Einbruch in den Fotoladen verübt und die Karteikarten und die Negative gestohlen. Wie du ganz richtig vermutet hast, hat er die Kameras nur zur Ablenkung mitgehen lassen.«

Ich leerte meine Tasse. »Hat Olga Stoll auch ausgesagt?«

»Nein. Sie schweigt beharrlich.«

»Was ist mit ihren Eltern – ich meine, mit den Stolls? Sind sie verhaftet worden?«

Er verneinte. »Ich glaube nicht, daß sie etwas mit der Geschichte zu tun haben. Trotzdem habe ich sie für elf Uhr einbestellt.«

Es war kurz vor elf. Ich erhob mich. »Zehn Morde auf einen Schlag aufgeklärt. Das gelingt auch dir nicht alle Tage.«

»Neun«, murmelte er.

»Wieso neun? Neun vom Schiff und der Fotograf ergeben zehn.«

»Die zehn minus Michael Dettmers macht neun«, rechnete er mir vor. »Becker hat alle Morde eingeräumt, aber nicht den an Dettmers. Der Fall ist noch nicht geklärt.«

Wie vom Donner gerührt sank ich zurück auf meinen Stuhl. »Sag, daß das nicht wahr ist.«

»Leider doch«, seufzte er.

»Er lügt!«

»Das glaube ich nicht. Wenn jemand ohne zu zögern seine Beteiligung an neun Morden zugibt, dann würde er auch seine Mitwirkung an einem zehnten gestehen, sofern er daran beteiligt war. Oder siehst du das anders?«

Er hatte recht. Bei der Menge kam es nun wirklich nicht mehr darauf an.

»Außerdem«, Lothar zielte mit dem Bleistift auf mich, »du hast mir doch vergangene Nacht erzählt, daß die Comtesse einen Gegenstand auf dem Grab ihrer Nichte respektive Tochter deponiert hat. Erinnerst du dich?«

Ich nickte. »Habt ihr herausgefunden, was das war?«

»Allerdings. Heute morgen habe ich zwei Männer nach Melaten geschickt. Sie haben entdeckt, daß die Marmorplatte auf dem Grab nicht aus einem Stück besteht. Am Rand läßt sich ein etwa postkartengroßes

Feld Marmor mit Hilfe eines eingelassenen Rings herausnehmen. Im Erdreich darunter steckten acht Messinghülsen. In jeder Hülse befand sich ein Zettel mit jeweils einem Namen. Rate mal, welcher Name, außer dem des Fotografen, nicht dabei war?«

Mühsam rang ich um Fassung. »Und nun?«

Lothar zuckte die Achseln. »Was schon? Das Übliche. Wir haben einen unaufgeklärten Mordfall. Das ist alles.«

Charlie sah mir an, daß etwas nicht stimmte, fragte aber erst, nachdem wir meinen Wagen vom Parkplatz geholt hatten. »Will Meynhardt dir an die Karre fahren?«

»Nein, das ist ausgestanden. Mit etwas Glück kriege ich sogar das Bundesverdienstkreuz.«

»Aber irgend etwas ist doch los«, beharrte sie.

»Allerdings. Hast du etwas Zeit?«

»Was glaubst du, auf wen ich bis jetzt gewartet habe?«

»Ich dachte, du mußt deinen Artikel für die morgige Ausgabe schreiben.«

»Das macht Schuhmacher. Er weiß Bescheid. Ich komme am Mittwoch mit der Hintergrundstory heraus.« Sie warf einen Blick auf ihre Armbanduhr. »Aber um halb vier muß ich zu der offiziellen Pressekonferenz.«

»Okay, dann laß uns nach Hause fahren. Da erzähle ich dir alles.«

Als ich den Cognac auf den Tisch stellte, fuhr Charlie mich an. »Mußt du schon am Vormittag saufen?«

»Nur einen Kleinen.«

»Nein! Erst will ich wissen, was Müller gesagt hat.«

Ich stellte die Flasche zurück und legte die Füße hoch. »Die Comtesse de Beaumont ist tot. Der Chauffeur liegt im Krankenhaus und kann nicht reden, weil sein Kiefer verdrahtet wurde, und Olga Stoll will nicht reden. Nur Heiner Becker, der Schweinehund, der auf uns geschossen hat, singt.«

»Wann ist die Gräfin gestorben?«

»Heute morgen. Laut Lothar gegen halb acht.«

»Aber Becker hat alles gestanden?«

»Eben nicht. Das ist ja der Punkt.«

Der Kaffee war fertig. Charlie schenkte uns beiden ein. Nachdem ich meinen geweißt und gesüßt hatte, fuhr ich fort. »Er hat jede Beteiligung an der Ermordung Dettmers' abgestritten.«

»Dann haben die anderen Dettmers ohne sein Wissen umgebracht«, warf Charlie ein.

»Nein, das ist ausgeschlossen. Dettmers' Tod geht auf das Konto eines anderen.«

»Hat Müller schon eine Idee?«

»Nein«, sagte ich. »Aber du erinnerst dich doch, daß ich dir von der Unterredung mit Judith Meynhardt am vergangenen Mittwoch erzählt habe.«

»Ja«, bestätigte Charlie. »Das war, als sie dir gesagt hat, Michael Dettmers habe auch etwas mit einem Mann gehabt, bevor er mit ihr ging.«

»Genau. Vermutlich haben wir es mit einem Trittbrettfahrer zu tun. Nur wußte der nicht, daß jeder Leichenfundort vorbestimmt war. Deshalb paßt die Benesisstraße auch nicht in das Schriftbild des russischen Wortes.«

Das gab ihr zu denken. Ich nahm einen Schluck Kaffee und beobachtete, wie es hinter ihrer Stirn arbeitete. Gerade, als ich klammheimlich in das Fach schielte, wo der Cognac stand, kam sie mit einer Idee heraus.

»Trotzdem kann die Theorie mit dem Trittbrettfahrer nicht stimmen«, sinnierte sie. »Niemand außer der Polizei und den wenigen Angehörigen, die sich aber verpflichtet haben zu schweigen, wußte doch, daß man den Opfern die Geschlechtsteile abgeschnitten hat. Aber du hast gesagt, auch Michael Dettmers sei verstümmelt worden.«

»Exakt. Du bist ein schlaues Mädchen.«

»Du scheinheiliger Hund!« platzte sie heraus. »Mich läßt du grübeln, daß die Stube raucht, dabei hattest du schon den gleichen Gedanken.«

»So etwas nennt sich Harmonietest.«

»Für Verliebte?« kokettierte sie mit einem Augenaufschlag.

»Zum Beispiel.«

»Du hast wahrlich eine seltsame Art, Liebeserklärungen abzugeben.«

»So bin ich nun mal.«

»Weiß Gott.« Sie nahm eine Zigarette aus ihrem Etui, und ich gab ihr Feuer.

Als unsere Hände sich berührten, knisterte es. Verdammte Nyltestblusen.

»Aber daraus folgt doch«, kam sie zum Thema zurück, »daß der Täter ein Polizist sein muß oder unter den wenigen Angehörigen, die von den Verstümmelungen wußten, zu suchen ist. Sag nicht wieder ›Exakt!‹, sonst klebe ich dir eine!«

Ich sagte gar nichts, sondern nickte nur beifällig. Sie schlug die Beine übereinander. »Wie willst du die Sache angehen?«

Ich kratzte mich am Kinn und legte die Stirn in Falten. »An Michael Dettmers' Todestag haben er und seine Verlobte sich über etwas offenbar sehr Intimes gestritten. Ich habe Judith Meynhardt ein paarmal danach gefragt, aber sie ist immer hochgegangen wie eine Silvesterrakete und hat mich angeblafft, das ginge mich nichts an. Außerdem hätte das nichts mit seiner Ermordung zu tun. Vielleicht stimmt das, vielleicht aber auch nicht. Es wäre ja immerhin möglich, daß sie die wahre Bedeutung dieser Geschichte nicht erkannt hat.«

»Ich verstehe. Und nun willst du, daß ich herauskriege, um was es bei dem Streit ging. Von Frau zu Frau.«

»Exakt.«

Ihr Blick traf mich wie ein Keulenhieb. Ich hatte Mühe, mich auf dem Stuhl zu halten. »Machst du mit?« schob ich zaghaft nach. »Du hast doch heute so gut wie frei.«

»Ja«, knurrte sie. »Was ist, wenn dabei nichts herauskommt?«

»Immer der Reihe nach. Erst einmal versuchen wir es.«

Ich ging in den Flur und holte das Telefon in die Küche. Sechs Meter Leitung machten es möglich. Nur bis aufs Klo reichte das Kabel nicht. Keine Minute später hatte ich Judith Meynhardt an der Strippe.

»Ich weiß es schon«, erklärte sie mir. »Mein Vater hat mich heute morgen angerufen. Ich bin froh, daß es endlich vorbei ist.«

»Ich auch«, log ich erst einmal. »Trotzdem, einige Fragen sind noch offen.«

»Was für Fragen?«

»Das läßt sich am Telefon schlecht besprechen. Hätten Sie etwas dagegen, wenn ich kurz bei Ihnen vorbeischaue?«

»Sofort?«

»Wenn möglich.«

Sie zögerte. »Nun gut. Aber um drei muß ich zur Uni.«

»So lange wird es nicht dauern. Übrigens, ich werde eine Bekannte mitbringen, die mir bei den Ermittlungen geholfen hat. Nur damit Sie Bescheid wissen.«

»Geht in Ordnung.«

Wir legten auf.

Wenig später standen wir vor der Doppelhaushälfte am Forstbotanischen Garten.

Judith offerierte Tee, und wir nahmen dankend an. Die beiden Frauen saßen auf dem lärmintensiven Rattansofa, ich hatte es mir in einem der kaum weniger geräuschvollen Korbsessel bequem gemacht.

Nachdem ich zwei Stücke Kandis in meiner Tasse versenkt und eine Weile beobachtet hatte, wie Schlieren durch die hellbraune Flüssigkeit zogen, kam ich auf den Grund unseres Besuches zu sprechen.

»Es ist richtig, daß die Mordserie aufgeklärt ist. Die Täter sind in Haft. Die Hauptverantwortliche ist inzwischen an ihrer Schußverletzung gestorben. So weit, so gut.« Ich sah Judith direkt in die Augen. »Nicht aufgeklärt ist hingegen der Mord an Ihrem Verlobten.«

Meine letzten Worte trafen sie wie ein Faustschlag.

»Das glaube ich nicht«, würgte sie hervor.

»Es tut mir leid, aber die Beweislage ist eindeutig.« Ich erzählte ihr zunächst von MECTb, und daß der Fundort von Michaels Leiche nicht in das Muster paßte. Dann berichtete ich, daß Becker seine Beteiligung an allen Morden außer dem an Michael zugegeben hatte. Als ich ihr schließlich noch von den Hülsen unter der Marmorplatte auf Irinas Grab erzählte, brach sie in Tränen aus.

»Hört das denn nie auf!« schluchzte sie. »Warum kann ich nicht endlich Frieden finden?«

Mein Herz zog sich bei ihrem Anblick zusammen. Charlie nahm sie in den Arm, wo sie hemmungslos weinte. Ich starrte derweil in meine Teetasse. Es dauerte einige Zeit, bis sie sich wieder gefangen hatte. Aus rotgeweinten Augen sah sie mich an.

»Wieso hat mein Vater mir davon nichts gesagt?«

»Um wieviel Uhr hat er Sie informiert?«

»Gleich gestern abend. Er rief aus dem Dienstwagen an.«

»Da konnte er es noch nicht wissen. Den endgültigen Beweis, die Sache mit den Hülsen, haben die Leute von der Mordkommission erst heute morgen entdeckt.«

Judith preßte ein Taschentuch an ihre immer noch bebenden Lippen. »Aber wenn diese Frau und ihre Spießgesellen es nicht waren, wer war es dann?«

»Ich weiß es nicht«, sagte ich so sachlich wie möglich. »Noch nicht.«

»Heißt das, Sie machen weiter?«

»Ja«, versprach ich. »Bis ich den oder die Täter habe. Und ich hoffe, daß Sie mir dabei helfen werden.«

»Aber ich habe Ihnen doch schon alles gesagt, was ich weiß«, rief sie.

»Beinahe.«

Die anschließende Pause war bedrückend. Ich sah, wie sie langsam realisierte, worauf ich hinauswollte. Durch das zuvor Erfahrene war sie jedoch noch so geschockt, daß sie diesmal nicht aus der Haut fuhr.

»Glauben Sie wirklich, es würde Ihnen weiterhelfen, wenn Sie wüßten, worüber Michael und ich uns an jenem Abend im Le Bistro gestritten haben?« Sie klang nicht einmal verärgert, nur verzweifelt.

»Die Frage kann ich Ihnen erst beantworten, wenn ich weiß, worum es ging«, schränkte ich ein. »Aber ich hoffe, ja.«

Judith richtete ihre leergeweinten Augen zum Fenster und starrte in das Grau des Himmels.

»Glauben Sie mir bitte, Judith, nichts liegt mir ferner, als Sie zu quälen. Aber wenn ich den Mörder finden soll, muß ich alles wissen.« Ich stand auf. »Frau Dorn hat mich begleitet, da ich annehme, daß sich das, was Sie zu sagen haben, vielleicht leichter von Frau zu Frau aussprechen läßt.«

Judith schniefte und klemmte ihre Hände zwischen den Knien ein. »Vielleicht haben Sie recht. Wollen Sie solange in der Küche warten?«

»Ich würde mir gern die Sachen anschauen, die Michael bei Ihnen im Keller deponiert hat. Sind Sie damit einverstanden?«

»Ja.« Sie erhob sich und ging leicht schwankend zu der kleinen

Kommode, auf der ihre Handtasche lag. An dem Metallring, der von einem Anhänger mit einem J verziert wurde, hingen acht Schlüssel. »Es ist der mit der gelben Markierung«, sagte sie.

Dann beschrieb sie mir den Weg zu dem Verschlag neben dem Vorratskeller. Als ich die Wohnzimmertür hinter mir zuzog, hatte sie sich bereits wieder neben Charlie niedergelassen.

*

Erst landete ich im Heizungskeller, dann in einem Raum mit Werkbank, Schraubzwinge, Stichsäge und Schleifpapier. Daß Meynhardt sich die Zeit mit Laubsägearbeiten vertrieb, hätte ich nicht gedacht. Vor allem nicht mit solchem Kinderkram wie Märchenszenen. Ich war wirklich verblüfft.

Der nächste Raum war es dann, und die Leuchtstoffröhre flammte bereits beim ersten Versuch auf. Zwischen allerlei Gerümpel und hinter einem Damenradwrack, dem die Räder, der Sattel und der Lenker abhanden gekommen waren, standen drei Umzugskartons. Der Handschrift nach zu urteilen, hatte Michael Dettmers selbst mit rotem Filzstift TOP SECRET auf die Deckel der Pappkartons gemalt.

Ich zerrte den am leichtesten zugänglichen Karton hervor und klappte ihn auf. Obenauf lag eine zusammengefaltete Vereinsfahne des 1. FC. Darunter fand ich mehrere kleine Plastikdosen und Pappschachteln, in denen sich Lego-Bausteine und Spielzeugautos verschiedener Hersteller sowie ein noch nicht zusammengeklebter Bahnhof für eine Modellbahnlandschaft befanden. Zuunterst tauchten eine Spielesammlung mit verschiedenen Spielbrettern und Püppchen und Würfeln sowie stapelweise Postkarten aus aller Herren Länder auf. Die Karten waren samt und sonders unbeschrieben. Vermutlich hatte er sie einfach nur gesammelt.

Karton Nummer zwei enthielt zwei unterschiedlich große, abgenutzte Teddybären. Der größere hatte ein Loch im Bauch, aus dem Holzwolle hervorquoll. Ich stöberte ein bißchen in dem Bauch herum, fand aber weder Bärenorgane noch versteckte Mikrofilme. Der restliche Kartoninhalt bestand aus Büchern, vorzugsweise Jugendliteratur. Fünf Bände Karl May, ein bißchen Astrid Lindgren, Taschenbuchausgaben von Enid Blytons »Fünf Freunden«, diverse Bücher zu technischen Themen wie Flugzeugen, U-Booten und Lokomotiven und ein abgegriffener Bildband mit Aktaufnahmen aus dem Paläolithikum der Fotografie. Ich sah mir jedes einzelne der kräftigen Frauenzimmer genau an, aber keines kam mir bekannt vor.

Der dritte Karton war der leichteste. Ein halbes Dutzend Skipullover, eine mottenzerfressene Pudelmütze, eine Skibrille mit blinden Plastikgläsern und ein Paar Römersandalen bildeten den Hauptteil des Inhalts. Nachdem ich die Garderobe auf dem Gepäckträger des Rades deponiert hatte, entdeckte ich auf dem Boden des Kartons fünf weinrot eingebundene Büchlein. Ich schlug das erstbeste auf.

»Tagebuch 1959« sprang mir in Druckbuchstaben auf Seite eins ins Auge. Ich überflog die Eintragungen. Liebeskummer, Schulprobleme, allgemeine Orientierungslosigkeit und unerfüllte Sehnsüchte wechselten sich in schöner Regelmäßigkeit ab.

Das zweite Buch war das '62er, also kramte ich, bis ich das '60er gefunden hatte. Ab Februar wurden die Eintragungen sporadisch, im Mai fehlte bereits eine ganze Woche, und die Seiten für Juli bis August waren komplett leer. Außerdem war Dettmers dazu übergegangen, nur noch im Telegrammstil festzuhalten, was ihn an den einzelnen Tagen bewegt hatte.

Ich ging das Buch Seite für Seite durch. Als ich beim 16. März ankam, stockte mir der Atem. *»War mit Sylvia im Bett. Es ging nicht. Sie fragte, ob ich anders herum sei. Wahrscheinlich hat sie recht.«* stand dort mit Tinte geschrieben.

Die nächsten Monate gaben nichts her. Erst unter September tauchte wieder eine Notiz zu dem Thema auf. *»Gegenwart von L. macht mich nervös. Ihn meine aber noch mehr. Ein geiles Spiel.«* Im Oktober wurde es eindeutiger. *»L. hat mir wie zufällig an die Hose gefaßt. Konnte sich kaum beherrschen. Habe ihn abblitzen lassen.«*

Ich blätterte weiter. Mit Datum vom 12. November hatte Dettmers notiert: *»War mit L. im Café. Er sagt, er steht auf meine Uniform, besonders die Stiefel. Kniff mich, als wir gingen, in den Hintern.«*

Dann ging es Schlag auf Schlag. Bei allen Eintragungen für die Wochenenden im November und Dezember tauchte L. auf. Ihre Beziehung schien rapide Fortschritte gemacht zu haben, denn Dettmers beschrieb, wie sie sich zum ersten Mal geküßt und befummelt hatten und dann zusammen im Bett gelandet waren. Letzteres wiederholte sich dann an nahezu allen Samstagen. An Vulgärausdrücken sparte er dabei nicht.

Ich nahm das '61er Tagebuch zur Hand. Es war erheblich dünner, weil die Seiten von Januar bis einschließlich März herausgerissen waren. L. wurde jedoch bereits in den ersten Apriltagen wieder erwähnt. *»Stundenlanges Telefonat mit L. Er winselte. Habe ihm gesagt, daß ich keine Zeit habe.«*

Zwei Wochen später hatte Dettmers dann Zeit gehabt. In geradezu epischer Breite beschrieb er, wie L. und er ein Wochenende in einem nicht näher bezeichneten Hotel in Hamburg verbracht hatten. Wie sich die beiden dort miteinander vergnügt hatten, hätte jedem Pornoregisseur die Schamesröte ins Gesicht getrieben.

Der detaillierten Schilderungen überdrüssig, ging ich die folgenden Monate nur oberflächlich durch. L. fand dabei bis Mitte Oktober sage und schreibe dreiundzwanzigmal Erwähnung. Am 24. Oktober wurde es dann spannend. *»War mir unheimlich, wie seine Frau mich angesehen hat. Ob sie etwas ahnt?«* hatte Dettmers mit Kugelschreiber festgehalten. Vier Tage später stand dort: *»Kann L.s Frau nicht mehr in die Augen sehen. Sie weiß es!«* Der letzte Satz war doppelt unterstrichen.

Nach zwei Wochen belangloser Eintragungen erschien L. wieder auf der Bildfläche. *»L. kotzt mich an. Kann ihn nicht mehr ertragen. Will ihn nicht mehr sehen.«* und tags darauf: *»L. will es nicht kapieren. Habe ihm dreimal gesagt, es ist aus.«* Zwei Tage später ging L. ihm durch dauernde Anrufe auf den Geist. Die weiteren Vermerke bis Jahresende bezogen sich hauptsächlich auf die Öde der Wehrdienstzeit.

Der zweite Samstag im Januar '62 brachte dann den Hammer. *»Mutter bestand darauf, daß ich wegen ihrer Winterparty zu Hause bleibe. Ich wollte nicht, um L. und seiner Frau nicht zu begegnen, habe mich dann aber doch breitschlagen lassen. So kam es, wie es kommen mußte. Die Begrüßung war so peinlich, daß ich beinahe gestorben wäre. Im Weinkeller hat er es dann wieder versucht. Diesmal habe ich ihn auf die Nase geschlagen. Hoffentlich hat er es jetzt gefressen. Ich sehe doch, wie seine Frau leidet. Ihm scheint das total egal zu sein.«*

Dieser mysteriöse L. und seine Frau, die anscheinend von dem Verhältnis gewußt hatte, waren also bei Dettmers' Eltern zu Gast gewesen! Frau Dettmers mußte sie kennen! Wenn das kein Volltreffer war.

L. tauchte danach nur noch einmal auf. Im Mai '62 hatte er Michael zu Hause angerufen, aber der hatte sofort aufgelegt, ohne mit ihm zu sprechen. Für den Rest des Frühjahrs und im Sommer hatten Dettmers dann andere Themen beschäftigt, nicht zuletzt eine gewisse Petra. Zweimal hatte er ihren Namen mit einem Herzchen umkringelt. Das Vorblatt für den Oktober war ein Schock. Quer über die ganze Seite hatte er mit Rot und in Großbuchstaben *»SIE IST TOT!«* gepinselt und die Worte fett unterstrichen.

Wer war gestorben? L.'s Frau? Oder diese Petra? Oder im übertragenen Sinn die Liebe? Das blieb genauso unklar wie die Frage, an welchem Tag sie gestorben war.

Für den Rest des Jahres dominierten Krankheiten. Von Magen-Darmbeschwerden, Allergien aller Art, Schlafstörungen, einer langwierigen Bronchitis und seiner permanenten Angst vor Krebs war die Rede. L., seine Frau oder die Verstorbene wurden nicht mehr thematisiert.

Sicherheitshalber nahm ich mir auch noch den letzten Band vor. L. wurde jedoch mit keinem weiteren Wort erwähnt. Ab dem 19. Juni 1962 blieben die Seiten leer.

Wer war L.? Die Frage kreiste in meinem Kopf, während ich die Kartons, bis auf die Tagebücher, wieder einpackte. Eine grauenhafte Sekunde lang schoß mir der absurde Gedanke durchs Gehirn, L. könnte für Lothar stehen.

Schäm dich, sagte ich zu mir selbst. Wie konnte ich nur so etwas denken! Ich merkte, wie mir das Blut in die Wangen stieg. Um den Kopf wieder frei zu bekommen, schüttelte ich mich wie ein nasser Hund und verfrachtete die Kartons wieder an ihren ursprünglichen Platz.

Grübelnd schloß ich den Raum ab. Vielleicht konnte mir Judith weiterhelfen. Immerhin waren ihr Vater und die Dettmers alte Freunde. Daraus konnte man schlußfolgern, daß Präsident Meynhardt nebst Tochter eventuell auch zu den Gästen der ominösen Winterparty gehört hatten.

Reichlich aufgewühlt stieg ich die Treppe hinauf.

Judith und Charlie diskutierten angeregt über Gemüseauflaufrezepte, was mich einigermaßen irritierte. Ich wollte ihnen jedoch nicht die Stimmung verderben, also wartete ich höflich, bis sie sich bequemten, von meiner Gegenwart Notiz zu nehmen. Judith sprach mich als erste an.

»Haben Sie unter den Sachen irgend etwas von Bedeutung gefunden?«

Ich wies auf die fünf roten Bücher, die ich auf die Lehne meines Sessels gelegt hatte. »Das sind Michaels Tagebücher von 1958 bis 1962. Kennen Sie sie?«

»Ich wußte nicht einmal, daß er überhaupt Tagebuch geführt hat«, zeigte sie sich erstaunt. »Mir hat er davon nie etwas erzählt. Darf ich mal sehen?«

»Ich weiß nicht, ob ich Ihnen das empfehlen soll«, wehrte ich ab. »Er hat darin allerlei Details über seine homosexuelle Beziehung festgehalten.«

Sie zog ihre Hand zurück. »Nennt er den Namen?«

»Einen gewissen L.«

Sie verzog den Mund. »Das sagt mir nichts.«

»Er erwähnt, daß dieser L. bei der Winterparty seiner Eltern im Januar 1962 unter den geladenen Gästen war. Können Sie damit vielleicht etwas anfangen?«

»Die Winterparty '62?« Sie legte einen Finger an die Schläfe. »Ich erinnere mich. In dem Jahr konnte ich nicht mitgehen, da ich mit Grippe im Bett lag. Sonst bin ich immer dabeigewesen, aber in dem Jahr ging es wirklich nicht.«

»Dann werde ich Frau Dettmers danach fragen.«

»Wollen Sie ihr die Wahrheit sagen? Ich meine, daß Michael eine ...«

»Das kann ich ihr nicht ersparen. Der Hinweis auf L. ist der einzige Anhaltspunkt, den ich momentan habe.«

Judith senkte den Kopf. Ich nutzte die Gelegenheit, um Charlie einen fragenden Blick zuzuwerfen. Sie nickte stumm.

»Trotzdem würde ich die Bücher gern lesen«, ließ Judith sich nach einer Pause vernehmen.

»Können wir das bitte so lange zurückstellen, bis ich erfahren habe, was Sie Frau Dorn berichtet haben?«

Sie nickte. »Eigentlich ist es gar nicht so schlimm, wissen Sie. Ich weiß auch nicht, warum ich mich so geziert habe, darüber zu sprechen. Normalerweise bin ich nämlich nicht prüde.«

»Sie brauchen sich nicht zu entschuldigen«, kam ihr Charlie zu Hilfe. »Mir wäre das auch nicht so ohne weiteres über die Lippen gekommen.«

Dann mußte es sich allerdings um eine höchst pikante Geschichte handeln.

Nach einem befreienden Räuspern erklärte mir Judith dann, was der Anlaß zu dem Streit an dem Abend im Le Bistro gewesen war. »Nicht daß ich besonderen Wert darauf legen würde, aber ich halte Küsse im Intimbereich für eine ganz normale Angelegenheit zwischen zwei Liebenden. In einer entsprechenden Situation hat Michael darauf absolut hysterisch reagiert. Er hat mich weggeschubst und hat geschrien, das sei pornographischer Dreck. Ich war völlig konsterniert und habe ihn gefragt, was das soll. Da ist er weinend zusammengebrochen und hat gestammelt, das erinnere ihn an seine homosexuelle Beziehung, deshalb könne er es nicht ertragen.«

»War das an dem bewußten Tag?«

»Nein, früher. So gegen Ende März.«

»Aber an dem Abend im Le Bistro ging es wieder darum?«

»Ja. Drei Tage zuvor, am Sonntag, hatte er mir einen Heiratsantrag gemacht. Ich war davon so überrascht, daß ich mir Bedenkzeit erbat. Mittwochs wollte er dann wissen, wie ich mich entschieden habe, und da habe ich ihm gesagt, solange er seine homosexuelle Vergangenheit nicht aus unserer Beziehung ausklammern könnte, könne er sich mein Jawort abschminken.«

»Wer wußte noch von dem Heiratsantrag?«

»Niemand. Doch, warten Sie. Ich glaube, er hat es seinen Eltern gesagt.«

»Und Sie? Haben Sie mit jemandem darüber gesprochen? Mit Ihren Eltern – äh – ich meine, mit Ihrem Vater?«

»Nein.« Sie sah mich verständnislos an. »Ist das wichtig?«

Genau darüber dachte ich nach. »Aus den Tagebüchern geht hervor, daß Michael derjenige war, der die Beziehung zu L. beendete. L. wollte sich damit anscheinend nicht abfinden und versuchte, Michael zurückzugewinnen. Schließlich kam es sogar zu einer körperlichen Auseinandersetzung, eben anläßlich jener Party.«

»Wann hat er denn Schluß gemacht?«

»Anfang November '61.«

»Das ist mehr als drei Jahre her. Glauben Sie wirklich, daß dieser L. drei Jahre gewartet hätte, wenn er sich an Michael hätte rächen wollen?«

»Erstens ist nicht gesagt, daß L. der Mörder ist«, legte ich dar. »Zweitens, falls doch, hat er vielleicht bis zuletzt gehofft, daß Michael zu ihm zurückkehrt. Als er dann erfuhr, daß Michael Ihnen einen Heiratsantrag gemacht hat, mußte er erkennen, daß er vergeblich gewartet hat.«

»Aber niemand außer mir und Michaels Eltern wußten doch davon!« protestierte Judith.

»Die Frage ist, wem Frau Dettmers oder ihr Mann davon erzählt haben.« Ich hievte mich hoch. »Ich denke, wir sollten der Dame einen Besuch abstatten. Darf ich mal telefonieren?«

Ich durfte und wählte zunächst FJs Nummer.

»Da hast du aber Glück«, hechelte er. »Ich war schon an der Tür.«

»Du kannst den Mantel anbehalten«, sagte ich. »Wir brauchen deine Hilfe.«

Kurz darauf war er im Bilde. Er versprach, sich sofort mit Franziska Dettmers in Verbindung zu setzen und umgehend zurückzurufen.

Als sein Rückruf kam, waren wir bereits in Hut und Mantel. Sie sei einverstanden, sagte er. Er sage seinen Termin ab und begleite uns. Nichts anderes hatte ich erwartet und schlug vor, daß wir uns vor der Villa treffen sollten. Meine Uhr zeigte exakt Viertel nach zwei, als ich vor dem Anwesen in der Leyboldstraße auf die Bremse trat.

*

Frau Dettmers erschien mir seit unserer Begegnung in der Kanzlei noch magerer, und ich registrierte ein nervöses Flackern in ihren Augen.

FJ ging voran. Judith, Charlie und ich folgten ihm. Frau Dettmers drückte Judiths Hand, als habe sie nie versucht, der Verlobten ihres Sohnes an den Kragen zu gehen.

Wir verteilten uns auf die diversen Sitzgelegenheiten im Salon, und FJ gab seiner Dauermandantin eine kurze Zusammenfassung dessen, was die letzten Stunden ergeben hatten. Ich war überrascht, wie direkt und ungeschminkt er ihr servierte, daß Michael vor seiner Zeit mit Judith eine homosexuelle Beziehung unterhalten hatte und daß der Mörder möglicherweise mit dem damaligen Liebhaber identisch sei.

Frau Dettmers schluckte das ohne sichtbare Erschütterung. Vielleicht hatte sie es aber auch die ganze Zeit gewußt oder wenigstens geahnt – zumindest soweit es den ersten Teil der Offenbarung betraf. Daß die Gruppe um Valentine de Beaumont für den Mord an ihrem Sohn nicht verantwortlich war, hatte man ihr bereits mitgeteilt. Auffällig war nur, daß sie zum wiederholten Mal nach der Sherrykaraffe langte.

Ihre anschließende Frage wurde von einem verzerrten Lächeln begleitet. »Und was genau kann ich für Sie tun?«

Diesmal ließ FJ mir den Vortritt. »Wir haben Grund zu der Annahme, daß dieser mysteriöse L. zu Ihrem Bekanntenkreis gehört. Aus einem der Tagebücher geht hervor, daß der Mann Gast Ihrer Winterparty im Januar '62 war. Wir hoffen nun, daß Sie noch im Besitz der damaligen Gästeliste sind.«

Es folgte eine atemlose Stille, bis Frau Dettmers auf einmal »Gästeliste?« krächzte, als sei das eine Erfindung, die erst letzte Woche gemacht worden sei.

»Ich weiß, daß du und Carl-Alexander eure Gäste stets sorgfältig zusammenstellt«, mischte FJ sich mit ungewohnter Schärfe ein. »Und das nicht erst seit gestern. Daher wiederhole ich noch einmal Herrn Saalbachs Frage: Bist du noch im Besitz der Gästeliste für die Party im Januar 1962?«

Frau Dettmers blickte sich um, als hätten die geblümten Tapeten dazu irgend etwas zu sagen. Sie hatten natürlich nicht, und so erhob sie sich schwankend und sagte: »Einen Moment, bitte.«

Es verstrichen fast fünf Minuten, die mir Sekunde für Sekunde unter den Nägeln brannten, bis die Hausherrin zu uns zurückfand. Ein riesiges, ledergebundenes Buch unter dem linken Arm verlieh ihr erhebliche Schlagseite. Bevor sie samt dem Folianten auf den kleinen Tisch vor dem Sofa fallen konnte, sprang FJ ihr bei. Charlie und ich traten hinter die beiden.

Der voluminöse Schinken war das Dettmersche Gästebuch der Jahre 1958 bis 1963. Nach den Eintragungen für die Silvesterparty '61/'62 kamen die Sinnsprüche und Anekdötchen, die die Gäste der Winterparty hinterlassen hatten.

FJ mußte austreten und entschuldigte sich für einen Moment. Ich nahm seinen Platz ein, schlug das Trennblatt zur Seite und entdeckte eine maschinengeschriebene, dreiseitige Liste mit Dutzenden von Namen, die lose einlag. Bedauerlicherweise beinhaltete die Aufstellung nur die Nachnamen nebst Titeln oder Berufen der Gäste.

Auf dem dritten Blatt stand nur ein einziger Name. Mir quollen beinahe die Augen aus dem Kopf. Bleich vor Entsetzen las ich »Hauptkommissar Müller nebst Gattin«.

»Was hatten die hier zu suchen?« stotterte ich.

»Wer? Ach so. Der Polizeipräsident hatte uns gebeten, diese Einladung nachträglich auszusprechen«, erklärte Frau Dettmers. »Er hatte bei diesem Mitarbeiter wohl etwas gutzumachen. Schade, daß das Paar so gar nicht in unseren Kreis passen wollte. Obwohl die Frau recht nett war, wenn ich mich richtig entsinne.«

Völlig verwirrt suchte ich Halt an der Sofalehne. Das durfte nicht wahr sein!

Charlie preßte die Lippen zusammen, daß mir der bloße Anblick Schmerzen bereitete. Vielleicht gab es aber auch noch eine andere Möglichkeit. »Können Sie uns die Vornamen dieser Leute nennen?« fragte ich daher meine ehemalige Auftraggeberin und klopfte auf die Liste.

»Nun ja, ich denke schon«, sagte sie. »Lassen Sie mal sehen.«

Während sie die Namen herunterbetete, ließ ich das letzte Blatt geschickt verschwinden, bevor FJ es zu Gesicht bekommen konnte.

Von einem Alfred über einen Bernhard und eine Cäcilie bis zu einem gewissen Xaver Delmenhorst, einem stadtbekannten, erfolglosen Maler, war so ziemlich alles vertreten, was Rang und Namen hatte. Wenn ich jemanden nicht kannte – und das traf auf die meisten zu –, wußte FJ, der inzwischen zurückgekommen war, um wen es sich handelte.

Insgesamt hakten wir dreiundsechzig Personen ab. Aber es war wie verhext, bis auf eine Lieselotte Sowieso begann kein einziger Vor- oder Nachname mit L. Ausgenommen natürlich Lothar.

Ohne um Erlaubnis zu fragen, steckte ich mir eine Zigarette an. »Frau Dettmers, Ihr Sohn notierte unter anderem für diesen Tag, daß er mit der betreffenden Person im Weinkeller eine Auseinandersetzung gehabt habe. Dabei hat er den Mann angeblich auf die Nase geschlagen. Ist Ihnen an jenem Abend einer Ihrer männlichen Gäste durch Nasenbluten, eine geschwollene Nase oder frühzeitigen Aufbruch aufgefallen?«

Sie dachte nach, kam jedoch zu einem negativen Ergebnis. »Nein, bedaure.«

Enttäuscht sank ich zurück.

Judith, die die ganze Zeit etwas abseits gesessen hatte, stand plötzlich auf. Sie sah aus, als sei sie gerade aus einer längeren Narkose erwacht.

»Ist Ihnen nicht gut?« fragte Charlie.

»Doch … doch«, murmelte die junge Frau. »Es ist nur … Ich muß zur Uni, wissen Sie. Es ist bereits kurz nach drei.«

Ohne Gruß, wie in Trance, verließ sie das Zimmer.

»Was hat sie?« raunte ich Charlie zu.

Sie zuckte die Achseln. »Keine Ahnung.«

Ich konzentrierte mich wieder. »Ihr Sohn hat seiner Verlobten am Sonntag vor seiner Ermordung einen Heiratsantrag gemacht«, sprach ich erneut Frau Dettmers an. »Haben Sie oder Ihr Mann jemandem davon erzählt?«

»Was hat das denn damit zu tun?« fragte sie.

»Beantworte bitte Herrn Saalbachs Frage, Franziska!« zischte FJ in einer Art, daß selbst ich zusammenfuhr.

Sie machte große Augen, tat aber, was er ihr befohlen hatte. »Ich habe mit niemandem darüber gesprochen. Ob Carl-Alexander ... Na ja, vielleicht im Golfclub. Sonntags nachmittags spielt er gelegentlich eine Runde.«

»Welche der Personen auf der Liste ist noch Mitglied in dem Golfclub?«

»Alle. Nun ja, die meisten; zumindest ein Großteil.«

Urplötzlich hatte ich einen Einfall. »Hat vielleicht einer Ihrer Gäste einen Spitznamen der mit L beginnt? Sie wissen schon, wie Jupp für Josef oder Schorsch für Georg?«

FJ fühlte sich ebenfalls angesprochen und lehnte sich mit geschlossenen Augen zurück. Frau Dettmers stöberte in ihrem sichtlich nicht in Bestform befindlichen Gedächtnis, förderte jedoch nichts zutage. Auch unser gemeinsamer Syndikus ließ nur einen Seufzer vernehmen.

Charlie stieß mich in die Seite. Ich neigte den Kopf zu ihr.

»Sie hat in den Tagebüchern gelesen«, flüsterte sie mir ins Ohr.

»Wer?«

»Judith.«

Sie zeigte auf den runden Rosenholztisch, auf dem ich die Bücher deponiert und neben dem Judith die ganze Zeit gesessen hatte.

Eines der Bücher war aufgeschlagen. Ich ging hin und nahm es zur Hand. Es war der Band von 1962.

Vom Vorblatt für den Oktober sprangen mir erneut die neun Buchstaben und das Ausrufezeichen entgegen. Deutlich waren am unteren Seitenrand Abdrücke von Fingernägeln zu erkennen. Judith mußte sich förmlich in das Papier gekrallt haben. Unmengen von Puzzlestücken wirbelten in meinem Schädel herum und sortierten sich neu. Wie in Zeitlupe schoben sie sich ineinander, bildeten Ketten und kleine Flächen, komponierten sich zu Bruchstücken eines Bildes.

Frau Dettmers' Stimme vernahm ich nur undeutlich, wie durch Watte.

»... damals bat er uns, ihn Louis zu nennen, in Abwandlung von Ludwig, seinem zweiten Vornamen. Aber anzunehmen, er könnte der ...« ein satter Schluckauf kam ihr in die Quere, »... sein, ist natürlich blanker Unsinn.«

Ich erstarrte. Mit atemberaubender Geschwindigkeit ordneten sich die noch fehlenden Puzzlestücke ein. Jedes einzelne paßte wie maßgeschneidert. Klar und hell entstand ein eindeutiges Bild. Es gab keinen Zweifel. Jetzt wußte ich, wer Michael Dettmers ermordet hatte.

Und Judith wußte es auch.

Es war kurz vor halb vier. Die Pressekonferenz!

»Los! Beeilt euch!« brüllte ich und hastete zur Tür.

»Wo willst du hin?« rief Charlie, während sie aufsprang.

Ich hatte die Klinke schon in der Hand. »Das erzähle ich euch unterwegs!«

FJ schoß ebenfalls in die Höhe und war mit wenigen Sätzen bei uns. Zurück blieb eine verdatterte Frau Dettmers, die uns entgeistert nachstarrte.

Unter Mißachtung jeder nur denkbaren Verkehrsregel prügelte ich den P2 zum Rhein und das Oberländer Ufer Richtung Innenstadt entlang. Im Rückspiegel sah ich, wie FJ in jeder Kurve den Halt verlor, wegkippte und wie ein Stehaufmännchen wieder hochkam. Mit eingeschaltetem Fernlicht und Dauerhupen scheuchte ich gnadenlos alle anderen Fahrzeuge zur Seite. Nach wenigen Minuten schossen wir durch die Große Witschgasse in Richtung Waidmarkt.

»Wohin fährst du eigentlich?« schrie Charlie gegen den Lärm des Motors an.

»Zur Pressekonferenz!«

»Die ist nicht am Waidmarkt!« Ihre Stimme überschlug sich.

Ich trat auf die Bremse, daß FJs Gesicht zwischen unseren Köpfen auftauchte.

»Was?!«

»Die Pressekonferenz findet im Gürzenich statt«, sagte sie viel zu laut.

»Seit wann finden Pressekonferenzen der Kripo im Gürzenich statt?«

»Wegen des Andrangs. Mehr als einhundert Journalisten und mehrere Fernsehteams haben sich angesagt. Meynhardt hat die Konferenz daraufhin ver–«

Weiter kam sie nicht, denn ich trieb den Wagen mit qualmenden Reifen weiter. Den Heumarkt passierte ich trotz roter Ampel und Querverkehr. Dabei hatte ich das Gefühl, als würden die Felgen von den Reifen geschält. Ein Bully der Deutschen Post kam uns so nah, daß ich das Weiße im Auge des Fahrers sehen konnte. Überall brüllten Hupen auf.

Beim Kampf um den Vorrang auf der Abbiegespur in Richtung Gürzenichstraße büßte ein unnachgiebiger DKW-Fahrer den Außenspiegel seines Wagens ein. Der Kerl wollte uns nachsetzen, verlor dabei aber die Kontrolle über seinen 3=6 und landete im Gleisbett der Straßenbahn.

Mit einer Vollbremsung brachte ich den auf dem Kopfsteinpflaster wild schleudernden Wagen im absoluten Halteverbot zum Stehen. Unglücklicherweise lungerten zwei Uniformierte auf dem Bürgersteig herum, aber Charlie und ich waren schneller. Bevor die beiden die Situation erfaßt hatten, schossen wir auf den Eingang des Gürzenich zu. Aus dem Augenwinkel sah ich noch, wie sie sich ersatzweise FJs bemächtigten, der sich beim Aussteigen verheddert hatte.

Charlies Presseausweis wurde großzügig ausgelegt und schloß mich mit ein. Wie die Hasen fegten wir die Treppe zum ersten Stock hinauf. Ich riß die Tür zum Isabellensaal auf, und alle Köpfe fuhren herum. Von bösen Blicken begleitet und zischend zur Ruhe ermahnt, wurden wir von einem der uniformierten Türposten in die letzte Sitzreihe bugsiert.

»Sag mir jetzt endlich, was los ist«, keuchte Charlie. »Mist! Ich habe einen Absatz verloren.«

Ich war dermaßen außer Atem, daß ich kein einziges Wort herausbrachte. Schwarze Punkte tanzten vor meinen Augen.

Vorn, mitten auf der Bühne, hockten der offizielle Pressesprecher der Kripo, ein gewisser Heugabel, der aussah wie unsere Zehnkampfhoffnung Kurt Bendlin, Präsident Meynhardt und mein Freund Lothar einträchtig nebeneinander. Der Präsident verlas eine vorbereitete Erklärung, deren Wortlaut ich jedoch nicht verstand, weil mir das Blut im Kopf rauschte.

Im Gegensatz zu Präsident Meynhardt, der in seinen Vortrag vertieft war, hatten Lothar und der Pressesprecher unseren Auftritt mitbekommen. Während letzterer nur verständnislos den Kopf schüttelte, starrte Lothar mich vorwurfsvoll an. Recht hatte er. Erstens hatte ich hier nichts zu suchen, und zweitens störte ich einen der Höhepunkte seiner Karriere. Glücklicherweise war von Judith weit und breit nichts zu sehen.

Langsam kam ich wieder zu Atem und beugte mich vor. Hinter vorgehaltener Hand flüsterte ich Charlie ins Ohr, was ich ihr bisher nicht hatte sagen können. Mit einem unterdrückten Schrei schlug sie die Hand vor den Mund. Die vor uns Sitzenden fuhren erneut herum. Hatte ich mich bisher nur wie ein Popcorn-Esser im Kino gefühlt, kam ich mir nun vor wie jemand, der während der Ostermesse mit Knallfröschen hantiert. Selbst der Polizeipräsident kam für einen Moment aus dem Konzept.

Charlies Lippen verschwanden beinahe in meiner Ohrmuschel. »Bist du dir sicher?«

»Absolut«, raunte ich und behielt die Tür im Auge.

Kurze Zeit später war das Verlesen der Erklärung beendet, und die Meute balgte sich darum, wer die erste Frage stellen durfte. Der Pressesprecher legte die Reihenfolge per Handzeichen fest.

Müller schwitzte im Licht der Scheinwerfer, die die Leute vom Fernsehen mitgebracht hatten. Mehrfach betupfte er seine Stirn mit einem zusammengefalteten Taschentuch.

Ein dicker Mensch, fünf Reihen vor uns, richtete seine Frage direkt an Lothar. Der nestelte zunächst an seinem Krawattenknoten und stieß dann vor lauter Nervosität sein Wasserglas um. Meynhardt rückte etwas ab und strafte seinen erfolgreichsten Mitarbeiter mit einem vernichtenden Blick. Durch das Theater auf dem Podium und das unterdrückte Lachen der Journalisten abgelenkt, hatte ich für einen Augenblick nicht auf die Tür geachtet.

Als ich wieder hinsah, entdeckte ich Judith, wie sie, eine Hand in ihrer Umhängetasche verborgen, langsam den Gang zur Bühne entlangschritt. Niemand widmete ihr besondere Aufmerksamkeit, alle waren von dem Spektakel weiter vorn fasziniert.

Schlagartig wurde mir klar, was sie vorhatte. Ich sprang auf und wollte auf den Gang hinaus, blieb aber an einem der Beine des Stuhls vor mir hängen. Der Länge nach fiel ich aufs Parkett.

Judith drehte sich ruckartig um und zog einen kleinen, stahlblau schimmernden Revolver aus der Tasche.

»Bleiben Sie, wo Sie sind!« keifte sie mich an. »Das ist meine Sache!« Dann wandte sie sich wieder um und streckte beide Arme aus. Aller Augen waren auf sie gerichtet; jedes Geräusch war verstummt.

»Nicht!« schrie ich wie von Sinnen und machte, daß ich wieder auf die Beine kam. »Judith! Tun Sie es nicht!«

Unbeirrt schritt sie weiter, den Lauf der Waffe starr auf das Podium gerichtet.

Niemand griff ein. Ein, zwei Übermotivierte blitzten die Szene. Meynhardt und Müller fuhren von ihren Stühlen hoch und starrten das Mädchen mit weit aufgerissenen Mündern an. Heugabel ging hinter dem Tisch in Deckung.

»Du hast es getan!« Judiths Stimme war nicht wiederzuerkennen. »Du hast Michael umgebracht! Du Mörder! Dafür wirst du büßen!«

Sie hatte mindestens fünf Meter Vorsprung. Ich mußte es versuchen.

Ich sprintete los. Meine Schuhe klapperten auf dem Holzboden, aber Judith drehte sich nicht noch einmal um. Noch zwei Meter. Noch einer. Ich registrierte, wie sie stehenblieb und die Knie durchdrückte. Verzweifelt warf ich mich nach vorn.

Der Schuß fiel im selben Sekundenbruchteil, in dem ich meine Arme von hinten um ihre Hüften schlang und sie mit zu Boden riß. Wie zwei Judokas kugelten wir über das Parkett. Der Revolver schlitterte zwischen die Stuhlreihen. Der schrille Schrei einer Frau löste den Hall des Schusses ab. Ich hielt Judith in meinen Armen, ihren Pferdeschwanz vor Augen.

Als ich den Kopf hob, sah ich gerade noch, wie der massige Leib von Polizeipräsident Bertram Ludwig Meynhardt, genannt Louis, anfallartig zuckte. Mitten in seine Stirn hatte sich ein schwarzes Loch gebrannt.

Lautlos schreiend fiel er nach vorn und schlug auf den Tisch.

Samstag, 29. Mai 1965

Die schrecklichste Mordserie, die Köln in diesem Jahrhundert erlebt hatte, war beendet. Die Haupttäter waren tot, die Handlanger saßen hinter Gittern. Cassius Clay hatte seinen Weltmeistertitel durch einen Erstrundensieg über Sonny Liston verteidigt. Und die Queen hatte Deutschland am Vortag an Bord ihrer Yacht verlassen. Eine aufregende Zeit näherte sich dem Ende, und das Leben ging wieder seinen gewohnten Gang. Jedenfalls beinahe.

Schon seit längerem hatten FJ und Lothar mich bekniet, einmal beim Kölschen Roulette mitspielen zu dürfen. Irgendwann war ich die Quengelei leid gewesen und hatte Toni und die anderen Jungs vom Stammtisch gefragt, und sie hatten zugestimmt. Heute war der große Tag. Mit geradezu feierlichen Mienen, als würden sie gleich zu Rittern der Ehrenlegion geschlagen, betraten der Anwalt und der Kriminale das Haus Weißenburg.

Ich machte die beiden mit den fünfen vom Stammtisch bekannt, beteiligte mich aber nicht am Spiel. Dafür herrschte zu viel Betrieb. Nicht einmal der Katzentisch neben der Tür zu den Toiletten war unbesetzt. Hätte ich Frau Linnich und Jupp nach Kilometern bezahlen müssen, wäre ich heute arm geworden. Am Stammtisch bediente ich selbst und zentrierte auch den Kölschkranz auf der Drehscheibe. Wie die Sache ausgehen würde, war klar. Trotzdem konnte es nicht schaden, ein Auge darauf zu haben, daß halbwegs fair gespielt wurde.

Die Kunst bestand darin, sich zunächst einmal auf Kosten des vorab ausgeguckten Verlierers – ich tippte, die Jungs hatten sich auf FJ verständigt, da ihm die Zeche am wenigsten weh tun würde – vollaufen zu lassen. Das bedeutete mindestens zwanzig Kölsch für jeden. Bis die konsumiert waren, mußte auch der Verlierer im Spiel bleiben, der dann gezielt mit zwei, drei Kölschstangen voll Korn abgeschossen wurde.

Um dieses Ziel zu erreichen, mußte während der ersten zwanzig Runden die Schnapsstange ins Leere laufen. Eigentlich kein Problem bei nur sieben Spielern und einem Elfer-Kölschkranz, der schon, um ausgewuchtet zu sein, komplett bestückt sein mußte. Wenn dann noch Meisterdreher wie die Jungs und allen voran Toni am Werk waren, lief alles nach Plan. War einer von ihnen an der Reihe, stoppte die Stange voll Korn jedesmal im toten Winkel, wo keiner saß. Unsicherheitsfaktoren waren nur die beiden Gäste, die mit der Scheibe nicht vertraut waren. Und prompt kam es, wie es kommen mußte.

Nach nur zehn Runden hatte FJ zwei Volltreffer gelandet, die er sich selbst eingebrockt hatte. Umgerechnet bedeutete das, daß er bereits mehr als eine halbe Flasche Korn intus hatte. Noch saß er kerzengerade, aber er pustete bereits. Lothar hatte es einmal erwischt, ebenfalls selbstverschuldet. Da er ein routinierter Trinker war, war ihm nichts anzumerken. Außerdem hatte er seinen Magen vorher mit zwei Dosen Ölsardinen präpariert, wie er mir zugeraunt hatte.

Ich bestückte gerade den nächsten Kranz, als Charlie hereinkam. Sie strahlte wie eine Frau, der ein gutaussehender Mann mit prallem Bankkonto einen Heiratsantrag gemacht hatte.

»Spielst du nicht mit?« fragte sie mit Blick auf den Stammtisch.

»Du siehst doch, was hier los ist.«

»Wenn du willst, löse ich dich ab.«

Nun wurde ich endgültig mißtrauisch. »Was ist los?«

»Was soll denn los sein?«

»Du grinst wie ein Honigkuchenpferd. Du animierst mich zum Trinken. Da stimmt doch was nicht.«

Sie zierte sich einen Moment, dann sagte sie: »Du hast recht. Es ist etwas Wundervolles passiert.«

»Mensch, Leo, wo bleibst du denn?« rief Toni. »Wir verdursten.«

»Halt die Klappe!« rief ich. Zu Charlie sagte ich: »Groß? Blond? Millionär?«

»Klein, kahl und mit Schmerbauch. Geld hat er allerdings im Überfluß.«

»Was will er von dir?«

»Er hat mir ein Angebot gemacht.«

»Angebot oder Antrag?«

»Wieso Antrag?« Dann begriff sie. »Ach du Dummerchen. Hast du etwa gedacht, ich –«

»Ich habe gar nichts gedacht. Wer ist der Kerl?«

»He, Spielverderber!« rief Toni. »Her mit der nächsten Runde!«

»Jawohl!« rief FJ. »Her damit!«

»Ruhe!« schnauzte ich. »Sonst setze ich euch alle wegen illegalen Glücksspiels an die Luft. – Wer ist der Kerl?«

»Nun bring den Jungs doch erst einmal ihr Bier.«

»Die können warten. Also?«

»Es handelt sich um Vomberg. Meinen Chef.«
»Was hat er dir angeboten?«
»Einen Traumjob.«

Toni schob sich durch die Traube derer, die vor der Theke standen. »Ist hier neuerdings Selbstbedienung?« fragte er. »Dann mußt du aber die Preise senken, Leo.«

Ich drückte ihm den Kranz in die Hand. Dann wandte ich mich wieder an Charlie. »Und was ist das für ein Job?«

»Vomberg war so begeistert über meine Berichterstattung anläßlich des Besuches der Queen, daß er mir die Korrespondentenstelle in einer europäischen Hauptstadt angeboten hat.«

»Das ist ja super«, sagte Toni.

»Was stehst du hier noch rum?« raunzte ich ihn an.

»Na, hör mal. So etwas interessiert einen doch.«

»Was ist los?« fragte Lothar, der neben Toni auftauchte.

Toni sagte es ihm.

»Wunderbar«, sagte Lothar. »Ich gratuliere.«

»Danke«, sagte Charlie.

»Ach hier seid ihr«, sagte FJ und drängte sich zwischen Toni und Lothar. »Gibt es Probleme?«

»Im Gegenteil«, sagte Toni, und Lothar erklärte ihm, worum es ging.

»Mein Kompliment, Frau Dorn.« FJ schüttelte Charlies Hand. »Sie sind eine Frau von Format.«

»Anbieten kann er dir ja viel«, sagte ich. »Hauptsache, du nimmst das Angebot nicht an.«

»Das habe ich aber.«

»Das kommt davon, daß du ihr nie einen Heiratsantrag gemacht hast«, sagte Toni.

Aus allen Ecken drang bestätigendes Gemurmel. Inzwischen hörte die ganze Kneipe mit.

»Das glaube ich nicht.« Ich war ehrlich schockiert. »Und was wird aus Christina?«

»Die lasse ich bei dir.«

»Das Mädchen wird sich bedanken.«

»Nun frag Charlie doch wenigstens, wohin sie geht«, mischte Toni sich erneut ein, und die anderen nickten.

Ich gab die Frage weiter. »London? Paris? Rom? Nun sag schon, welches Wörterbuch muß ich einpacken, wenn ich dich besuchen will?«

»Kein Wörterbuch.« Charlies Grinsen wurde immer breiter. Gleich würden ihre Ohren Besuch bekommen. »Die Stadt heißt Bonn.«

Das Johlen und Applaudieren war ohrenbetäubend. Mir aber noch nicht laut genug.

»Eine Lokalrunde auf Kosten des Hauses!« rief ich und nahm Charlie in den Arm.

»Mit diesen paar Worten möchte ich aufhören, meinen Schluß machen.
Es wird, glaube ich, ganz gut … es würde für mich ganz gut sein,
wenn ich einige Stunden ins Bett gehe.
Guten Morgen, meine Damen und Herren.«

(Heinrich Lübke, Schlußwort)

KRIMIS VON EDGAR NOSKE

ISBN 3-89705-45-3

ISBN 3-924491-84-4

ISBN 3-924491-76-3

ISBN 3-924491-65-8

ISBN 3-924491-60-7

ISBN 3-89705-216-4

KRIMIS VON EDGAR NOSKE

ISBN 3-89705-123-0

ISBN 3-89705-186-9

ISBN 3-89705-145-1

ISBN 3-89705-184-2
(Gebundene Ausgabe)